Jukka - Petri Nieminen

Luostarin puutarhassa

Jukka - Petri Nieminen

Luostarin puutarhassa

Kustantaja: BoD · Books on Demand GmbH, Helsinki, Suomi

Kirjapaino: Libri Plureos GmbH, Hampuri, Saksa

ISBN: 978-952-80-8515-7

Sisällys

Kiitos

Joskus masensi, kun sai negatiivista palautetta omista luomuksistaan. Joskus otin kritiikistä vaarin, mutta usein, eli aina, jatkoin omalla linjallani. Mielestäni taiteilijanvapaus on toteuttaa oma tahtonsa, kuten hän haluaa. Tuskin Väinö Linna, sisukas tamperelainen, kuten itsekin, ei antanut kustantajalle paljoa määräysvaltaa teoksiensa suhteen. Periaatteella ota tai jätä!

Saipahan moni muukin "turpiinsa!", kuten Leonardo da Vinci. Hullu, jota aikalaisensa pitivät mielisairaana. Ja mitäs meillä nyt on? Helikopteri ja mitä muuta. No Leo - pojua en päihitä tällä sadulla, vaikka kuinka yritänkin.

Taas kerran kiitän lämpimästi kaikkia tukijoukkojani, kuten muusat Pia ja Auli.

Ja tietysti "varamuusaani Villeä", kissani, joka on välillä pakottanut minut, enemmän, kuin kerran, keskeyttämään kirjoittamisen. "Nyt on ruoka-aika. Pötyä pöytään, Sir - SHEBAA TOLLO!". Ja kaikkia muita, jotka ovat tukeneet ja auttaneet minua taas kerran.

Viimeisenä, mutta ei vähimpänä kumppanini Kim, joka taas jälleen kerran... ei, kun ikuisuuden, on jaksanut kestää pauhaamisen määrääni. Hän on tukenut ja auttanut minua eepokseni aikaansaamiseksi.

Viisi eeposta vääntäneenä ja viisastuneena, tai sitten ei, tämä tekele on kummitellut mielessäni yli 40 vuotta. Sain idean jo lapsena ja jopa aloitin kirjoittamaankin. Mutta jotenkin se sitten keskeytyi.

Kun olin saanut pappi kirjan valmiiksi, piti jatkaa teemassa. Totesin kuitenkin, että nyt tarvitsin luovan tauon. Aloin koota ilmailunhistoriaa ja se projekti paisui, kuin pullataikina. Samaan aikaan sain ajatuksen stuerttikirjasta. Seitsemän vuoden jälkeen sain historiikin valmiiksi. Stuertti kirjan pohjatyöt oli siinä sivussa tehty niin hyvin, että kirja valmistui kuukaudessa.

Nyt aloitan tämän kirjan kanssa kolmannen kerran, josko nyt tulisi valmista.

Vanha Abbedissa huokaa syvään, hänen väsyneet, kaiken nähneet silmänsä, haluaisivat ummistua edes hetkeksi. Hän kuitenkin tarttuu uutta tulevaa abbedissaa, jossain uudessa luostarissa, missä sitten lieneekään, kädestä ja sanoo

– Sisareni, tämän tarinan kerron Teille ja vain Teille. Se olkoon meidän salaisuutemme. Minä suojelin totuutta loppuun asti. Nyt voin vihdoin kertoa kaiken Teille arvoisa Äiti. Salailu on ollut raskasta, mutta joskus se on niin tärkeää.

Abbedissa ummistaa silmänsä ja huokaa verkkaisesti.

– Elämäni ja sen salaisuus on toista kuin luulette. Sisareni, jos tietäisitte, miten olen elänyt tämän valheen taakan alla, vaikka olenkin luvannut uskollisuutta ja rehellisyyttä Kaikki Valtiaan edessä.

Kerätäkseen voimiaan, hän sulkee silmänsä ja huokaa. Parin nielaisun jälkeen hän jatkaa.

– Se olin minä. Minun piti olla vaimo ja äiti. Ja nyt olen pettänyt kaikki rakkaimpani. Abbedissa vaikenee, hän huokaa, pienet kyynelet valuvat poskille.

Nuori tuleva Abbedissa Helga saa kovemman kädenpuristuksen.

– Nyt on aika Abbedissa Helga, seuraajani ... PHUUUH! Hetken tauko.

– Kertoa Teille kaikki. En ole aivan varma, muistanko kaiken oikein....

Vanhan Abbedissan ääni sortuu hetkeksi, hän yskäisee ja jatkaa.

Abbedissa viittasi vesilasiin. Sisar antoi hänelle kulauksen vettä. Nielaistuaan abbedissa alkaa kertoa tarinaansa.

Asia, joka oli leimaa antavaa Ludvig XV: n hallituskaudella olivat lukuisat rakastajattaret ja enemmän tai vähemmän tunnustetut jälkeläiset. Ludvig XV:n rakastajattarista neljä ensimmäistä olivat keskenään sisaruksia, Neslen ja Maillyn markiisin Louis III:n tyttäriä. Tämäkin kuninkaallinen tapahtumakokonaisuus lienee saavutus omassa sarjassaan. Ludvig XV sai 13 aviotonta lasta. Tämä luku on huomattavasti pienempi kuin hänen edeltäjällään Ludvig XIV: llä. Yksi kuningas Ludvig XV: n Petites maîtresses pienistä rakastajattarista, oli Jean – Lucin äiti Madelene.

Vaikka Madelenen isä Jean – Pierre de Coubert vaimoineen olikin karkotettu kerran hovista, kuningas ihastui viehättävään Madeleneen ja otti hänet rakastajattarekseen. Kun Madelene tuli raskaaksi kuningas yritti hylätä hänet ja kieltää 1. helmikuuta 1740 syntyneen pojan omakseen.

Kuten sanottu, Ludvig XV kieltäytyi tunnustamasta aviottomia lapsiaan, sillä hänellä oli vielä muistissaan kaikki ne ongelmat, joita hänen edeltäjänsä Ludvig XIV:n aviottomien lasten tunnustaminen oli aiheuttanut. Hän tosin varmisti kaikille lapsilleen hyvän kasvatuksen ja järjesti heille kunniallisen paikan yhteiskunnassa, mutta ei halunnut tavata heitä koskaan hovin piirissä. Madelene oli kuitenkin sisukas ja vaati saada jäädä hoviin poikansa Jean – Luc Pascalin kanssa. Ehtona kuitenkin oli, että poika kantaisi sukunimeä de Coubert ja hänen oikeaa isäänsä ei koskaan saisi paljastaa.

Jean – Luc varttui ja hän meni naimisiin 24 – vuotiaana 19 – vuotiaan Jeanne Louise Calmetin kanssa, eli minun.

Jeanne Louise eli minä olin syntynyt 26. huhtikuuta 1745. Äitini oli Catherine Calmet syntynyt joskus 1720.

Isäni puolestaan oli Henri Calmet syntynyt joskus 1715.

Veljeni François syntynyt 1742 ja Roland syntynyt 1744 sekä Pierre syntynyt 1750.

Ja sisareni Clémence syntynyt 1747 sekä Édith syntynyt 1743.

Heräsin kukon kirkaisuun. Pelästyin, koska tiesin, että Jean - Luc, mieheni, oli etsittyjen listoilla, kuten itsekin. Tässä hullussa maailmassa ainoa onni oli, etten ollut tullut raskaaksi, vaikka olimme useasti yrittäneet ja halunneet saada lasta. Jean – Luc oli ollut kuninkaamme Ludvig XV: n taloudellinen neuvonantaja. Ja Turgot oli päättänyt kavaltaa Jean – Lucin.

Oikea syy on kateellisuus, mutta Turgot vetoaa varojen kavaltamiseen, sekä siihen, että Jean – Lucin isoisä oli häädetty aurinkokuninkaan hovista laiskana osanottajana rituaaleihin.

Jean –Luc oli hovin varainhoidon kirjanpitäjänä ja teki "mukamas virheitä". Mutta nyt Jean – Lucin osallisuus Versaillesin ylenpalttiseen elämään, vakoiluun ja kavallukseen oli todistettu. Ainakin kuningas Ludvig XV: n ja hänen uskottunsa raha-asian ministeri Turgotin mukaan. Tuo itsevaltiashan, ei halunnut muuta, kuin alistaa alamaisensa ja tuntea olevansa Herra. Ihan kuten molemmat edeltäjänsäkin.

Anne Robert Jacques Turgot, baron de l'Aulne, tunnetaan myös pelkästään nimellä Turgot

(10. toukokuuta 1727 - 18. maaliskuuta 1781), oli ranskalainen taloustieteilijä ja valtiomies. Nykyisin hänet muistetaan taloudellisen liberalismin varhaisena toteuttajana.

Turgotin kuuluisin teos on Réflexions sur la formation et la distribution des richesses Ajatuksia koulutuksesta ja rikkauksien jakaminen. Turgot toimi Ranskan raha-asian ministerinä vuosina 1774 – 1776. Hänen ajatuksensa innoittivat seuraavan sukupolven liberalisteja, kuten Montesquieuta, Benjamin Franklinia ja Adam Smithia. Hänellä oli selkeä visio liberalismin vaikutuksista. Niinpä hän ennusti Yhdysvaltojen itsenäistymisen jo neljännesvuosisataa ennen sen toteutumista. Itsenäistymisen toteuduttua Turgot varoitti, että Yhdysvaltoja uhkaa sisällissota, mikäli se ei pysty ratkaiseman orjuuskysymystä.

Toinen alaisiaan riistävistä kuninkaista oli Ludvig XIV, Aurinkokuningas, Aurinkoinen isä, mitä helvetin nimiä, anteeksi sisar, niille nyt keksitäänkin, oli ehkäpä historian narsistisin johtaja, ainakin tähän asti.

Jean- Luc oli kuullut isovanhemmiltaan kauhutarinoita Versaillesin hovielämästä. Se oli kaukana siitä loistosta, mitä oli annettu ymmärtää.

Hänen ylhäisyytensä herätti hovinsa joka aamu, ennen kukon pieraisua, anteeksi taas sisar ja vaati kaikkien olemaan paikalla aamutoimien yhteydessä. Abbedissa tuhahtaa – Kaikkien, tai ainakin kaikkien valikoitujen. Jean – Lucin isoisä Jean – Pierre de Coubert yleensä etunenässä.

Aamurituaaleihin kuului kahdeksan aikaan kuiskaava ääni, joka kertoi hellävaraisesti kuninkaalle, että oli aika nousta. Ennen vuoteesta nousemista kuningas tapasi henkilääkärinsä. Noin sata ihmistä oli läsnä, kun kuningas pukeutui. Palvelijat riisuivat hänen yöpaitansa ja parturit ja kampaajat pyörivät alastoman kuninkaan ympärillä, kunnes tämä pukeutui. Kylpy ei kuulunut aamutoimiin ja kuninkaan turkkilainen kylpyosasto oli varattu pääasiassa rakastajattarien tapaamiseen. Versaillesissa löyhkäsi ulosteet ja hiki. Mutta he, jotka pääsivät lähelle kuningasta, totesivat hänestä lähtevän vielä pahempi lemu, kuin muuten palatsissa. Kun kuningas oli pukeutunut, hän valitsi yhden 400 peruukistaan. Ne oli kaikki kammattu, parfymoitu ja puuteroitu tarkkojen sääntöjen mukaan. Mutta ne kuhisivat kuitenkin syöpäläisiä.

Aamupukeutuminen oli yksi niistä monista rituaaleista, joihin hovin piti osallistua. Päivän ohjelmistoon kuului kulkueita, messuja ja metsästystä. Messu pidettiin joka aamu. Kuningas itse seurasi messua korkealla olevasta aitiostaan, josta oli esteetön näköala hoviinsa. Näin hän pystyi varmistamaan, että kaikki olivat paikalla.

Aamiainen oli vaatimaton, mutta illallinen oli mahtava, jota piti jälleen olla seuraamassa suuri joukko hoviväkeä. Useimmat joutuivat seuraamaan mässäilyä seisaallaan ja vain suosituimmat saivat istua. Suosion tason ilmaisi istuimen laatu. Suosituimmat istuivat nojatuolissa, kun taas vähemmän suositut jakkaralla. Jean – Pierre ja Jeanne, kuuluivat välimaastoon ja istuivat näin ollen tuolilla katselemassa kuninkaan ruokailua sivusta. Kuningas aloitti yleensä parilla lautasella vihanneskeittoa. Pääruoaksi oli lihaa kuten fasaania, peltopyytä tai lammasta. Lopuksi oli jälkiruoka, hedelmät ja konvehdit. Illanviettoihin kuuluivat puolestaan kortinpeluu tai konsertti. Hovi, kuten Jean – Lucin isoisä Jean – Pierre ja isoäiti Jeanne katselivat näitä yleensä sivusta.

Noin kello puoli yksitoista kuningas valitsi jonkun läheisistään valaisemaan kynttilällä iltatoimiaan. Tämä oli "aivan helvetin suuri kunnia", kuten Jean – Lucin isoisä asian ilmaisi. Loput hoviväestä katseli, kun kuningas riisuttiin, hänen kasvonsa huuhdeltiin, hiukset kammattiin ja hänelle puettiin yöasu. Kun kuningas nukahti, oli yksi pitkä ja raskas päivä taas hovilta ohi.

Entisestä jahtilinnasta oli muodostunut noin 5 000 asukkaan "kaupunki".

– On väärin luulla, että elämä Versaillesissa oli auvoisaa, abbedissa tuhahtaa. Hän "puree hetken huultaan, ennen kuin jatkaa." Ihmisiä ja lehmiä, joiden tarkoituksena oli taata lapsille tuore maito, parveilivat käytävillä. Siellä täällä oli puisia laatikoita, jotka oli tarkoitettu käymäläksi, mutta ne vuotivat. Osa asukkaista ei edes käyttänyt niitä, vaan tekivät tarpeensa suoraan palatsin käytäville.

Aurinkokunninkaan yksi arvostetuimmista tilaisuuksista oli päästä katsomaan, kun hän oli sananmukaisesti "paskalla" anteeksi Luojani, älä tuomitse kielenkäyttöäni. Jean – Lucin isoisä raukka joutui usein siihenkin tilaisuuteen, "minä itse säästyin siltä, ihme kumma", oli Jean – Lucin äiti Jeanne de Coubert joskus todennut.

– Tuo terroristi vaati meitä olemaan paikalla koko päivän, hän vaati kuuliaisuutta ja nöyryytti meitä sen kun kerkesi. Hänen perimmäinen tarkoituksensa oli estää meitä, hoviaan, juonittelemasta kuningasta vastaan. Tanssiaisiin piti hankkia aina uudet vaatteet, vaikka ne maksoivat todella paljon. Kuninkaalla oli ällistyttävä kyky havaita poissaolevat ihmiset. Siinä he Jean – Pierre ja Jeanne jäivät kiinni muutaman kerran, kuten asian ilmaisivat.

Kuningas ei halunnut edes tavata heitä enää ja hän haukkui heidät useampaan otteeseen pettureiksi. Lopulta Jean - Lucin isoisä ja isoäiti Jeanne karkotettiin hovista. Yleensä hovin arvonimet ja asunnot perivät seuraava sukupolvi. Kaikki pyrkivät aurinkokuninkaan suosioon, jossa korkeimmat paikat ja hienoimmat arvonimet jaettiin.

Asunnoista pidettiin kiinni viimeiseen asti. Asumista linnassa pidettiin arvostettuna. Niinpä hoviväki sulki silmänsä rotilta ja hiiriltä, jotka nakersivat seiniä ja huonekaluja. Huoneissa ei ollut lämmitystä, joten talvella huoneiden lämpötila laski pakkaselle.

Jos joku hoviväestä erotettiin, kamppailu asunnosta alkoi heti.

Hieman ennen kuolemaansa Ludvig XIV päätti siistiä Versaillesin hajuista ja määräsi käytävät puhdistettaviksi ulosteista ja virtsasta kerran viikossa. Linnaan asennettiin englantilaisia vesiklosetteja, joten ilmanlaatu parani.

Seuraava kuningas oli Ludvig XV. Hänen valtakautensa pahimpia virheitä oli pääministeri de Fleuryn pettymykseksi vuonna 1733 sekaantuminen Ranskan Puolan perimyskysymykseen.

Ludvigin tarkoituksena oli palauttaa appensa Stanisław Leszczyński takaisin maan valtaistuimelle.

Samalla Ranska toivoi saavansa Lorrainen herttuakunnan turvaamaan itärajaansa. Olihan tämän itärajapolitiikan, jonka mukaan raja oli aina kulkenut Reinillä, luonut jo kuningas Kaarle VII 1400-luvun puolivälissä.

Eritoten Lorrainen herttuan Frans III:n aikeet avioitua Pyhän Saksalaisen keisarin Kaarle VI:n tyttären Maria Teresian kanssa herättivät epäilyjä, sillä Itävalta olisi näin tullut liian lähelle Ranskaa. Ikääntynyt pääministeri de Fleury ei nähnyt enää sotien päättymistä, sillä hän kuoli tammikuussa 1743.

Nyt kuningas päätti seurata edeltäjänä esimerkkiä ja ilmoitti hallitsevansa vastedes ilman pääministeriä. Tästä voidaan katsoa hänen täysin henkilökohtaisen hallitsemisensa alkaneen.

Ludvig XV sairastui isorokkoon, joka todettiin 26. huhtikuuta 1774. Hän kuoli Versaillesissa omassa huoneistossaan 10. toukokuuta 1774 kello 15.30, ja kansan unohtamana ja suuren osan hovista juhliessa, hän jätti kruununsa pojanpojalleen, tulevalle Ludvig XVI:lle. Ludvig XV:n elämän suurin tragedia näyteltiin hänen kuolemansa yhteydessä. Koko kansan rakastama, hurmaava lapsikuningas oli muuttunut epäsuosituksi ja halveksituksi hallitsijaksi. Hänet haudattiin lähes salaa, vain yhden saattajan läsnä ollessa.

Vaikka Ludvig XV oli kieltäytynyt tunnustamasta Jean-Lucia pojakseen, hänen tilaisuutensa koitti. Hän pääsi nopeasti uuden kuninkaan suosioon. Ja 30. kesäkuuta 1774 hän ryhtyi kuninkaan yhdeksi taloudelliseksi neuvonantajakseen. Jean – Luc ja Jeanne Louise asuivat edelleen Versaillesissa, Jean-Lucin äidin Madelenen ansiosta. Ludvig XVI: n ja hänen puolisonsa Marie – Antoinette asustivat linnan keskiosassa upeissa huoneistoissaan, joista ei puuttunut mitään. He viettivät ylellistä ja yltäkylläistä elämää samaan aikaan, kun kansa näki nälkää. Kansan hädästä he viis veisasivat. He tuhlasivat omaisuuksia vaatteisiin, ylellisiin päivällisiin ja tanssiaisiin.

Marie – Antoinette oli saanut melko epämuodollisen kasvatuksen ja hän eli pitkästynyttä elämää Versaillesissa "kultaisessa häkissään". Hän huvitteli lähinnä ostamalla vaatteita, kenkiä ja koruja. Vuonna 1783 Marie – Antoinette rakennutti itselleen Versaillesin puistoon oman maalaiskylän Le Hameaun. Siellä oli lammen ympärillä pieniä maalaistaloja, meijeri, mylly, pellot ja kanalat. Siellä Marie – Antoinette pukeutui paimen tytöksi.

Vuonna 1774 Ludvig XVI oli lahjoittanut vaimolleen Petit Trianonin palatsin. Sinne edes kuningas ei päässyt käymään, jollei kuningatar kutsunut häntä kylään.

Ludvig XVI toimi huonosti tämän hovinsa hallinnassa, eikä ollut kiinnostunut jo Ludvig XIV:n ajoista lähtien hyvin toimineesta järjestelmästä. Tämä aiheutti lukemattomia pilakirjoituksia, joissa hänen henkilöään pilkattiin. Kirjoituksissa ja pamfleteissa ei ainoastaan tehty hänestä yksinkertaista kuningasta, jota hän eittämättä oli, vaan jopa heikkolahjainen ja vähä-älyinen. Kuningas itse oli hyvin kiinnostunut merenkulusta, maantieteestä ja lukkosepän työstä.

Hallituskauden alusta asti Ludvig XVI:n hallinto oli vakavissa taloudellisissa vaikeuksissa. Turgotin ja Malesherdesn radikaalit uudistukset herättivät suurta tyytymättömyyttä aristokratiassa sekä sen johtamassa Pariisin parlamentissa. Turgot oli myös selkeästi kateellinen Jean – Lucin suosiosta kuninkaan silmissä.

Niinpä hän lavasti Jean – Lucin syylliseksi juonitteluun ja kavallukseen kuningasta vastaan. "Sinisilmäinen " kuningas uskoi kaiken ja raivostunut kuningas päätti häätää Jean – Lucin vaimoineen Versaillesista tiistaina 26. syyskuuta 1775. Turgot itse erotettiin seuraavana vuonna ja Malesherbes tuli myös erotetuksi ja hänet korvattiin Jacques Neckerillä vuonna 1776.

Olimme Jean-Lucin kanssa yrittäneet miettiä, miten paeta pois Pariisista tai koko Ranskasta hengissä. Vaikka Jean-Luc ei ollut kovin tunnettu politiikassa tai kuninkaan "lähipiirissä", hänkin joutui tappolistalle. Olihan Turgot onnistunut kääntämään kuninkaan Jean – Lucia vastaan pötypuheillaan. Pelko omasta hengestämme kasvoi päivä päivältä.

Olimme siis päättäneet paeta. Abbedissan ääni sortuu hetkeksi. Hän nyökkää kohti vesilasia. Helga antaa hänelle vettä. Abbedissa hengittää hetken raskaasti ja syvään. Hän yskäisee pari kertaa ja jatkaa.

Olin kirjoittanut enolleni Gabrielille Saksaan. Hän perheineen asui Wiesbadenin kaupungissa. Eno oli luvannut auttaa meidät alkuun. Jean – Luc oli järjestänyt meille hevoskuljetuksen aina Saksan rajalle. Lähtö olisi 29. syyskuuta aamulla kuudelta.

Torstaina 27. syyskuuta 1775 aamuhämärissä huoneemme ovea koputettiin ja sydämeni melkein pysähtyi. Sotilaat repivät puolialastonta Jean-Lucia hevoskärryihin, mikä tiesi vankilaa tai lähinnä kuljetusta teloitettavaksi. Jean-Luc rimpuili vastaan, mutta hänen voimansa eivät riittäneet neljää aseistettua sotilasta vastustamaan.

Jean-Luc näki minut ja ravisti päätään, antaen merkin mene piiloon, pois, katoa maan alle! Jean -Lucin kädet sidottiin hamppuköydellä selän taakse ja hänet paiskattiin hevosvaunujen lavalle vatsalleen. Yksi vartijoista hyppäsi hänen päälleen ja uhkasi häntä pistimellä, jos hän vähänkin liikkuisi. Kolme muuta sotilasta nousi rattaiden etuosaan ja patisti laiskat hevoset liikkeelle.

Astuin melkein toisen hevosen juuri ulostamaan jätökseen. Aloin jo voida pahoin, koska nyt tiedän, että Jean-Luc viedään lähes suoraan teloitettavaksi, ilman oikeudenkäyntiä. Vatsassani alkoi myllertää. En ollut koskaan nähnyt teloitusta, vaikka niitä oli ollut kosolti ja olivat kaiketi kansan huvia. Minua ajatus lähinnä oksetti.

Jean-Lucia vastaan oli siis nostettu syyte kavalluksesta. Hän olisi yön vangittuna ja seuraavana päivänä hänet mestattaisiin Place Louis XV aukiolla.

Place de la Concorde on aukio Pariisissa, Ranskassa. Se sijaitsee Seinen pohjoisrannalla välittömästi Tuileries-puiston länsipuolella, ja aukiolta länteen johtaa Pariisin valtakatu Avenue des Champs-Élysées.

Aukion alkuperäinen nimi oli Place Louis XV silloisen kuninkaan mukaan.

Sen suunnitteli Jacques Ange Gabriel vuonna 1755.

Vuonna 1748 Ludvig XV hallitsi yksin viisi vuotta kardinaali de Fleuryn kuoleman jälkeen. Hän pyrkii vahvistamaan ja lujittamaan henkilökohtaista valtaansa Ludvig XIV:n legendaarisen hallituskauden varjossa sekä Regencyn loiston ja rappion edessä.

Erityisen vauras ulkomaisen merikaupan ansiosta Ranskan tulot nousivat 80 miljoonasta punnasta 308 miljoonaan puntaan vuosina 1716 - 1748. Sitten kuningas käynnisti joukon suuria teollisia, uskonnollisia ja arvostettuja hankkeita koko valtakunnassa.

Pariisin maaherrat ehdottavat, että hallitsijalle tarjotaan hänen henkilökohtaiselle kunnialleen omistettu muistomerkki ratsastajapatsaan muodossa Rooman imperaattorina, kuten usein oli tapana (kuten Ludvig XIV:lle omistettu Place des Victoires ja Place Royale [nykyinen Place des Vosges], joka on omistettu Ludvig XIII:lle).

Tämä patsas tilattiin Edmé Bouchardonilta, mutta hanke laajennettiin koskemaan kuninkaan kunnialle omistetun monumentaalisen esplanadin rakentamista Places des Conquêtes (Place Vendôme), Place Royale (nykyinen Place des Vosges) mallin perusteella. Place Dauphine tai Place des Victoires.

Suunnitelmien rakentamisen ja paikan kehittämistöiden käynnistämisen jälkeen on aika löytää vaikutelma kahdelle pohjoisessa sijaitsevalle palatsille.

Vuonna 1765 päätettiin asentaa Garde-Meuble Royal, kuninkaan huonekaluista vastaava laitos, itäisimpään palatsiin (nykyisen rue Royalen ja rue Saint-Florentinin väliin), tulevaan Hôtel de la Marineen. Aluksi Garde-Meublen piti olla vain osa rakennuksesta, mutta vuonna 1767 se otti lopulta koko paikan haltuunsa.

Ranskan vallankumouksen aikana kuningas Ludvig XV:n patsas kaadettiin, aukio nimettiin uudelleen Vallankumouksen aukioksi ja sinne pystytettiin giljotiini.

Päänsä siellä menettivät hurraavan väkijoukon edessä muun muassa Ludvig XVI, Marie-Antoinette, Madame du Barry, Georges Danton, Antoine Lavoisier ja Maximilien Robespierre. Ahkerimmassa käytössä giljotiini oli kesällä 1794, jolloin kuukaudessa teloitettiin yli 1 300 henkilöä.

Poliittisen tilanteen vakiinnuttua hallitus nimesi aukion virallisesti Place de la Concordeksi. Saksalaiset joukot käyttivät sitä päämajanaan toisen maailmansodan aikana.

Aukion patsaista ja suihkulähteistä tunnetuin on sen keskellä kohoava, hieroglyfein koristeltu Luxorin obeliski. Sen laidoilla sijaitsevat muun muassa Hôtel de Crillon ja Yhdysvaltain suurlähetystö. Aukiolta pohjoiseen johtavan lyhyen Rue Royalin päässä sijaitsee Église de la Madeleine, ja vastapäätä Seinen toisella puolella Palais Bourbon.

Samana päivänä pukeuduin kuluneisiin vaatteisiin ja yömyssyyn, jotka olin ostanut eräältä palvelijattarelta. Peruukki ja meikit jäisivät nyt pois. Halusin sekoittua väkijoukkoon. Lähdin kävelemään kohti Place Louis XV. Matkaan meni 6 tuntia. Minun oli pakko välillä levähtää ja yövyin metsässä oksista kyhäämälläni vuoteella.

Aamulla kun saavuin kaupungin keskustaan, lähellä Place Louis XV aukiota, katujen mukulakivet alkoivat korkokenkäni hankaloittaa kulkemistani. Onneksi kenkäni eivät näkyneet hameeni alta. Ne olisivat voineet paljastaa, muuten niin onnistuneen valeasuni. Ne olivat ainoan laisia kenkiä mitä omistin. Palvelijattaren jalka oli omaani suurempi, joten piti tyytyä omiin kenkiin. Viimeistelläkseni valeasuni olin myös metsässä tuhrinut kasvojani mullalla.

Kaaduin kerran, sotkieni itseni koiran ulostukseen. Taisin kaiketi nyrjäyttää oikean nilkkani, mutta sillä ei ollut väliä, halusin vain pelastaa mieheni. Jotkut ohikulkijat nauroivat minulle. Tunsin itseni nöyryytetyksi ja likaiseksi, mutta haluaisin pelastaa mieheni Jean - Lucin. Tiesin kuitenkin, että se olisi mahdotonta...

Kyynel vierähtää abbedissan poskelle. Se oli kamalaa. Aukiolle oli kertynyt iso joukko ihmisiä. Keskelle aukiota muutamia metrejä kuningas Ludvig XV ratsastajapatsaasta oli pystytetty korkeiden tolppien päälle nostettu puinen lava, jonka keskellä oli uutuuttaan hohtava Guillotine. Suorat rivit sotilaita ympäröivät tuota mestauskonetta. Mustaan pitkään takkiin ja valkoiseen röyhelökaulukseen pukeutunut pyöveli kahden apurinsa kanssa odottivat Jean-Lucin saapumista. Lavan portaiden yläpäässä oli pappi.

Piilouduin Garde-Meuble Royal rakennuksen yhden pylvään taakse. Vaikka välimatkaa oli hitunen, minulla oli hyvä näköyhteys lavalle. Sydän hakkasi yhä kovenevaa tahtia, kurkkua ja rintaa kuristi. Voin pahoin. En kyennyt pidättämään kyyneliä.

Kotvan kuluttua Jean-Lucia kuljettavat kärryt alkoivat tulla kolisten aukiolle. Kansa alkoi hurrata, vaikkeivat edes tienneet, kuka Jean-Luc oli. Tämä oli heille huvia. Myöhemmin sain kuulla, että jotkut vanhemmat naiset tulivat seuraamaan teloituksia käsityöt mukanaan. Kammottavaa.

Sotilaat repivät Jean-Lucin vaunusta ja työnsivät hänet rappusten eteen. Jean-Luc oli pukeutuneena valkoisiin housuihin ja paitaan, joka oli napittamatta. Nuo olivat ihan tavalliset vaatteet, eivät Jean-Lucin omia. Kädet selän taakse sidottuna Jean-Luc nousi arvokkaasti ja rauhallisesti nuo muutaman askelman portaat ylös lavalle.

Pappi siunaa Jean-Lucin ja tekee ristinmerkin. Avustajat tarttuvat Jean-Lucia käsistä ja asettavat hänet pystyasennossa olevan lavetin eteen vatsa edellä.

Sen jälkeen apurit sitovat Jean-Lucin jalat ja ylävartalon kiinni lavettiin köysillä ja laskevat lavetin alas vaakatasoon.

Apurit kahta puolta liu'uttaa lavetin lähemmäs pään ympärille tarkoitettuun pyöreään aukkoon. Jean-Luc asettaa kaulansa koloon.

Toinen apureista painaa pääaukon yläosaa, joka jysähtää paikalleen. Pää on tukevasti kahden puulevyn välissä.

Pyövelin katse kiinnittyy yleisöön. Hän näyttää kylmänrauhalliselta. Hän nykäisee konemaisesti kahvan alas. Terä alkaa pudota äänekkäästi kohisten alaspäin.

Kuuluu sivalluksen ääni. Jean-Lucin pää irtoaa muusta ruumiista ja putoaa alla olevaan punottuun koriin.

Veri alkaa virrata Jean-Lucin ruumiista guillotinen terää pitkin lavalle.

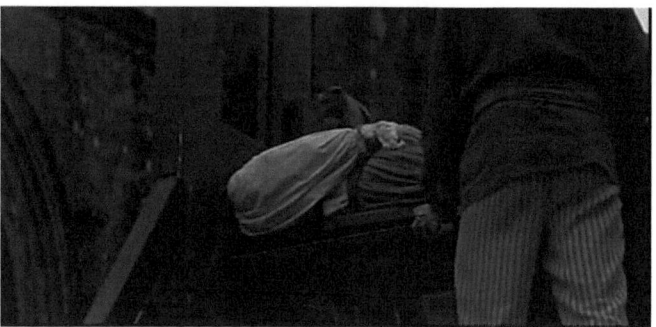

Kansa hurraa. Pyöveli kumartuu koriin ja nostaa Jean-Lucin verta valuvan pään hiuksista roikuttaen sitä ilmassa kansan ihailtavana. Kansan riemu on ylimmillään.

Louise voi vannoa, että Jean-Lucin silmät liikkuvat kertaalleen. Ihan kuin ne olisivat kääntyneet katsomaan häntä viimeisen kerran. Jean-Lucin suuret ruskeat silmät lähettivät rakkauden ja kaipuun viesti Louiselle. Tämä on liikaa. Louise kääntyy pylvään suojaan ja oksentaa. Kyyneleet valuvat silmistä. Voi Jean-Luc! Minun rakkauteni. Louise tajuaa nopeasti, olevansa todella vaarassa. Hän pyyhkii huulensa ja silmänsä mekkonsa hihaan. Louise alkaa hitaasti kävellä pois aukiolta ja lähtee kohti Versaillesia. Matkalla hän toivoo ja rukoilee, että pääsisi lähtemään pakoon huomen aamulla, jäämättä kiinni. Toisaalta, jos hänet telotettaisiin hän näkisi Jean-Lucin uudelleen.

Louise viettää loppupäivän Versaillesin lähimetsässä. Hän palaa illan hämärryttyä palatsiin ja kiirehtii omaan huoneeseensa. Hän ottaa koriin vaihto mekon ja lasipulloon vettä sekä kaikki rahansa ja korunsa. Louise vaihtaa ylleen toisen mekon. Nämä kaikki hän on ostanut palvelijattarelta, jo muutama päivää sitten. Hän päättää nukkua mekko päällään. Hän laittaa jalkaansa Jean-Lucin kengät ja työntää olkia niihin täytteeksi. Ovat ne edelleen liian suuret, mutta paremmat, kuin korkokengät.

Yö on levoton. Louise ei voi nukkua. Hän voi edelleen pahoin ja itkee ajoittain. Hän odottaa sydän kylmänä, koska ovelle taas koputetaan. Hetkeksi hän torkahtaa. Havahtuu uudelleen, koska unessa hän näkee taas tuon kaamean teloituksen. Louise ei unohtaisi tätä näkyä koskaan.

29. syyskuuta aamuhämärässä, joskus kello neljän aikaan, Louise pujahtaa huoneestaan ja lähtee kohti Église Notre-Damea.

Église Notre-Dame

Kirkon rakensi Louis XIV:n käskystä Jules Hardouin-Mansart ranskalaiseen barokkiarkkitehtuurityyliin, tunnetaan myös nimellä ranskalainen klassismi, ja se vihittiin käyttöön 30. lokakuuta 1686. Notre-Damen seurakuntaan kuului Versailles'n palatsi ja se rekisteröitiin siten. Ranskan kuninkaallisen perheen kasteet, avioliitot ja hautaukset.

Vuonna 1791 se julistettiin katedraaliksi, mutta muutettiin Järjen temppeliksi vuonna 1793. Vallankumouksen jälkeen Versaillesin piispa valitsi sen sijaan paikkakseen Saint-Louis'n kirkon (nykyinen Versaillesin katedraali).

Vuosina 1858 - 1873 arkkitehti Le Poittevin lisäsi uuden kappelin, joka rakensi myös Marché Notre-Damen kauppahallit.

Kirkossa on Pierre Mazzelinen ja Noël Jouvenet'n veistoksia.

Täällä hänen oli määrä tavata hevosmies vaunuineen. Tai oikeammin hänen ja Jean-Lucin piti tavata. Jean-Luc oli järjestänyt tämän pakokuljetuksen aina Pyhän saksalais - roomalaisen keisarikunnan rajalle.

Pyhä saksalais - roomalainen keisarikunta Heiliges Römisches Reich H.R.R oli keskieurooppalainen valtakunta keskiajalla. Käsite Ensimmäinen valtakunta das Erste Reich tarkoittaa tätä keisarikuntaa.

Sen perustana oli frankkien valtakunnan hajotessa Verdunin sopimuksessa vuonna 843 syntynyt kuningaskunta, johon myöhemmin yhdistyi Rooman keisarius. Muodollisesti keisarikunta säilyi vuoteen 1806 saakka. Valtakunnan nimi, laajuus ja rakenne on vaihdellut vuosisatojen aikana.

Versailles jää taakse. Louise tuntee helpotusta, vaikka tietää, ettei vaara ole ohitse. Hän kuitenkin olettaa, ettei hänen katoamistaan havaita moneen päivään. Toisaalta, hän ei ollut syyllistynyt mihinkään. Niin eihän kyllä Jean-Lucaan ollut syyllinen mihinkään. Hänet oli lavastettu syylliseksi.

Edessä olisi pitkä matka. Noin 600 kilometriä. Hevoskyydillä matkaan menisi ainakin noin 70 tuntia eli kolmisen vuorokautta. Jean-Luc oli suunnitellut reitiksi seuraavaa Pariisi – Reims – Metz – Forbach – Saarbrucken – Kaiserslautern – Bingen am Rhein – Rüdesheim am Rhein – Wiesbaden. Eno Gabriel oli järjestänyt hevoskyydin Rüdesheim am Rheinista Wiesbadeniin.

Vaikka matkaa Église Notre-Damelle oli vain noin kilometri, se tuntui ikuisuudelta. Vaikka Louise oli täyttänyt Jean-Lucin kengät oljilla, ne hölskyivät jaloissa. Aika pian kantapään taakse alkoi hankautua rakkoja. Louise jatkoi urheasti matkaansa, vaikka rakot alkoivat särkeä ja hidastivat matkan tekoa.

Taivallettuaan tuon kilometrin matkan Louise saapui Église Notre-Damelle, jonka edessä odotti mies hevoskärryineen. Kärry oli lastattu olkikuormalla.
– Bonjour Monsieur. Comment allez-vous? Huomenta herra, mitä Teille kuuluu? Louise kysyi.
– Bonjour, ça va huomenta, siinähän se, mies vastasi.
– Oliko Teidän määrä kuljettaa mies ja vaimo rajalle? Louise kysyi.
– Kyllä, mies vastasi lyhyesti ja puri huultaan.
– Siinä tapauksessa voimme lähteä, mieheni ei tule tänään, hän tulee jälkikäteen.

Mies osoitti olkikuormaa ja käski Louisen piiloutua olkien alle. Louise laski korinsa lavalle, nosti mekkonsa helmaa ja ponnisti itsensä lavalle. Hän peitti itsensä huolellisesti oljilla. Sen jälkeen Louise ilmoitti olevansa valmis. Mies komensi hevosen liikkeelle. Puiset vaunut lähtivät huojuen ja kitisten kohti Pariisia.

Pakomatka olisi alkanut. Louise rukoili, että pääsisi turvallisesti rajan yli. Hän ei ollut vielä halukas kuolemaan. Varsinkaan jonkun typerän salaliittoteorian vuoksi.

Kyyneleet nousivat Louisen silmiin. Hän näki Jean-Lucin kauniit kasvot ja nuo suuret, syvän ruskeat silmät. Ne mihin Louise oli ensimmäisenä kiinnittänyt huomionsa. Aikakaudelle järin poikkeuksellista, mutta he olivat saaneet valita toisensa itsenäisesti, ei sukulaisten järjestämään avioliittoon, kuten oli tapana.

Jean-Luc oli iloinen ja huumorintajuinen. Hänellä oli suuri sydän ja rautaiset hermot. Louise oli usein temperamenttinen ja äkkipikainen, mutta Jean-Luc myötäili aina ja sai usein Louisen unohtamaan mistä hän oli alun perinkin hermostunut. Voi Jean-Luc! Tulen aina rakastamaan Sinua, Louise mietti hiljaa nyyhkien.

Kärryjen tasainen heilunta sai Louisen nukahtamaan. Hän oli todella uupunut. Hän ei ollut nukkunut kahteen päivään kunnolla, varsinkaan edellisyönä. Unen autuus jäi kuitenkin aika lyhyeksi, sillä uniin tuli taas kuin elokuvana Jean-Lucin mestaus. Kun pyöveli roikutti Jean-Lucin päätä, Jean-Luc katsoi Louisea silmiin. Silmissä oli outo palo ja Jean-Luc irvisti, silmät muuttuivat punaiseksi ja Jean-Luc alkoi nauraa. Louise heräsi. Hän ei ollut varma oliko hän huutanut unissaan. Ilmeisesti ei, koska vaunut jatkoivat tasaista huojuntaa, eikä kuljettaja ollut sanonut mitään.

Louise joi tilkan vettä mukaansa ottamastaan pullosta. Mitähän kello olisi? Louise mietti. Tuuhean olkikasan alla oli vaikea arvata olisiko päivä vai ilta, kenties yö. Alunalkaenkin oli sovittu, ettei matkan aikana puhuttaisi mitään, joten Louise ei voinut kysyä kuskilta mitä kello olisi. Hänen olisi vain oltava hiljaa ja luotettava siihen, että Jean-Lucin valitsema kuski tekisi sen, mitä oli luvannut. Louise alkoi miettiä, mitä jos kuski pettäisi hänet. Varsinkin nyt, kun hän oli yksin. Mitä jos kuski olisi saanut tietää Jean-Lucin mestauksesta ja siitä mistä häntä syytettiin. Mitä jos.... Louise ravisti päätään ja päätti olla ajattelematta noin.

Paljon myöhemmin, kärryt pysähtyivät, kun kuski toppuutti hevosta. Mitä nyt? Louise mietti.
– Olemme perillä, Madamme, kuski sanoi.
– Välietapissamme Reimsissä, hän jatkoi.

Louise tarttuu koriinsa ja kaivautuu olkien alta esiin. On pilkkopimeää. Myöhäinen ilta tai yö, Louise arvelee. He olivat pysähtyneet maatalon edustalle. Louise pudistaa mekkoon tarttuneet oljet pois mekostaan.

Kuski kolkuttaa maatalon oveen. Mies lyhty kädessään avaa oven. Miehet tervehtivät toisiaan poskisuudelmin. He ilmeisesti tuntevat toisensa, Louise ajatteli.
– Madamme. Lienee aika esitellä itseni, kuski aloitti.
– Olen Robert ja tämä on serkkuni François. Me yövymme täällä. Olemme olleet matkalla yli 16 tuntia ja nyt me ja hevoseni tarvitsee lepoa. Itseasiassa he olivat taittaneet noin 165 kilometrin matkan.

Louise nyökkää ja seuraa isäntää pieneen tupaan. Robert irrottaa hevosen ja vie sen talliin, liittyen sitten muiden seuraan. He söivät kanaa ja herneitä, sekä leipää. Palanpainikkeena oli punaviiniä. François johdatti illallisen jälkeen Louisen omaan makuuhuoneeseensa. François sanoi nukkuvansa tallissa serkkunsa kanssa. Louise yritti estellä, mutta mies vaati. Hänen vieraansa ei nukkuisi tallissa. Louise kirjaimellisesti kaatui sänkyyn. Hän nukahti heti.

Louise herää aamulla, kun François koputtaa oveen.
– Madamme, olisi aika herätä, hän sanoo oven takana.
Louise on hämmästynyt. Hän ei ensin ymmärrä missä on, mutta sitten muisti alkaa toimia ja hän nousee ylös. Louise tajuaa nukkuneensa koko yön, ilman painajaisia. He nauttivat leipää ja kananmunia aamiaiseksi.

Joskus kello kuuden aikaan, kun on vielä hämärää. Robert ja Louise jatkavat matkaa. Louise kiittää isäntäänsä vieraanvaraisuudesta ja maksaa hänelle 12 livreä. Taas kerran Louise kiipeää korinsa kanssa kärryjen lavalle ja peittelee itsensä oljilla. Matka kohti Reimsin kylää alkaa.

Reims

Reims sijaitsee tasangolla Vesle-joen rannalla ja Aisnen ja Marnen yhdistävän kanaalin rannalla. Kaupungin etelä- ja länsipuolella kohoavat Reimsin vuoret ja viiniviljelmin peitetyt kukkulat.

Ennen kuin roomalaiset valtasivat Reimsin (silloin Durocortorum), Reims oli remien pääkaupunki, mistä Reims on saanut nimensä. Remit antautuivat vapaaehtoisesti roomalaisille, ja uskollisuutensa ansiosta heillä oli erityisasema valloittajien silmissä.

900-lukuun mennessä Reimsistä oli tullut sivistyksen keskus. Arkkipiispa Adalberon ja munkki Gerpert (myöhemmin paavi Sylvester II) olivat perustaneet kaupunkiin kouluja ja Adalberon oli myös nostattamassa vallankumousta, joka nosti Kapetingit valtaan ja syrjäytti Karolingit.

Reimsin arkkipiispojen tärkein erityisoikeus oli Ranskan kuninkaiden voitelu. Tapaa noudatettiin vain muutamaa tapausta lukuun ottamatta yli 700 vuoden aikana. Troyesin rauhansopimuksessa vuonna 1420 Reims annettiin Englannille, joka oli yrittänyt vallata kaupungin jo vuonna 1360. Jeanne d'Arcin lähestyminen karkotti englantilaiset Reimsistä, minkä ansiosta Kaarle VII voitiin voidella tuomiokirkossa 1429. Vuonna 1585 Reims liittyi katolisen liigan puolelle, mutta antautui Henrik IV:lle 1590 Ivryn taistelun jälkeen.

Saksan – Ranskan sodassa 1870 – 1871 saksalaiset sijoittivat Reimsiin kenraalikuvernöörin päämajan. Sodan aikana kaupunki köyhtyi armeijan vaatimien pakkoluovutusten takia.

Kaupunki tuhoutui pahoin ensimmäisessä maailmansodassa. Katedraali, Taun palatsi ja Pyhän Remin luostari vaurioituivat, mutta ne restauroitiin. Jäljelle jääneet rakennukset ja Rooman ajan rauniot muodostavat vaikuttavan kokonaisuuden.

Toisessa maailmansodassa saksalaiset antautuivat ehdoitta Reimsissä 7. toukokuuta 1945.

Reimsin katedraali

Reims on tunnettu goottilaisesta katedraalistaan eli tuomiokirkostaan Notre-Dame de Reims, jossa Ranskan kuninkaat kruunattiin ja voideltiin. Katedraali on peräisin 1200-luvulta. Sitä alettiin rakentaa vuonna 1211. Katedraalille on ominaista yhtenäinen tyyli.

Eurooppalaisista katedraaleista vain Chartresin katedraalia koristaa suurempi määrä veistoksia kuin Reimsin katedraalia, jossa veistoksia on 2 303 kappaletta. Yksi kuuluisimmista Reimsin katedraalin veistoksista esittää hymyilevää arkkienkeli Gabrielia.

Taun palatsi

Taun palatsi on rakennettu vuosina 1498 – 1509 ja osittain uudelleenrakennettu vuonna 1675. Kuninkaat asuivat Taun palatsissa, kun he tulivat Reimsiin kruunattaviksi. Kuninkaalliset pidot pidettiin Taun salissa Salle de Tau, jossa on 1400-luvulta peräisin oleva valtava savupiippu, Reimsin arkkipiispojen riipuskorut sekä neljäntoista Reimsissä kruunatun kuninkaan muotokuvat.

Tasainen kärryjen huojunta saa Louisen rentoutumaan. Hän alkaa hiljalleen uskoa, että hän saattaisi päästä hengissä pakoon. Mutta mikään ei ollut varmaa, ennekuin hän olisi rajan toisella puolella. Hän alkoi puntaroida tulevaisuuden vaihtoehtoja, mutta päätti haudata kaikki ajatukset. Nyt olisi aluksi keskityttävä pääsemään rajan yli ja aloittaa elämä alusta eno Gabrielin luona.

Matka tuntuu taas kestävän ikuisuuden. Mutta ajantaju on Louisella täysin kateissa. Hän on olkien alla, eikä sinne päivä paista, eikä kuu kumota. Louise olisi halunnut, että hänellä olisi ollut pelikortit mukanaan. Hovissa hän oli vihannut yhteisiä korttipelituokioita, mutta nyt kortit olisivat oivaa ajankulua. Hän ei tosin ollut varma miten korttipeli olisi onnistunut olkien alla.

Louise muisteli kuulleensa pelikorttien historiasta seuraavaa. Yleisesti on arveltu että, pelikortit olisivat kiinalainen keksintö. Kirjalliset todisteet viittaavat siihen, että pelikortteja on ollut Kiinassa jo ennen vuotta 1000. Nämä varhaisimmat pelikortit olivat kapeita paperisuikaleita, jotka muistuttivat dominoita. Myös dominot olivatkin alun perin paperisia ja puiset tai luiset tiilet kehitettiin vasta myöhemmin.

Länsimaiset pelikortit eivät muistuta niinkään kiinalaisia dominoita kuin kiinalaisten käyttämiä rahakortteja. Niissä yksi maista on kolikot kuten varhaisimmissa Euroopassa käytetyissä korteissa, osassa maista on samanlainen nurinkurinen arvojärjestys ja korteilla on jopa pelattu tikkipelien tyyppisiä pelejä.

Perinteisen teorian mukaan Marco Polo toi kortit mukanaan Kiinasta. Marco Polo oli kuitenkin jo pitkään kuollut ja kaupankäynti Kiinaan hiipunut siinä vaiheessa, kun ensimmäiset kirjalliset merkinnät kuvaavat pelikortteja uudeksi ideaksi. Lisäksi kiinalaiset pelikortit ovat yksinkertaisesti liian erilaisia, jotta niistä voitaisiin noin vain hypätä eurooppalaisiin kortteihin. Väliin tarvitaan vaiheita, eikä puuttuvia lenkkejä ole vielä selitetty täysin tyydyttävästi.

Aika eliminoi kaksi muuta suosittua teoriaa: ristiretkeläiset ja romanit. Ristiretkeilijät toivat varmasti mukanaan kaikenlaista, mutta ristiretket olivat jo pitkään loppu ennen pelikorttien ilmestymistä Eurooppaan. Romanien kanssa on päinvastoin: romaniheimot saapuivat Eurooppaan vasta pelikorttien jälkeen.

Neljäs teoria liittyy persialaisten pokeria muistuttavaan as-nas-peliin, mutta se yleistyi vasta 1700-luvulla. 1500-luvulla Persiassa pelattiin ganjifehia, joka on intian kansallispeli ganjifan esi-isä ja sitä kautta etäistä sukua eurooppalaisille korttipeleille.

Todennäköisemmin puuttuva rengas löytynee Egyptistä. 1200-luvulla pelikorttien idea oli päätynyt Lähi-Itään. Egyptistä on löytynyt pelikorteja, jotka on tehty ennen vuotta 1300. Pakasta on jäljellä vain osia, mutta niiden perusteella on selvää, että 52 kortin pakka koostuu neljästä maasta, joista jokaisessa on kymmenen numerokorttia ja kolme hovikorttia: kuningas, varakuningas ja toinen varakuningas. Varakuninkaasta käytetystä nimestä nä'ib juontanee juurensa vanhin pelikorteista käytetty sana, italian naibbe ja espanjan naipes.

Islamilaiset pelikortit löysivät tiensä eteläiseen Eurooppaan ja levisivät todella nopeasti. Ensimmäinen maininta pelikorteista Euroopassa on Espanjasta vuodelta 1371, ensimmäinen yksityiskohtainen kuvaus on Sveitsistä vuodelta 1377 ja vuonna 1380 kortit tunnettiin jo Firenzessä, Regensburgissa, Pariisissa ja Barcelonassa. Nämä ovat varhaisimmat luotettavimmat maininnat.

Vuonna 1377 baselilainen munkki kertoi, kuinka korttipeliksi kutsuttu peli oli saapunut seudulle kyseisenä vuonna. Tämän Rheinfeldenin Johanneksen mukaan korttipakassa oli neljä kuningasta, jokaisella kaksi upseeria ja lisäksi kymmenen numerokorttia per maa – siis yhteensä 52 korttia, aivan kuten nykyisissä korteissa. Saksalaisissa korteissa on edelleen kuninkaan seurana kaksi upseeria.

Islamilaisen pakan hovikorteissa ei ole nykyisistä korteista tuttuja kuvia, vaan korttien arvoa osoittavat tekstit, sillä islaminuskohan kieltää ihmisten kuvaamisen. Korttien maat ovat kolikot, kupit, miekat ja poolokepit. Maiden tunnukset muuttuivat korttien saapuessa Eurooppaan. Pooloa ei vielä tunnettu Euroopassa, joten poolokepeistä tuli valtikoita, nuijia tai muita keppejä. Tässä vaiheessa kuvakorttien muodostama hovi haki vielä muotoaan: laajimmillaan kuvakortteja oli jopa kuusi (kuningas, kuningatar, ritari, aatelisnainen, palvelija, neito).

Kortit tulivat Eurooppaan joko Italian tai Espanjan kautta. Venetsia oli kaupan keskus ja pelikorttien kaltaisen keksinnön olettaisi seuraavan kauppareittejä. Italialaiset kortit muistuttavat lisäksi enemmän egyptiläisiä kortteja. Barcelonasta on kuitenkin löytynyt maurien aikainen leikkaamaton pelikorttiarkki 1400-luvulta, jonka tyyli muistuttaa erittäin paljon egyptiläisiä kortteja. On siis mahdollista, että kortit ovat saapuneet ensin Espanjaan.

Korttipelien ja erityisesti tarot-korttien historian tutkijana kunnostautunut professori Michael Dummett ehdottaa The Game of Tarot -teoksessaan, että Persiassa tai Keski-Aasiassa oli olemassa alkuperäinen 48 kortin pakkaa käyttävä peli, josta persialaiset käyttivät nimeä ganjifeh. Peli levisi Persiasta sekä itään että länteen.

Idässä intialaiset laajensivat pakkaa tuplaamalla maiden määrän ja nimesivät pelin ganjifaksi. Arabiassa peli sai nimekseen kanjifah – tämä sana esiintyy mamelukkien korteissa – ja pakkaan lisättiin yksi kuvakortti. Eri jälkeläisten yhteiset piirteet viittaavat siihen, että alkuperäisessä pelissä yksi maista oli kolikot ja peli itse oli tikkipeli, jossa numeroiden arvojärjestys oli käänteinen puolessa maista.

Kolikot ja joidenkin korttien käänteinen arvojärjestys viittaavat kevyesti kiinalaisten rahakorttien suuntaan, mutta kuten todettua, tätä yhteyttä ei ole vielä täysin vakuuttavasti selitetty.

Korttien valmistus oli kasvava ala 1400-luvun alkuvaiheissa ja 1500-luvulle päästäessä tarmokas vientityö Ranskasta ja Saksasta oli levittänyt kortit lähes koko Eurooppaan Kreikkaa, Venäjää ja Skandinaviaa lukuunottamatta. Uutuudenviehätys ajoi valmistajat monenlaisiin kokeiluihin vielä tässä vaiheessa. Vasta 1400-luvun lopulla kansalliset pakat alkoivat saavuttaa vakioidut muodot.

Eurooppalaisista innokkaimmin kortteja kehittivät saksalaiset ja sveitsiläiset. Seremonialliset kuviot saivat väistyä arkisten teemojen tieltä ja maatunnuksina käytettiin esimerkiksi eläimiä, kukkia tai työkaluja. Metsästys oli tyypillinen aihe. Saksalaiset päätyivät lopulta neljään maahan: lehdet, sydämet, tammenterhot ja kellot.

Ranskalaiset kortintekijät keksivät nykyisin tunnetut maat suunnilleen 1470-luvulla. Kyseessä on ehdottomasti yksi parhaimmista keksinnöistä korttien suunnittelussa. Padat, ristit ja hertat omaksuttiin luultavasti saksalaisista lehdistä, kelloista ja sydämistä.

Varhaisimmat kortit olivat käsintehtyjä taideteoksia aatelisten käyttöön. Suurikokoiset kortit oli kuvitettu kauniisti ja koristeltu kulta- ja hopeavärein. Ranskalaisten uudet maat helpottivat varsinkin sabloonatekniikalla tuotettujen korttien tekemistä, kun yksiväriset ja kuvioiltaan yksinkertaiset numerokortit saatettiin tehdä yhdellä sabloonalla ja yhdellä siveltimenvedolla. Ranskalaiset hallitsivat korttien valmistusta.

Korteille oli kysyntää myös aatelin ulkopuolella. 1400-luvulla yleistynyt uusi puuleikkaustekniikka mahdollisti pelikorttien massatuotannon. Korttiarkki leikattiin puupalikalle ja painettiin paperille. Kortit leikattiin irti ja paperi liimattiin pahville. Massatuotannon myötä korttien kuviot yksinkertaistuivat, mikä teki korttien painamisesta edullisempaa.

Korttipakan hovin kokoonpano vaihteli. Alunperin kuninkaalla oli seuranaan ylempi ja alempi upseeri. Ylemmästä upseerista tuli tyypillisesti ritari, alemmasta sotamies, joskus neito. Varhaisissa säilyneissä saksalaisissa korteissa 1440-luvulta on kahdessa maassa kuninkaiden tilalla kuningattaret.

1400-luvulla suosituin malli oli neljän kortin hovi: kuningas, kuningatar, ritari ja palvelija. Tarot keksittiin tämän mallin ollessa hallitseva, koska sama hovi on käytössä tarot-korteissa yhä nykyäänkin. Muissa korteissa päädyttiin lopulta kolmeen kuvakorttiin. Kaikkialla muualla paitsi Ranskassa kenkää hovista sai kuningatar.

Tarot-kortit syntyivät Italiassa uuden pelin, taroccon, pelaamiseen. Tavalliseen pakkaan lisättiin narri ja 21 mystisiä symboleja kuvaavaa erikoiskorttia, jotka toimivat valtteina. Valttien määrä kasvoi ja pakan koko lähenteli välillä jo sataa korttia, mutta alkuperäinen 78 korttia oli lopulta paras malli. Peli levisi Italiasta pohjoiseen. Ranskassa se sai nimekseen tarot, saksankielisillä alueilla tarock.

Ennen pitkää valttikorttien käsite siirtyi kuvitetuista erikoiskorteista tavallisiin kortteihin, eikä pakassa enää tarvittu muita kuvakortteja kuin vanhat tutut hovikortit. Nykyisen ennustusmerkityksensä tarot-kortit saivat vasta 1700-luvulla.

Mutta kortteja ei ollut matkassa, joten Louise päätti yrittää, josko saisi nukuttua edes hetken. Hän taisi nukahtaa tovin, mutta heräsi kun kärryt pysähtyivät.
– Madamme. On puoli yö ja olemme tulleet Metziin. Aika pysähtyä lepäämään.

He olivat pysähtyneet majatalon eteen.

Louise pudistaa taas ylimääräiset oljet mekostaan. Robert koputtaa oveen. Majatalon isäntä tulee avaamaan. Hän on yöasussaan lyhdyn kanssa ovella ja katsoo unisena vieraita. Robert esittää asiansa. Isäntä nyökkää ja osoittaa Robertille, että talli olisi talon takana. Louise astuu sisään ja saa eteensä kylmää lammasta ja leipää sekä punaviiniä. Robert liittyy kohta seuraan. Syötyään Louise siirtyy isännän opastamana huoneeseensa. Robert puolestaan palaa talliin hevosensa luokse. Louise vaipuu heti syvään uneen. Hän on todella väsynyt. He ovat olleet matkalla noin 18 tuntia taittaen noin 180 kilometriä.

Aamuhämärissä Robert koputtaa oveen ja herättää Louisen. Olisi taas aika jatkaa matkaa. Louisella on huono omatunto. Häntä säälittää tuo hevosparka ja myös Robert. Mies on nukkunut kiltisti tallissa ja kuskannut häntä pyyteettömästi satoja kilometrejä. Saatuaan aamiaista leipää ja kananmunia, Louise maksaa isännälle yöpymisestä 20 livreä. He jatkavat matkaa kohti Metzin kylän keskustaa. Ja kuten aina, Louise ei näe maisemia, koska hän on taas olkien alla piilossa.

Metz

Ensimmäiset ihmisasutuksen merkit Metzistä ovat jopa 200 000 vuoden takaa. Noin 10 000 vuotta sitten alueelle vaelsi ihmisiä idästä. 3 000 eaa. – 1 000 eaa. alueella asuivat liguurit, joista tiedetään hyvin vähän.

Julius Caesar valloitti Metzin 51 eaa. ja siitä tuli yksi alueen merkittävimmistä kaupungeista. Attila ryösti kaupungin 7. huhtikuuta 451. Frankkien aikana Metz oli huomattava kaupunki, ja se oli useiden Austrasian merovingikuninkaiden hallintokaupunki.

Roomalaisajan ja sitä edeltävien aikojen rakennukset ovat pääosin hävinneet. Roomalaisajan raunioita on nähtävissä niiden päälle rakennetun Metzin museon pohjakerroksessa. Roomalaisajalla (vuoden 400 paikkeilla) rakennettu ja myöhemmin Saint-Pierre-aux-Nonainsin kirkkona tunnettu rakennus on myös vielä pystyssä.

Metz sijaitsee alueella joka on ollut rajaseutua ison osan tunnetusta historiastaan. Eri aikakausina on rakennettu monia muureja ja linnoituksia joista osa on säilynyt. Keskiaikaisia rakennelmia on jäljellä esimerkiksi osana Moselin ja Seillen yhtymäkohtaa reunustavia muureja. Seillen toisella puolella nousevalla kukkulalla on Bellecroixin linnoitus, jonka näkyvät osat ovat pääosin 1700 – 1800 -luvuilta.

Metzin vanhoissa osissa on rakennusmateriaalina usein kellertävä kalkkikivi. Vanhojen osien kadut ovat kapeita ja näennäisen sekavasti toisiinsa liittyviä. Metzin ollessa osa Saksaa 1871–1918 rakennettiin muun muassa rautatieaseman seudulle väljemmin ja pääosin muista materiaaleista.

Kaupungin leimallisia rakennuksia ovat muun muassa vanhassa osassa sijaitseva Metzin katedraali ja vuodesta 1230 alkaen Seillen ylityspaikkaa vartioimaan rakennettu Porte des Allemands.

Porte des Allemands

Historiallisena varuskuntakaupunkina Metz on saanut vahvasti vaikutteita sota-arkkitehtuurista koko historiansa ajan. Muinaisesta historiasta nykypäivään kaupunkia on linnoitettu ja muutettu peräkkäin sinne sijoitettujen joukkojen majoittamiseksi. Puolustusmuurit klassisesta antiikista 1900-luvulle ovat näkyvissä vielä tänäkin päivänä, ja ne on sisällytetty Mosel- ja Seille-jokien varrella olevien julkisten puutarhojen suunnitteluun. Keskiaikainen siltalinna 1200-luvulta, nimeltään Saksan portti Porte des Allemands, on nykyään muutettu konferenssi- ja messukeskukseksi, ja siitä on tullut yksi kaupungin maamerkeistä. On edelleen mahdollista nähdä osia 1500-luvun linnoituksesta sekä linnoituksista, jotka Louis de Cormontaigne on rakentanut 1740-luvulla, mutta jotka perustuvat Vaubanin suunnitelmiin. Tärkeitä, enimmäkseen 1700- ja 1800-luvuilta peräisin olevia kasarmeja on hajallaan ympäri kaupunkia: osa arkkitehtonisesti kiinnostavista kasarmeista on muutettu siviilikäyttöön, kuten espanjalaisen arkkitehti Ricardo Bofillin Arsenal-konserttitalo.

Metzin katedraali

Metzin katedraali on Metzin katolisen hiippakunnan katedraali, Metzin piispojen kotipaikka. Se on omistettu Pyhälle Stefanukselle. Hiippakunta juontaa juurensa ainakin 4. vuosisadalle ja nykyisen katedraalin rakentaminen aloitettiin 1300-luvun alussa. 1300-luvun puolivälissä se liitettiin Notre-Damen kollegiaalikirkkoon, ja sille annettiin uusi poikkisilta ja myöhäisgoottilainen chevet, joka valmistui vuosina 1486 - 1520.

Tuomiokirkon aarrekammiossa on rikas kokoelma, joka on koottu Metzin hiippakunnan historian pitkien vuosisatojen aikana, ja se sisältää pyhiä vaatteita ja eukaristiassa käytettyjä esineitä.

Metzin katedraalilla on Ranskan kolmanneksi korkein katedraalilaivo 41,41 metriä Amiensin ja Beauvais'n katedraalien jälkeen. Se on saanut lempinimen la Lanterne du Bon Dieu "Hyvän Herran lyhty", koska siinä on maailman suurin lasimaalaus, yhteensä 6 496 m^2.
Lasimaalaukset sisältävät goottilaisen ja renessanssin lasimestarien Hermann von Münsterin, Theobald of Lixheimin ja Valentin Bouschin teoksia. Myöhempiä taiteellisia tyylejä edustavat Charles-Laurent Maréchal (romantismi), Roger Bissière (takismi), Jacques Villon (kubismi), Marc Chagall ja Kimsooja.

Puolenpäivän aikaan, noin kuusi tuntia matkan aloittamisen jälkeen, Robert ilmoitti, että he olivat tulleet Forbachin kylään ja lähelle rajaa.

Forbach

Forbach on kaupunki Mosellen kunnassa Koillis - Ranskan Alsace-Champagne-Ardenne-Lorrainen alueella. Se sijaitsee noin 15 minuutin matkan päässä Saarbrücken keskustasta Saksan rajalla.

Forbachista on löydetty kelttiläisen ja erityisesti roomalaisen aikakauden jäänteitä.

Schlossbergin kukkulalle rakennettiin linna 1100-luvun lopulla. Sitä laajennettiin vähitellen, ja noin 1550 se liitettiin kaupunkiin aitamuurin avulla. 10. vuosisadan ja 1793 välisenä aikana monet seigneurit eli lordit omistivat Forbachin Seigneuryn.

Johann Fischart, tuottelias satiirinen kirjailija, työskenteli ulosottomiehenä Forbachin linnassa, jossa hän asui vuosina 1583 – 1590.

Forbachin pyhän ristin kappeli mainittiin Metzin piispa Adhémar Monteilin kirjeessä vuodelta 1338 nimellä capella sancta crucis juxta Forbachum. Se on todennäköisesti rakennettu 1200-luvulla. Se kunnostettiin laajasti 1300- ja 1400-luvuilla. Se oli luultavasti Hombourg-Hautin seurakuntien omaisuutta vuodesta 1257 lähtien. Se vaurioitui pahoin 30-vuotisen sodan aikana.

Puolen tunnin keinuvan kyydin jälkeen, kärryt pysähtyvät.
– Madamme, olemme rajalla, Robert ilmoittaa.

Louise kaivautuu taas kerran olkikuormasta ja pudistaa ylimääräiset oljet päältään. Hän laskee korinsa maahan. Louise käy silittämässä hevosen turpaa ja kiittää uskollista ystäväänsä. Sitten hän kääntyy Robertin puoleen.

- Monsieur Robert. Kiitän Teitä sydämeni pohjasta kaikesta, mitä olette tehnyt eteeni. Minulla ei ole enempää, mutta ottakaa nämä loput livreni. Niille ei ole enää minulle käyttöä. Robert katsoo käteensä. Hän ei ole uskoa todeksi. Hänen kädessään on 30 livreä.

Robert yrittää kieltäytyä moisesta summasta, mutta Louise toistaa, ettei hänellä olisi niillä enää käyttöä rajan toisella puolella. Robert kiittää Louisea vuolaasti, nousee kärryihin ja tervehtii Louisea. Sitten mies ja kärryt alkavat loitota yhä kauemmaksi.

Louise kävelee noin 140 metriä, noin viisi minuuttia ja tietää olevansa nyt rajan toisella puolella Pyhässä saksalais-roomalaisessa keisarikunnassa. Ranskan vallankumouksen armeijat, päättivät Saarlandin alueen valtioiden itsenäisyyden. Vuoden 1792 jälkeen he valloittivat alueen ja se liitettiin osaksi Ranskan tasavaltaa.

Lännessä oleva kaistale kuului Moselin departementtiin, mutta vuonna 1798 keskustasta tuli osa Sarren departementtia ja idästä osa Mont-Tonnerren departementtia. Napoleonin tappion jälkeen vuonna 1815 alue jaettiin uudelleen. Suurin osa siitä tuli osaksi Preussin Reinin maakuntaa. Toinen idässä oleva osa, joka vastaa nykyistä Saarpfalzin aluetta, myönnettiin Baijerin kuningaskunnalle. Pientä osaa koillisessa hallitsi Oldenburgin herttua.

Nyt Louise olisi omillaan. Hänellä ei ollut aavistustakaan, minne suunnata seuraavaksi. Ainoa onni oli se, että Louise oli oppinut muutaman sanan saksaa. Hän päätteli, että jos jatkaisi matkaa suoraan eteenpäin, hänen olisi ennen pitkää tultava edes jonkun talon luo, josta voisi kysyä neuvoa.

Vähän puolenpäivän jälkeen, tarvottuaan lähes viisi kilometriä ja jalat pahasti rakoilla hän saapuu majatalon eteen. Majatalo on nimeltään Zum Adler.

Zum Adler

"Zum Adler" -majatalolla osoitteessa Deutschherrnstrasse 2 on pitkä historia.

Se rakennettiin noin vuonna 1750 osana prinssi Wilhelm Heinrichin johtamaa vuoden 1748 kaupunkiuudistusohjelmaa, luultavasti Nassau-Saarbrückin päärakennusjohtajan Friedrich Joachim Stengelin (1694 – 1787) suunnitelmien mukaan silloisen esikaupungin lopussa. on ollut siitä lähtien jatkuvasti ravitsemislaitoksena.

Hän koputtaa oveen ja majatalon emäntä avaa oven.

– Guten Tag Hyvää päivää, Louise aloittaa.

Sitten hän ankarasti muistelee miten esittää asiansa. Lopulta hän päätyy muotoilemaan asiansa seuraavasti.

– Haben Sie noch Platz für nächste Nacht? onko teillä vielä tilaa ensi yöksi.

Emäntä nyökkää ja viitta Louisea astumaan sisään. Hän viittaa Louisea istumaan pöydän ääreen. Louise saa syödäkseen rasvaista possunlihaa ja leipää sekä tuopin olutta.

Vaikka possu on todella rasvaista, rasva suorastaan tirskuu lihaa purressa ja valuu leualle, se on parasta possua, mitä Louise on koskaan syönyt. Taivaallista.

Syötyään Louise alkaa selittää emännälle, ettei hänellä ole rahaa. Hän nostaa koristaan kaulakorun. Sydäntä kirvelee, mutta hän ei voi muuta. Hän ojentaa kaulakorunsa emännälle. Koru on melko arvokas, mutta sen tunnearvoa ei korvaa mikään. Louise on saanut korun Jean-Lucilta häälahjaksi. Emäntä tarkastelee korua hetken ja nyökkää hyväksyvänsä sen maksuksi.

Tämän jälkeen Louise taas miettii miten hän asian selittäisi. Lopulta hän saa selitettyä, että tarvitsisi hevoskyydin aina Rüdesheim am Rheiniin asti. Emäntä kutsuu isännän paikalle ja selittää asian. Louise ymmärtää sanan sieltä toisen täältä. He puhuvat jotain murretta ja Louisella on entistä vaikeampaa seurata keskustelua. Isäntä nyökkää ja poistuu ulos.

Jokunen tunti myöhemmin isäntä palaa nuoren miehen kanssa. Louise katsoo tuota vaalea tukkaista, sinisilmäistä miestä. Mies! Lähinnä poika, Louise ajattelee. Louise puntaroi, voisiko hän luottaa tuohon poikaan. Hän on kieltämättä aika komea ja vaikuttaa luotettavalta, mutta vaan kovin nuori, Louise aprikoi. Louise nyökkää hyväksyvästi ja lupaa maksaa tälle perille päästyään koruilla. Nuori mies hymyilee ja nyökkää hyväksyvänsä maksun.

Emäntä ohjaa Louisen huoneeseensa. Louise voi vihdoin huuhtoa kasvonsa. Hän lepää hetken vuoteellaan ja lähtee sitten hetkeksi ulos. Tuntuu oudolle hengittää raikasta ulkoilmaa. Se ei ole samaa, kuin ilma, jota hän on viime päivät hengittänyt olkien läpi. Louise alkaa tuntea olonsa vihdoinkin turvalliseksi. Hän on poissa Ranskasta.

Illalla Louise saa taas samaa rasvaista possua, leipää ja olutta. Illallisen jälkeen hän vetäytyy yöpuulle. Päivän tapahtumat ja vieraan kielen kanssa kamppailu on uuvuttanut Louisen totaalisesti. Hän sammuu, kuin saunalyhty.

Aamuhämärissä emäntä koputtaa oveen. Louise muistaa nyt heti missä on. Hän päättää vaihtaa puhtaan mekon päälleen. Nyt alkaisi uusi elämä. Hetken hän muistelee Jean-Lucia ja kyyneleet tulvahtavat silmiin. Ei. Hänen olisi jatkettava eteenpäin.

Nautittuaan aamiaista, Louise menee ulos. Ulkona odottaa tuo nuorimies.

– Friedrich, nuoripoika esittäytyy ja hymyilee.
– Louise, hän vastaa arasti.

Louise katsoo kärryihin. Voi ei. Oljet on vaihtunut heiniksi. Poika auttaa Louisen kärryihin ja näyttää käsillään, että tämän tulisi piiloutua heinien alle. Poika selittää jotain sotilaista, mutta Louise ei ymmärrä mitä. Ei auta. Ehkä lopulta Wiesbanenissa hän voisi liikkua vapaasti. Olisihan eno Gabriel siellä turvana. Louise peittää itsensä heinillä ja matka alkaa.

Jossain vaiheessa hevosen kavioiden kopina ja kärrynpyörien ääni muuttuu. Louise tajuaa, että he ovat sillalla ylittämässä jokea. Sillan täytyy olla Alte Brücke Saarbrücken, josta Jean-Luc oli maininnut, selostaessaan heidän pakoreittiään Louiselle.

Alte Brücke Saarbrücken

Saaren ylittävä Alte Brücke Saarbrücken vanha silta Saarbrückenissä on Saarlandin vanhin säilynyt silta. Se yhdistää St. Johannin ja Alt-Saarbrückenin alueet ja on avoin vain jalankulkijoille ja pyöräilijöille.

Silta on Valtionteatterin, St. Johanner Marktin ja Saarbrückenin linnan välittömässä läheisyydessä.

Se rakennettiin vuosina 1546/1549 kreivi Philip II:n alaisuudessa sen jälkeen, kun keisari Kaarle V ei kyennyt ylittämään jokea tässä vaiheessa useisiin päiviin tulvien vuoksi. Varhaiskeskiajalla rappeutuneen roomalaisen sillan jälkeen hieman ylävirtaan, Vanha silta oli ensimmäinen silta Saarella vuosisatoon. Se tuhoutui ja rakennettiin uudelleen ainakin kahdesti.

He olisivat tulleet siis Saarbrückeniin. Jean-Luc oli arvioinut että he olisivat Saarbrückenissä noin puolenpäivän ja iltapäivän aikaan.

Saarbrücken

Saarbrücken on Saarlandin osavaltion pääkaupunki lounaisessa Saksassa Saar-joen varrella lähellä Ranskan rajaa. Saarbrückenin lähistöllä on ollut roomalaisten ja kelttien asutuksia, mutta kaupungin nimi tulee frankkien linnasta Sarrabrucca, joka puolestaan sai nimensä roomalaisaikaisesta sillasta. Se sai kaupunkioikeudet 1323. Ranskalaiset valloittivat sen vuonna 1793 ja preussilaiset 1815. Vuonna 1919 siitä tuli Saarin alueen pääkaupunki.

Saarbrücken on Saarin hiilikaivosalueen teollisuus- ja kulttuurikeskus, ja raide- ja maantieliikenteen risteyspaikka. Kaupungissa on yliopisto ja modernin taiteen museo.

Kärryjen tasainen keinunta jatkuu. Matka tuntuu kestävän ikuisuuden. Lopulta kärryt pysähtyvät.

– Fräulein neiti, Friedrich sanoo.

Minä olen kyllä rouva tai paremminkin leski, mutta menköön. Mitä vähemmän tuo poika tietää minusta, sen parempi, Louise aprikoi.

Louise kuoriutuu heinien seasta ja näkee, että he ovat pysähtyneet tallin eteen.

– Schlafen nukkua, Friedrich sanoo ja laittaa kätensä poskeaan vasten ilmaistakseen nukkumista.
Louise nyökkää. Louise menee talliin, jossa on heiniä. Hän menee pitkälleen heinien keskelle. Friedrich tuo hevosen talliin. Hän nostaa kärryistä korin, jossa on leipää. He syövät leivän ja käyvät nukkumaan.

Aamulla Louise herää hentoon ravistukseen.

– Fräulein Guten Morgen neiti hyvää huomenta, Friedrich sanoo.

– Muss weitermachen täytyy jatkaa eteenpäin, Friedrich sanoo.

Louise kiipeää taas pojan avustuksella kärryihin ja peittelee itsensä heinillä. He saapuisivat aika pian Kaiserslauternin kylään.

Kaiserslautern

Kaiserslautern on Saksan Rheinland-Pfalzin osavaltiossa sijaitseva kaupunki. Kaupungin nimi tulee sanasta Kaiser, keisari, ja paikallisesta Lautern-joesta.

Keisari Fredrik I Barbarossa rakennutti sinne palatsin 1100-luvulla. Kaiserslautern oli keskeinen paikka vuosien 1848 -1849 Pfalzin vallankumouksessa. Se teollistui nopeasti ja oli 1900-luvun alussa Pfaltzin merkittävimpiä teollisuuskeskuksia rautaruukkeineen ja puuvillakehräämöineen.

Kaiserslauternin Stiftskirche

Yliopistokirkko juontaa juurensa premontreilaisten luostarille, jonka keisari Friedrich I Barbarossa kutsui Württembergin Leutkirchista Kaiserslauterniin vuonna 1176. 1960-luvulla löytyi vain alun perin käytössä olleen luostarikirkon perustukset myöhäisromaaniseen tyyliin. Noin 1250 premontreilaiset alkoivat rakentaa uutta kirkkoa. Ensin rakennettiin nykyinen kuori, joka valmistui vuonna 1291, kun Richardis-kappeli (jota ei ole enää olemassa) vihittiin käyttöön. Laivan rakentaminen aloitettiin 30 vuotta myöhemmin ja se valmistui todennäköisesti ennen vuotta 1350. Pohjoinen sisäänkäynti asehuoneineen lisättiin 1300-luvun jälkipuoliskolla ja kaksi läntistä tornia 1500-luvun alussa. Vuonna 1510 tai 1511 Premonstratensian luostari muutettiin maalliseksi kollegiaaliluostariksi, joka hajotettiin uskonpuhdistuksen aikana vuonna 1565. Siitä lähtien kirkko on ollut protestanttinen seurakuntakirkko. 1700-luvun alussa alun perin kaksikerroksista päätornia kasvatettiin yhdellä kerroksella. Vuonna 1806 Richardis-kappeli purettiin. Sittenmin pormestari Goswin Müllinghoff rakensi paikalle talonsa apteekkeineen, ja vuonna 1819 luostari purettiin. Laaja korjaus noin 1880. Kirkko vaurioitui pahoin toisen maailmansodan aikana. Vuosina 1946-1950 kirkko, erityisesti päätorni, kunnostettiin yksinkertaistetussa muodossa. Vuonna 1965 goottilainen sakasti purettiin ja kirkko kunnostettiin. Entisen luostarin alueella tehtyjen kaivausten jälkeen sinne rakennettiin uusi kirkkohallinto.

Zum Adlerin isäntä oli kertonut, että Kaiserslauternista matka jatkuisi aina Bingen am Rheiniin saakka.

Bingen am Rhein

Bingen am Rhein on kaupunki Mainz-Bingen piirissä Rhineland-Palatinatessa. Paikan alkuperäinen nimi oli Bingium keltin kieltä ja tarkoittaa reikää kivessä. Ennen roomalaisten tuloa täällä oli jo asutusta.

Presbyteeri Aetherius Bingeniläinen perusti joskus 335 ja 360 välillä kiinteän kristityn yhteisön alueelle. Tästä todisteena on Aetheriusin hautakivi, jonka voi nähdä Saint Martinin's Basilica Pyhän Martin basilikakirkossa.

Burg Klopp

Kloppin linna on rakennettu joskus 1200-luvun puolessavälissä. Bingeniläiset ovat taisteleet useaan otteeseen itsenäisyytensä puolesta. Kuten useat muutkin kylät ja kaupungit laaksossa ovat kärsineet useista tulipaloista ja sodista.

St. Martinin Basilika

Pyhän Martinin basilika Basilika Sankt Martin, jota kutsutaan myös Bingen am Rheinin basilikaksi, on Bingen am Rheinin kaupungin tärkein katolinen kirkko Rheinland-Pfalzissa Saksassa.

Kirkko sijaitsee Nahen rannalla. Se on kunnostettu ja kunnostettu useita kertoja, joten se on fuusio eri tyylejä. Noin 793 krypta rakennettiin, yksi Austraasian vanhimmista krypteistä.

Kirkko on omistettu St. Martin of Toursille, joka on kuvattu pääsisäänkäynnin yläpuolella sekä monissa freskoissa ja alttaritaulussa.

Vuonna 1416 kirkkoa laajennettiin ja uusittiin lombardigoottilaiseen tyyliin; vuonna 1505 se koristeltiin taideteoksilla.

Abbedissa Hildegard Bingeniläinen on nimensä mukaisesti syntynyt täällä.

Monet pohjoisen Electoral Trierin ja Electoral Pfalzin kaupungit syttyivät liekkeihin tai vaurioituivat vakavasti. Monet Reinin ja Moselin linnat, esimerkiksi Stolzenfelsin linna vuonna 1689, tuhoutuivat kokonaan. Rijswijkin rauhassa vuonna 1697 Ludvig XIV palautti kaikki miehitetyt tai yhdistyneet alueet lukuun ottamatta Pohjois-Alsacea, johon tuolloin kuului myös Landaun linnoituskaupunki.

Ranskan vallankumouksen jälkeen Reinin vasemman rannan alueet miehittivät ranskalaiset joukot ensimmäisessä liittoumasodassa. Baijeri menetti vaalivaalin Pfalzin ja kolme Reinin vaalivaalit joutuivat pakenemaan Kölnin vaalivaalit ja Electoral Trier lopulta hajotettiin vuonna 1803 osana keisarillisen valtuuston pääpäätöstä. Mainzin tasavalta julistettiin Ranskan joukkojen suojeluksessa Mainzissa vuonna 1793, ensimmäinen valtio Saksan maaperällä, joka perustuu porvarillisdemokraattisiin periaatteisiin.

Cisrhenanin tasavallan julistaminen kesällä 1797 oli toinen yritys luoda republikaaninen, demokraattinen hallintomuoto Reininmaahan. Tätä edelsivät Leobenin alustavan rauhan (8. huhtikuuta 1797) neuvottelut, joissa Itävalta mm. lupasi luopua eduistaan Reinin vasemmalla rannalla. Sitten Ranska antoi miehitysjoukkojen ylipäällikköä ja siviilihallinnon päällikköä kenraali Hochea perustaa tasavallan, joka liittyy Ranskaan. Hanke epäonnistui sekä Reinin väestön tuen puutteen vuoksi että Ranskan hallituksen vaihtuessa, jolloin valtaan tulivat Reininmaan liittämisen kannattajat.

Napoleonin kukistumiseen saakka Reinin vasemmalla puolella sijaitseville alueille perustettiin Rhin-et-Moselen, Saarin ja Donnersbergin departementit vuosina 1798 – 1814. Alueet kuuluivat sitten Preussille (Reinin maakunta), Baijerin kuningaskunnalle (Pfalzin), Hessenin suurherttuakunnalle (Rheinhessen), Oldenburgin herttuakunnalle (Birkenfeldin ruhtinaskunta) ja Hessen-Homburgin maakunnalle (Oberamt Meisenheim).

Illalla joskus kahdeksan aikaan kärryt taas pysähtyvät.

– Fräulein, tuttu ääni sanoo.

Kuoriuduttuaan heinien seasta Louise huomaa, että tällä kertaa he olivat pysähtyneet majatalon eteen.

Friedrich koputtaa oveen ja keskustelee hetken ovella isännän kanssa. Pian Friedrich viittelöi Louisea tulemaan lähemmäksi. Isäntä tutkii Louisea päästä varpaisiin, mutta nyökkää lopulta hyväksyvästi ja viittaa Louisea astumaan sisään.

Heidät istutetaan pöydän ääreen. Ruoaksi tarjoillaan rasvasta possua, leipää ja olutta. Onko tämä sama ateria, joka majatalossa, Louise mietti, mutta on kuitenkin kiitollinen saamastaan. Aterian jälkeen emäntä ohjaa Louisen huoneeseen. Friedrich yöpyisi tallissa, ennen kotimatkansa aloittamista.

Aamulla taas kerran joskus kello kuuden aikaan, heti aamiaisen jälkeen, Louise antaa Friedrichille lupaamansa korvauksen. Hän antaa arvokkaimman kaulakorunsa. Nyt ei voinut säästellä koruja. Ne olivat vain maallista mammonaa. Friedrich kiittää ja nousee kärryihin lähteäkseen kotimatkalle.

Kun Friedrich on kadonnut horisonttiin, Louise kiittää isäntiään ja antaa kestitsemisestä kiitokseksi äidiltään saaman arvokkaan kaulakorun. Louise kysyy neuvoa, miten päästä Rüdesheim am Rheiniin. Isäntä lupaa auttaa. Hän selittää, että Rhein joki tulee ylittää.

Rhein

Rhein Rein ranskaksi Rhin, hollanniksi Rijn ja latinaksi Rhenus on yksi pisimmistä joista Euroopassa. Joen pituus on 1 230 kilometriä. Yhdessä Tonavan kanssa se muodosti aikoinaan Rooman valtakunnan pohjoisrajan. Sen jälkeen se on ollut tärkeä vesiväylä tavaroiden kuljetuksessa Pohjanmereltä sisämaahan.

Rein saa alkunsa Sveitsin Alpeilta, Sveitsin ja Italian raja-alueelta, Graubündenin kantonista. Alppien juurella Rein virtaa Bodenjärven etelärantaan ja jatkaa kohti merta järven länsirannalta. Se laskee Pohjanmereen Rotterdamin kohdalla Alankomaissa.

Reinin varrella olevat maat ovat Sveitsi, Italia, Liechtenstein, Itävalta, Saksa, Ranska ja Alankomaat. Rein on Italiaa ja Alankomaita lukuun ottamatta monin paikoin myös kyseisten valtioiden rajajoki.

Isäntä kyyditsee parinkymmenen minuutin hevosvaunuilla Louisen Rhein joen rantaan. Rannalla on muutamia miehiä veneidensä kanssa. Isäntä tervehtii erästä heistä ja vaihtaa kuulumisia. Sitten isäntä keskustelee hetken vakavannäköisenä. Keskustelun päätteeksi isäntä viittelöi Louisea tulemaan paikalle. Isäntä kertoo, että mies olisi valmis soutamaan Louisen joen toiselle puolelle. Matkaan menisi vähän yli tunti. Louise suostuu ja maksaa soutajalle omilla korvakoruillaan.

Noin tunnin kuluttua toisella rannalla, soutajamies keskustelee hetken miehen kanssa, joka on juottamassa hevostaan joen rannassa. Mies nyökkää. Soutaja tulee kertomaan, että mies lupaa viedä Loisen Rüdesheim am Rheinin kylään. Louise antaa miehelle isoäidiltään saaman rintaneulan.

Taas kerran Louisen tulee koreineen piiloutua heinäkuormaan. Toivottavasti eno Gabriel olisi Rüdesheim am Rheinin kylässä odottamassa tai tulisi mahdollisimman nopeasti, sillä Louisen korut alkoivat olla lopussa. Hänen selviytymisensä vieraassa maassa ilman rahaa tai koruja olivat minimaaliset. Louise myös mietti sitä, miten ja missä hän tapaisi enonsa. Eno ei ollut lähettänyt hänelle kirjettä tapaamispaikasta, mutta Louise uskoi vakaasti, että eno Gabriel tulisi hänet jostain löytämään. Tuskin tuolla alueella olisi kovin montaa ranskaa puhuvaa naista.

Jälleen kerran tuttu kärryjen keinunta alkoi. Louise tunsi helpotusta ja taisi nukahtaa. Aika pian hän havahtuu äänekkääseen miesten keskusteluun. Louise ymmärtää sana sieltä toisen täältä. Ilmeisesti joukko humaltuneita sotilaita on hyökännyt heidän kimppuunsa. Sitten se alkaa. Pistimet alkavat tunkeutua heinien läpi haavoittaen Louisea. Vaikka kipu on piinavaa, Louise saa pidettyä itsensä hiljaisena.
Tuntuu, että kuluu ikuisuus, ennen kuin pistimien tulo loppuu. Hyökkääjät käskevät miehen häipymään paikalta. Samalla he kertovat ottavansa miehen hevosen itselleen.

Hiljaisuus laskeutuu. Kotvan kuluttua Louise uskaltautuu esille. Kaikki ovat hävinneet paikalta. Louise katsoo itseään. Hänen mekkonsa on riekaleina ja koko vartalo on täynnä verta vuotavia haavoja. Ihme, etteivät päälle karkaajat huomanneet, että osa heinistäkin on värjäytynyt verellä.

Louise näkee kauempana ison rakennuksen. Se näyttää luostarilta. Louise alkaa kävellä hitaasti pellon poikki kohti luostaria. Kävely on tuskaa ja kipu on sietämätön. Muutaman kerran Louise kaatuu. Hän alkaa itkeä. Näkökenttä hämärtyy kyynelistä.

Lopulta Louise saapuu luostarin portille. Louise romahtaa polvilleen. Hän kokoaa viimeiset voiman rippeensä ja vetää narusta. Kello kilisee iloisesti ja kuuluvasti. Maailma mustenee Louisen silmissä.

V Luku

Noviisina

1776 – 1779

Louise havahtuu. Hänen päätään särkee ja hän tuntee olonsa heikoksi. Hän aukaisee silmänsä ja katsoo valoiseksi kalkittua kattoa. Missä hän on? Kuka hän on? Hän kääntää päätään ja näkee iäkkään nunnan. Nunna tarttuu Louisea kädestä, hymyilee ja sanoo jotain kielellä, jota Louise ei ymmärrä.

- Où je suis? Louise kysyy missä hän on. Nunna vastaa ranskaksi luostari Abtei St. Hildegardissa, Eibingenin kylässä Saksassa. Luostarissa? Saksassa? Kuka minä olen ja miksi olen täällä? Louise kysyy. Nunna laskee katseensa hetkeksi, huokaa ja kertoo, sen mitä tietää.

On lokakuun viimeinen päivä vuonna 1776. Louise on luostarin sairasosastolla. Louise oli ilmaantunut luostarin portille, josta portinvartijanunna, sisar Rosa, oli hänet löytänyt, verisenä täynnä haavoja. Louise ei ollut vastannut mihinkään. Hänet oli tuotu sairasosastolle ja sairaanhoitajanunna on tehnyt parhaansa hoitaakseen Louisen haavoja. Louise oli nukkunut lähes kaksi kuukautta.

- Olen luostarin abbedissa äiti Maria, olen ollut niin huolissani teistä tyttäreni. Tämä on kaikki, mitä osaan kertoa. Mutta, koska ette selvästi puhu saksaa vaan ranskaa, oletettavasti olette ranskasta. Miksi Te olitte niin täynnä haavoja, on mysteeri. Tyttäreni, saatte kohta keittoa ja sitten teidän on levättävä lisää, abbedissa sanoo. Hän silittää Louisen kättä ja hymyilee, poistuen paikalta.

Syötyään lämmintä keittoa Louise ummistaa silmänsä. Keitto oli täyttänyt vatsan. Louise oli ymmärtänyt, ettei ollut syönyt aikoihin mitään. Hän ei ymmärrä, miksi hän olisi Saksassa, jos hän ei puhu saksaa. Miksi hän olisi tullut luostariin ja miksi hän olisi ollut täynnä haavoja. Kuka hän on?

Vaikka kysymykset risteilevät Louisen päässä, hän on edelleen hyvin väsynyt ja nukahtaa. Painajainen alkaa. Louiselle tuntematon mies kävelee portaat ylös, giljotiinin terä heilahtaa. Pyöveli nostaa korista tuon miehen verta roiskuvan pään. Miehen silmät katsovat punaisena Louisea. Hän hymyilee vihamielisesti ja huutaa Louise! Jean-Luc!!!

Louise havahtuu. Sairaanhoitajanunna pitää häntä kädestä. Abbedissa Maria kiiruhtaa paikalle. – Rauhoitu tyttäreni, kaikki on hyvin. Sairaanhoitajanunna sisar Petra antaa Louiselle jotain yrttijuomaa. Abbedissa istuu Louisen sängyn laidalle. – Onko muistinne palautunut? hän kysyy. Kuka on Jean-Luc, jonka nimeä huusitte äsken?

Louise miettii untaan tovin. Pikkuhiljaa muisti alkaa palata. Louise alkaa muistaa kaiken. Hän alkaa kertoa abbedissalle, mitä muistaa. Mitä enemmän hän muistaa ja alkaa laittaa palasia yhteen, hän lopulta saa tarinansa täydelliseksi. Nyt Louise muistaa oman nimensä ja että hän todellakin ranskalainen. Louise muistaa, että Jean-Luc oli hänen miehensä. He asuivat Versaillesissa. Jean-Luc oli lavastettu rikolliseksi. Kaksi päivää ennen, kun heidän piti paeta, Jean-Luc oli pidätetty ja mestattu. Louise oli lähtenyt pakomatkalle Saksaan enonsa Gabrielin luokse. Hän oli saanut apua ja käyttänyt omaisuutensa maksaakseen avusta. Ja viime hetkillä lähellä luostaria, joukko humalaisia sotilaita oli käynyt häntä kuljettavan hevosvaunun kimppuun. He olivat pistimillä tökkineet heinäkuormaa, johon Louise oli piiloutunut. He olivat karkottaneet kuljettajan ja varastaneet hevosen. Paetessaan pellon poikki Louise oli nähnyt luostarin ja soittanut kelloa luostarin portilla.

Abbedissa kuuntelee tarinaa. Hänen ilmeensä on surullinen. – Voi tätä pahuutta maailmassa, hän huokaa. Pääasia on nyt, että olette turvassa. Toivutte rauhassa ja sitten voimme miettiä tulevaisuuttanne.

Muutamaa päivää myöhemmin Louise on jo voimistunut. Hän kysyy äiti Marialta, missä tarkemmin on. Äiti Maria kertoo seuraavaa. Louise on siis luostari Abtei St. Hildegardissa, Eibingenin kylässä.

Eibingenin luostari Abtei St. Hildegard

Eibingenin luostari Abtei St. Hildegard, Benedictineläis luostari St. Hildegard on benediktiiniläisnunnayhteisö Eibingenissä lähellä Rüdesheimia Hessenissä, Saksassa.

Eibingen

Pääte "ingen" paikannimessä esiintyy vain kerran Rheingaussa ja viittaa varhaisimpaan alemaaniseen alkuperään (noin 213). Eibingen on luultavasti yksi Reinin läpimurron varhaisimmista siirtokunnista. Jotkut kelttiläiset haudat Eibingerin metsässä todistavat varhaisesta asutuksesta.

Paikka mainittiin ensimmäisen kerran asiakirjoissa vuonna 942. Hildegard von Bingen ja hänen benediktiiniläissisarensa ottivat vuonna 1165 haltuunsa Augustinus-kaksoisluostarin vuodesta 1148 alkaen, nykyään seurakunnan ja pyhiinvaelluskirkon "St. Hildegard ja Pyhä Johannes Kastaja". Kirkossa on kullattu Pyhän Hildegardin pyhäkkö ja Eibingerin jäännösaarre. Kirkon läheisyydessä kirkkokompleksin kellareissa on Hildegardis-lähde. Sitä käyttää Episcopal Winery Rüdesheim, joka hallinnoi näitä kellareita.

Eibingen kuuluu nykyisin Rüdesheim am Rheiniin, joka sijaitsee Saksassa Hessenin osavaltiossa. Siellä on noin 2 800 asukasta. Eibingenissä on Eibingenin luostari, joka on alkujaan Hildegard Bingeniläisen 1165 perustama benediktiiniläinen luostari. Luostarissa nykyisin toimiva yhteisö on perustettu 1900-luvulla.

Lipas, jossa ovat pyhän Hildegard Bingeniläisen luut Eibingenin seurakuntakirkossa.

Eibingenin seurakuntakirkossa säilytetään Hildegardin kokoamia reliikkejä, ja siellä on myös Rupert Bingeniläisen käsivarsi ja Hildegardin omat jäänteet.

Koska Louise on jo selkeästi toipumassa ja vahvistunut, abbedissa uskaltaa lopulta kertoa Louiselle, mitä on tapahtunut. Se mitä Louise ei muista. Joskus aamulla kello 8.30 Louise oli soittanut portin kelloa viimeisillä voimillaan. Vaatteet riekaleina ja verisenä hän oli lyyhistynyt maahan. Portinvartijanunna sisar Rosa oli avannut portin ja vetänyt Loisen sisäpihalle. Sisar Rosa oli katsonut varovasti portin ulkopuoleista maastoa, näkemättä ketään. Sitten hän oli salvannut portin.

Hän oli hakenut äiti Marian paikalle, joka määräsi heti kaksi nunnaa viemään hänet luostarin sairasosastolle, jossa sairaanhoitajanunna sisar Petra aloitti hoidot rohdoilla. Hän oli käyttänyt seuraavia yrttejä hoitaakseen Louisen haavoja.

Meirami

Origanum majorana Meirami, Maustemeirami on alun perin Pohjois-Afrikasta ja Lounais-Aasiasta peräisin oleva maustekasvi, jota alettiin viljellä ja käyttää Euroopassa keskiajalla. Meiramia pidetään yhtenä vanhimmista Suomessa käytetyistä maustekasveista ja sitä käytetään eniten heti persiljan ja tillin jälkeen.

Elias Lönnrotin syntyi 9. huhtikuuta 1802 Sammatissa ja kuoli 19. maaliskuuta 1884 Sammatissa oli suomalainen monitietäjä ja hän kirjoitti meiramissa olevan lieventävää ja vahvistavaa lääkevoimaa. Se auttoi hänen mukaansa yskään, kuukautiskipuihin, sisäisesti ja ulkoisina hauteina. Meiramia on nimitetty myös lääkinnällisten käyttötarkoituksiensa mukaisesti sydämenvahvistukseksi ja uniruohoksi.

Ratamot, Piharatamo

Plantaginaceae Ratamo, Piharatamo on ratamokasveihin kuuluva monivuotinen ruoho. Sen soikeat lehdet kasvavat ruusukkeena maata vasten, ja jäykkä kukka- ja siemenvarsi nousee pystynä noin 20 cm:n korkeuteen. Tahmeat siemenet kulkevat eläinten tai ihmisten jaloissa uusille kasvupaikoille.

Piharatamo on yleinen nurmikoiden rikkaruoho, joka kestää tallaamista, mutta vaatii paljon valoa menestyäkseen. Se on alun perin kotoisin Etelä-Euroopasta, mutta on levinnyt eurooppalaisten asutuksen mukana kaikille mantereille. Kansanlääkinnässä kevyesti murskattuja ratamonlehtiä käytetään ihottumien, hyönteisen pistojen, nokkosen polttaman ja finnien hoitoon.

Myös uudenaikainen tutkimus on tunnustanut ratamon lääkinnälliset ominaisuudet. Samoja aineita mitä kasvi sisältää, nykylääketiede käyttää haavoja parantaviin lääkkeisiin. Toisaalta piharatamon käyttö haavojen hoidossa näyttää vaikuttaneen jäykkäkouristuksen yleisyyteen. Ratamothan kasvoivat ennen kaikkea pihamailla ja tien vierustoilla. Ne saattoivat hyvin olla hevosenlannan likaamia, ja siten sisältää jäykkäkouristusbakteereja.

Siankärsämö

Achillea millefolium Siankärsämö on valkeakukkainen, ryydintuoksuinen niittyjen kukka. Sitä tavataan laajalla alueella Euroopassa, Aasiassa ja Pohjois-Amerikassa. Suomessa siankärsämö on muinaistulokas, jolla on monta kansanomaista nimitystä, kuten pyörtänöpöllö, pellonvanhin ja akantupakki.

Siankärsämöä käytettiin haavalääkkeenä. Kun jollain teräkalulla tehtiin haava, niin kasvin lehtiä rutistettiin rievun sisässä niin, että nestettä pursusi ulos.
Kun verihaava vihoittelee, pannan sen päälle rautalehtiä. Ne vetävät "puhdin" pois.
Ikaalinen.

Tulehtuneeseen haavaan sisar Petra oli käyttänyt seuraavia rohtoja.

koivun sisäkuorta

pihkalaastari, joka valmistettiin niin, että keitettiin sianihraa ja kuusen pihkaa niin että siitä tuli tasainen liisterimäinen seos. Laastari saattoi olla väkevämpi tai miedompi, riippuen pihkan määrästä.

tervan ja suolaisen voin seosta

Terva on puusta, tavallisesti männystä tai lepästä kovassa kuumuudessa pyrolysoitua tummaa, paksua ja tahmeaa öljyä.

Tätä mänty- tai leppätervaa on vuosisadat käytetty muun muassa veneiden, laivojen ja rakennusten suojaamiseen vettymistä ja pilaantumista vastaan. Suomesta on tervaa viety kaikkialle Eurooppaan lähinnä laivoja varten. Lääkeaineena esimerkiksi shampoossa se estää ihon hilseilyä. Tervasta tehty tervavesi on aromiaine, jota käytetään niin hajun kuin maun takia. Tervalla voidaan maustaa esimerkiksi liharuokia, alkoholijuomia ja jäätelöä.

Koivun kaarnasta valmistetaan puolestaan koivutervaa eli tököttiä, jota on käytetty esimerkiksi voiteluaineiden raaka-aineena.

Mäntyterva valmistetaan, poltetaan, kuivatislauksella tervahaudassa. Kytevät mäntypuun palaset peitetään maalla siten, että hapen tulo valtaosin estyy. Ilman happea pihka ei syty palamaan, vaan pehmittyy kuumuudessa, ja valuu puuaineksesta ulos tervahaudan pohjalle. Tämä terva voidaan valuttaa talteen. Tervaa voidaan pyrolysoida tervaksista myös tynnyripoltolla; tällöin tervahaudan sijaan reaktorina käytetään terästynnyriä. Tervanpolton sivutuotteena saadaan terpenejä, jotka muodostavat tärpättiä ja mäntyöljyä. Koivuterva on tavallisesti valmistettu patatervana retortissa.

Alun perin terva tarkoitti monissa muissakin kielissä puutervaa, mutta tämä käyttötarkoitus joutui pääosin väistymään puulaivojen kauden loputtua. Monissa maissa sanan varsinaisia merkityksiä ovat nykyisin maaöljypohjainen maaterva, piki, kivihiiliterva tai bitumiterva. Sanojen käyttöä sotkee entisestään se, että myös eräitä maatervan lähteitä kutsutaan tervahaudoiksi. Näistä tervahaudoista, jotka sijaitsevat luonnollisen öljyesiintymän luona, erittäin paksu maaöljy eli "terva" pulppuaa maan alta lähteen tavoin. Lisäksi hän oli hoitanut haavoja tervasta ja kaurasta tehdyllä laastarilla tai hauteella.

Louise oli nukkunut todella pitkään aina sunnuntaista 1. lokakuuta aina maanantaihin 23. lokakuuta 1776 saakka. Pikkuhiljaa Louise alkoi kuntoutua. Hän on yhä hämmentynyt ja pelokas. Tuo painajainen Jean-Lucin mestauksesta vainoaa häntä vielä viikkoja. Voi Jean-Luc! hän ajattelee. Hän herää vielä lukemattomina öinä tuohon kammottavaan painajaiseen ja omaan huutoonsa.

Louisen parantumiseen vaikuttaa suuresti äiti Marian läsnäolo. Abbedissa ponnistelee kaikin voimin auttaakseen Louisen takaisin normaaliin elämään. Äiti Maria on ymmärtäväinen ja hänellä on suuri sydän. Hän ei myöskään halua kiirehtiä Louisea tekemään mitään päätöksiä tulevaisuutensa suhteen. Hän myös rohkaisee Louisea opiskelemaan saksaa ja auttaa siinä usein. Louisen on ollut aina helppo oppia vieraita kieliä, joten hän omaksuu puhutun kielen melko nopeasti. Kielioppi sen sijaan tuottaa päänvaivaa, mutta Louisesta on haastavaa nujertaa tuo kummitus. Varsinkin tässä tehtävässä kirjastonhoitaja ja kielenkääntäjä sisar Betty on suureksi avuksi. Louise lukee sairasvuoteessaan saksan kieltä kynttilän valossa myöhäiseen yöhön, kunnes hän nukahtaa. Painajaiset Jean-Lucista harvenevat yö yöltä, mikä helpottaa Louisea. Hän ei kuitenkaan voi koskaan unohtaa Jean-Lucia. Hän ei myöskään voi olla miettimättä, millaista heidän elonsa olisi ollut Versaillesin jälkeen Saksassa enonsa luona Jean-Lucin kanssa.

Eräänä päivänä, kun äiti Maria on tullut tapaamaan Louisea, hän on hyvin onnellinen, että Louise on toipunut lähes täysin.

- Tyttäreni, olette toipunut hyvin.

Louise nyökkää ja sanoo olevansa kiitollinen kaikesta saamastaan avusta.

- Oletteko miettinyt, mitä teette seuraavaksi? abbedissa kysyi.

Louise oli todellakin miettinyt asiaa, jo useamman päivän ajan. Enon luokse olisi matkaa. Hänellä ei ollut enää mitään, millä maksaa hevoskyytiä. Matka olisi liian pitkä kävellen. Louise ei edes tiennyt, oliko eno enää halukas vastaanottamaan hänet tai miten saisi edes viestitettyä, että hän oli edelleen elossa. Louise ymmärsi, että hänen entinen elämänsä oli mennyttä.

- Äiti Maria. Olen ajatellut. Haluaisin jäädä tänne ja antaa elämäni Herramme huomaan.

Äiti Maria hymyili.

- Tyttäreni. Se on hieno päätös. Älkää kuitenkaan suhtaudu asiaan kevyesti. Luostarielämä on vaativaa ja edellyttää kutsumusta. Mutta jos olette asiaa tutkiskellut sydämessänne ja olette tämän päätöksen tehnyt, annan hyväksyntäni. Meillä on muutama vapaa kammio. Teillä on aluksi koeaika. Ja jos osoittaudutte kyvykkääksi, voimme vihkiä teidät noviisiksi.

- Tunnen, että tämä on kutsumukseni, Louise vastaa.

Ja se ei ole vale. Louise ei ole unohtanut Jean-Lucia, mutta on aika avata uusi luku. Louise ei ikinä unohtaisi Jean-Lucia, mutta tarkemmin ajatellen elämä Versaillesissa oli ollut enemmän helvettiä, kuin elämisen arvoista.

Louise toipui lopulta ja pääsi viimeinkin jalkeille pois sairasosastolta. Sisar Heidin avustuksella Louise oli ommellut itselleen harmaan asun. Hän sai myös mustan huivin. Louise pukeutui harmaaseen asuunsa ja sitoi huivin päähänsä. Louise muutti omaan kammioonsa.

Kammio

Munkeilla ja nunnilla on luostareissa omat huoneensa, joita nimitetään kammioiksi. Ne ovat yleensä sisustukseltaan varsin askeettisia, myötäillen niitä ihanteita ja elämäntapaa, jota luostareissa tavoiteltiin.

Kammion seinät oli kalkittu valkoiseksi. Kammiossa oli yksi tuoli, kirjoituspöytä tuoleineen ja alkovisyvennyksessä sänky ja yöastia, sekä pieni yöpöytä. Kammiossa oli ikkuna, joka oli luostarin sisäpihalle eli puutarhaan päin. Ainoa koriste oli alkovisyvennyksen seinällä oleva musta, puinen risti.

Sisar Heidistä tulee Louisen paras ystävä sitten abbedissan. Heidi auttaa parhaansa mukaan Louisea sopeutumaan luostarielämään ja tutustumaan muihin sisariin. Heidi osaa kertoa joitakin tietoja sisarista. Muutamana päivänä he kävelevät yhdessä luostarin puutarhassa, sisar Heidin kertoessa hiljaisella äänellä kaiken, mitä tietää muista sisarista.

Abbedissa äiti Maria

Abbedissa äiti Mariasta sisar Heidi kertoi, ettei hänen syntymä vuotensa ollut tiedossa. Hänet oli jätetty luostarin portille arviolta vuoden ikäisenä vuonna 1704. Korissa, jossa hän oli ollut itkevänä luostarin potin ulkopuolella oli lappu jossa luki ainoastaan nimi Maria Benedicta von Dumont. Näin sisar Heidille oli kerrottu. Kun hänet vihittiin hän sai nimen sisar Maria. Hänestä tuli myöhemmin äiti Maria, kun hänestä vihittiin abbedissa. Abbedissana äiti Maria toimi 26. helmikuuta 1768 – 10. heinäkuuta 1780. Eli juuri silloin, kun Louise ilmestyi luostarin portille. Ehkä hänen oma kohtalonsa pienokaisena, vahvisti hänen lämpimiä tunteita Louisea kohtaan. Hän sairastui isorokkoon 7. heinäkuuta 1780, tämän Louise oli itse todistamassa. Hän vietti usein kolmen päivän ja yön ajan äiti Marian sairasvuoteen ääressä rukoillen äidin puolesta. Lopulta äiti Maria nukkui pois aamu varhaisella 10. heinäkuuta 1780.

Hildegard von Rodenhausen äiti Hildegard

Hildegard von Rodenhausen nousi abbedissaksi äiti Marian pois menon jälkeen. Sisar Heidi tiesi kertoa, että Hildegard von Rodenhausen oli syntynyt 1726. Abbedissana hän toimi 12. heinäkuuta 1780 – 7. maaliskuuta 1790. Äiti Hildegard kuolee tuntemattomaan sairauteen 9. maaliskuuta 1790. Sairaus tunnetaan nykyisin lavantautina.

- Sisaret, jotka olivat pääasiallisesti, minun aikanani.

Abbedissa vaikenee ja osoittaa vesilasia. Uusi abbedissa nostaa vanhaa abbedissa hieman koholleen ja avustaa häntä juomaan kulauksen vettä. Laskettuaan abbedissan takaisin makuulle, abbedissa jatkaa tarinaansa.

Sisar Rosa

Sisar Rosa oli syntynyt 1715. Hänet oli valittu portinvartijanunnaksi. Vain hänellä ja abbedissalla oli portin avaimet. Sisar Rosa oli hyvin hiljainen ja harras. Hän oli lujasti uskovainen. Hän oli kuitenkin myös lempeä ja hyvä sydäminen. Sisar Rosa menehtyi vuonna 1775 tuntemattomaan sairauteen.

Sisar Maria

Sisar Maria oli syntynyt 1720. Hänen sukunsa jo monen sukupolven ajan oli valmistanut viinejä, joten hän luonnollisesti toimi viininvalmistajana ja viinikellarinhoitajana. Sisar Maria oli pohjimmiltaan iloinen, jopa hilpeä ja hauska. Mutta hän kätki tuon ominaisuuden, koska se ei ollut soveliasta. Hän sairastui isorokkoon pian äiti Marian jälkeen. Hän kuoli 15.heinäkuuta 1780

Sisar Heidi

Sisar Heidi oli syntynyt 1747 Wiesbadenin kaupungissa. Louisen sydän oli jäänyt lyömättä pari kertaa kuultuaan kaupungin nimen. Wiesbadenin kaupunkihan oli se, minne Jean-Lucin ja Louisen oli määrä paeta Versaillesista. Sisar Heidistä tuli Louisen paras ystävä. Sisar Heidi työskenteli puutarhurina ja oli kuoron jäsen. Sisar Heidi oli ystävällinen ja hänellä oli suuri sydän. Hän kuunteli ja auttoi parhaansa mukaan Louisea sopeutumaan luostariin. He kävelivät usein luostarin puutarhassa, ihaillen sen kauneutta ja kasvien moni muotoisuutta.

- Eräänä päivänä uskouduin hänelle koko elämän tarinani. Hän kuunteli tarinani. Kun kyyneleet tulvahtivat silmiini mainitessani Jean-Lucin, hän tarttui minua kädestä ja nyökkäsi ymmärtäväisesti. Uskollinen ystäväni vietti viimeiset hetkeni sairasvuoteeni vieressä.

Sisar Marlene

Sisar Marlene oli syntynyt 1750. Hän toimi kappelinhoitajana. Hän vaikutti ylimieliseltä ja kärttyisältä, lähes vihamieliseltä. Louise ei voinut ymmärtää Sisar Marlenen asennetta häntä kohtaan. Sisar Heidi antoi kerran ymmärtää, että Sisar Marlenella oli vaikea sulattaa Louisen menneisyys ja se, että Louise oli sivuttanut hänet abbedissan suosikkina. Sisar Marlenesta tuli Louisen vihollinen.

Sisar Martina

Sisar Martina oli syntynyt 1730. Hänen tehtäviinsä kuului alttarikynttilöiden valaminen. Lisäksi hän oli kuoronjohtaja. Sisar Martina oli luonteeltaan hillitty ja avulias. Kuoronjohtajana hän oli ankara. Hän opetti Louiselle kynttilän valamisen salat. Sisar Martina oli toinen sisarista, jolle Louise kertoi menneisyydestään. Sisar Martina oli kuunnellut tarkasti ja nyökkäillyt ymmärtäväisesti. Sisar Martina kuoli 1776 tuntemattomaan sairauteen.

Alttarikynttilät ovat kirkon alttarille tai alttarin lähelle kuoriin sijoitettuja kynttilöitä. Ne ovat aikaisemmin olleet tarpeellisia valaistuksen takia. Nykyisin niiden tehtävä on ennen kaikkea symbolinen.

Jumalanpalveluksissa kynttilät otettiin käyttöön 300-luvulla ja 1600-luvulla niitä alettiin käyttää kirkon alttarilla. Tekstien lukeminen ja sakramenttien toimittaminen kirkoissa edellytti aikaisemmin kynttilöiden käyttöä. Etenkin kirkon kuori, alttari ja sivualttarit valaistiin kynttilöillä. Sittemmin kynttilät on alettu ymmärtää myös symboleina. Ne kertovat Kristus-valosta ja ovat toisaalta rukouksen symboleja.

Katolisissa kirkoissa kynttilät sijoitetaan nykyään usein alttaripöydän viereen korkeisiin kynttiläjalkoihin. Kun Vatikaanin II kirkolliskokous uudisti messun viettoa ja alttari siirrettiin kuorin itäseinästä pöytäalttariksi, on yleistynyt tapa, että alttarilla ei ole kynttilöitä tai muita esineitä estämässä näkyväisyyttä. Alttarille tai sen läheisyyteen sytytetään jokaista alttarin ääressä tapahtuvaa toimitusta. varten vähintään kaksi kynttilää, mutta niitä voi olla päivän teeman mukaan neljä tai kuusi. Kun hiippakunnan piispa viettää messua, voidaan sytyttää seitsemän kynttilää.

Kynttilät sijoitetaan alttarille niin, että ne eivät estä seurakuntalaisia näkemästä alttarille. Perinteen mukaan kynttilöiden tulisi olla lyhyempiä kuin alttarilla oleva krusifiksi. Alttarilla kynttilät ovat yksittäisissä kynttilänjaloissa. Monihaaraiset kynttiläjalat alttarilla häiritsevät kynttilöiden symboliikkaa. Kynttilät on mahdollista sijoittaa aina siten, että alttarilla on vain kaksi kynttilää ja muut kynttilät ovat alttarin tuntumassa lattialla seisovissa kynttilänjaloissa.

Alttarilla käytettävien kynttilöiden määrä vaihtelee yleensä kirkkovuoden pyhäpäivien mukaan. Siten kynttilät symboloivat kunkin pyhäpäivän asemaa kirkkovuodessa.

Kaksi kynttilää – päivinä, jolloin ei ole erityistä, omaa viettoaihetta. Niiden voidaan tulkita tarkoittavan lakia ja evankeliumia tai Kristuksen kahta luontoa, ihmisyys ja jumalallisuus

Neljä kynttilää – Uuden testamentin evankelistojen lukumäärä, pienempinä juhlapäivinä

Kuusi kynttilää - kolmen kerrannaisuus suurina Kristus-juhlina

Pitkäperjantaina ja hiljaisena lauantaina alttarilla ei ole yhtään kynttilää.

Sisar Petra

Sisar Petra oli syntynyt 1735. Hän oli sairaanhoitajanunna. Koulussa hän oli ollut kiinnostunut biologiasta. Sisar Petran isä oli ollut lääkäri, joten Sisar Petra oli jo varhaisessa vaiheessa oppinut lääketiedettä ja sairaanhoitoa. Sisar Petra kuului myös kuoroon. Hän oli hyvä sydäminen, avulias ja huolehtivainen. Juuri Sisar Petra oli hoivannut Louisen jälleen terveeksi. 24. lokakuuta 1780 Sisar Petra sairastui. 25. lokakuuta 1780 Sisar Petra kuoli isorokkoon. Louise ottaa vastuulleen sairaiden hoidon, vähenevissä riveissä.

Sisar Claudia

Sisar Claudia oli syntynyt 1733. Hän oli luostarin kokki ja myös kanttori. Sisar Claudia oli iloinen, mutta samalla kertaa hillitty. Sisar Claudialla oli uskomaton taito loihtia vaatimattomista raaka-aineista maistuvia aterioita.

Sisar Mathilda

Sisar Mathilda oli 1750. Hän oli keittiöapulainen ja kuoron jäsen. Sisar Mathilda oli luonteeltaan avoin ja ystävällinen, joskin hyvin omissa oloissaan viihtyvä. Juuri tästä syystä Louise ei koskaan ystävystynyt kovin hyvin Sisar Mathildaan. Sisar Mathilda kuoli 12. maaliskuuta 1790 keuhkokuumeeseen vain muutama päivä ennen Louisea. Onkin arveltu, että Louise olisi saanut häneltä tartunnan.

Kuorolaiset

Jutta, Gaby, Gisela ja Betty, takana Uli

Sisar Jutta

Sisar Jutta oli syntynyt 1750. Hän oli karjakko ja kuoron jäsen. Sisar Jutta oli myös hyvin etäinen ja omistautunut uskonnolleen. Sisar Jutta ja Louise harvoin puhuivat toisilleen. Lähinnä tervehtivät ja siinä se. Sisar Jutta kuoli 1784 tuntemattomaan sairauteen.

Sisar Gaby

Sisar Gaby oli syntynyt 1751. Hän oli karjakon apulainen ja niin ikään kuorolainen. Sisar Gaby oli hyvin hiljainen ja etäinen. Tervehti ja hymyili, mutta siinä se.

Sisar Gisela

Sisar Gisela oli syntynyt 1752. Hän oli luostarin puutarhuri ja vastasi esimerkiksi viinirypälein, kasviksien ja lääkeyrttien kasvatuksesta. Sisar Giselan isä oli puutarhuri ja jo aikaisessa vaiheessa hänestä oli kasvanut puutarhanhoidon kävelevä tietosanakirja. Sisar Gisela oli ahkera puutarhuri, mutta aika ujo ja hiljainen. Joskin hän jakoi innokkaasti tietojaan Louiselle tämän ehdokasaikana, etenkin kun hän huomasi Louisen kiinnostuksen kasveihin ja yrtteihin. Näistä tiedoista olisi myöhemmin paljonkin hyötyä Louiselle.

Sisar Betty

Sisar Betty oli syntynyt 1725. Hän oli puoliksi englantilainen. Sisar Bettyn äiti oli nimeltään Kathy, joskin Saksassa hänestä käytettiin lempinimeä Ketty. Sisar Betty toimi kielenkääntäjänä ja kirjastonhoitajana. Hän hallitsi sujuvasti latinaa, saksaa, englantia ja ranskaa. Myös sisar Betty oli kuoron jäsen. Sisar Betty oli avulias ja puhelias, johtuen luultavasti hänen puolittain englantilaisesta sukujuurista. Sisar Betty oli ollut suureksi avuksi Louisen opetellessa saksan kieltä. 18. lokakuuta 1780 sisar Betty sairastui. 20. lokakuuta 1780 sisar Betty kuoli isorokkoon.

Sisar Uli

Sisar Uli oli syntynyt 1775. Kuoron ohella hänen tehtäviinsä kuului luostarin kirjanpito. Sisar Uli oli hyvin tarkka ja syrjäänvetäytyvä. Louise ei koskaan oikein oppinut tuntemaan Sisar Ulia. 14. lokakuuta 1780 sisar Uli sairastui ja hän kuoli isorokkoon 15. lokakuuta 1780.

Betty, Gisela, Uli ja Mathilda sekä äiti Maria sekä noviisi Louise.

12. tammikuuta 1776 aamiaisen jälkeen noin kello 10 sisar Heidi hakee Louisen abbedissan puheille. Heidi antaa pikaisesti muutaman käytösohjeen Louiselle, muutoin he kävelevät vaitonaisena abbedissan työhuoneen ovelle ja Heidi kolkuttaa oveen.

- Sisään, kuuluu abbedissan ääni.

Heidi avaa oven ja Louise astuu sisään. Louise polvistuu, kuten Heidi oli neuvonut. Abbedissa nousee tuoliltaan ja kävelee Louisen luokse kohottaen kättään. Louise suutelee Abbedissan sormusta. Abbedissa hymyilee. Hän arvaa, että sisar Heidi on näiden oppien takana. Eihän Louise niitä muuten olisi tiennyt.

- Tyttäreni, nouse istumaan abbedissa sanoo ja palaa työpöytänsä taakse.

Louise istuu tuoliin odotettuaan, että abbedissa istuu ensin. Abbedissa hymyilee mielessään. Heidi on opastanut Louisea erittäin hyvin.

- Tyttäreni. Olette siis tutkiskellut asiaa sydämessänne ja tullut siihen lopputulokseen, että ryhdytte Herramme palvelijaksi? abbedissa kysyy.

- Näin olen päättänyt Louise vastaa.

- Tiedätte, että Teidän on luovuttava maallisesta omaisuudestanne abbedissa jatkaa.

Louise nyökkää ja yrittää pidätellä naurua. Hänellä ei ollut enää mitään omaisuutta, ei vanhaa elämää Versaillesissa. Ainoastaan muisto Jean-Lucista. Se oli asia, josta hän ei ollut valmis luopumaan koskaan.

- Hyvä on tyttäreni abbedissa jatkaa. Hän ei ollut voinut välttää heikkoa hymyä Louisen kasvoilla. Äiti Maria toki tiesi, että tuo kysymys oli Louisen kohdalla enemmän kuin typerä, mutta se kuului käytäntöön.

- Hyvä on abbedissa toistaa.

- Tyttäreni. Aloitamme 2 kuukauden ehdokasajalla. Se on vähän kuin koeaika. Sen aikana tulemme katsomaan, kuinka sopeudutte meidän sääntöihimme ja elämäntapaamme.

Määrään sisar Heidin opastamaan ja valvomaan Teidän edistymistänne. Mikäli osoitatte kykynne, vihimme Teidät noviisiksi. Päivittäisen työpanoksenne tulette suorittamaan luostarimme puutarhassa, jossa toinen käsipari on tarpeen. Sisar Gisela puutarhurimme, on erittäin kokenut ja tietää paljon kasveista ja niiden hoitamisesta. Ja kun Teistä tulee noviisi, toivon, että tutustutte myös luostarin muihin kädentaitoihin abbedissa päättää.

Mitä? Sanoiko äiti Maria kun? Louise nyökkää. Hänen aivonsa yrittävät kelata abbedissan sanoja taaksepäin. Sanoiko hän todella KUN? Oliko abbedissa niin varma, että Louise tulisi selättämään koeajan.

- Tyttäreni, onko Teillä kysyttävää? abbedissa keskeyttää Louisen harhailevat ajatukset.

- Ei ole äiti Louise vastaa, kuten sisar Heidi oli opastanut puhuttelemaan abbedissaa.

- Voitte sitten poistua.

Louise nousee ylös, niiaa ja kävelee ovelle. Juuri, kun Louise tarttuu ovenkahvaa, abbedissa keskeyttää hänet vielä kerran.

- Louise abbedissa sanoo.

Louise kääntyy katsomaan abbedissaa.

- Muista, että oveni on aina avoinna Teille. Mikä tahansa askarruttaa mieltänne, tai jos Teillä on huolia, oveni on aina avoinna.

Louise hymyilee varovaisesti ja niiaa uudelleen poistuen abbedissan työhuoneesta.

Sisar Heidi odotti oven takana.

- Miten meni? hän kysyi.

- Ihan hyvin Louise vastaa.

- Muistittehan kaiken mitä sanoin? Heidi katsoo kysyvästi.

- Muistin Louise vastaa lyhyesti.

- Äiti Maria on hyvä sydäminen ja auttavainen. Hänen on vaan oltava myös tiukka ja usein hän esittää ankaraa, koska se kuuluu hänen toimenkuvaansa Heidi selittää. Missä Te nyt aloitatte harjoittelunne?

- Luostarin puutarhassa Louise vastaa.

- Selvä. Äiti Maria, kuten tiedätte, on määrännyt minut opastajaksenne. Mennään ensin kammioonne missä käymme läpi luostarin sääntöjä ja päiväjärjestyksen.

Myöhemmin käymme sisar Giselan puheilla. Heti huomen aamusta alkaen Teiltä odotetaan päiväjärjestykseen osallistumista. Ja kuten tiedätte, aina jos on jotain kysyttävää, voitte kääntyä puoleeni sisar Heidi lopettaa.

Heidän astuessa Louisen kammioon sisar Heidi istuu tuoliin ja viittaa Louisea istumaan kirjoituspöydän ääreen. Pöydällä on paperia, mustepullo ja sulkakynä. Sisar Heidi on tuonut ne Louisen ollessa abbedissan luona.

- Hyvä. Aloitetaan säännöistä. Tehkää muistiinpanoja. On ehdottoman tärkeää noudattaa sääntöjä ja tapoja, muutoin se voi johtaa ehdokasajan päättymiseen. Tai edes nunnana, sääntöjen rikkominen tai noudattamatta jättäminen voi johtaa luostarista karkottamiseen Heidi jatkaa innokkaasti.

Louise nyökkää, kastaa sulkakynän musteeseen ja alkaa kirjoittaa sääntöjä paperille. Sisar Heidi on selvästi innostunut ja ylpeä saamastaan kunniasta, olla opastamassa Louise luostarin tavoille.

Louise oli yllättänyt, miten tarkkaa kaikki oli. Hän kirjoitti kynä sauhuten minkä ehti. Välillä hänen oli pakko keskeyttää ja pyytää sisar Heidiä hidastamaan tahtia. Louise alkoi ymmärtää, ettei hänen elämänsä tulisi olemaan ihan niin helppoa luostarissa, kuin hän oli ajatellut. Louise kirjasi paperille pääpiirteet seuraavasta.

Luostarin säännöt ja päiväjärjestys

Luostareissa kaikki tekeminen rytmittyi tarkasti kellonaikojen mukaisesti aamuvarhaisesta iltaan ja yöhön. Elämä luostarissa perustui säännöille, mikä oli suurenkin joukon muodostamassa yhteisössä välttämätöntä, jotta kaikki hoitui hyvin ja sujuvasti.

Luostareilla on ollut omia sääntökokoelmiaan, joissa on tarkkoja ohjeita kaikesta luostarielämään liittyvästä – ruokavaliosta aina liturgian kiemuroihin ja yhteisöelämän ongelmakohtiin. Kautta keskiajan käytetyin luostarisääntö läntisessä kristikunnassa oli Benedictuksen sääntö. Voidaan sanoa, että sekä munkin että nunnan elämä rakentui erilaisille luostarin säännöille siitä hetkestä, kun hän tuli luostariin, aina hänen kuolinhetkeensä saakka.

Luostarin ruokailu

Ruokailuun liittyviä sääntöjä oli runsaasti. Luostareissa ei suinkaan paastottu kaiken aikaa, vaan päinvastoin syötiin hyvin ja ravitsevasti. Nunnat saattoivat seisoa laulamassa viileässä kirkossa useiden tuntien ajan joka päivä, ja siinä tarvittiin hyvää ja monipuolista syömistä ja hyvää fyysistä kuntoa. Ruoan ei pitänyt olla vain terveellistä, vaan sen piti maistuakin hyvälle.

Rukoilua ja työtä ja rukoilua

Rukousajat ja muut varsinaiset jumalanpalvelukseen liittyvät toiminnot olivat tiettyinä aikoina, niiden välissä tehtiin työtä. Töissä kukin erikoistui erilaisiin tehtäviin taitojensa ja kykyjensä mukaan. Osa munkeista ja nunnista hoiti puutarhaa, toiset pitivät rakennukset kunnossa tai valmistivat ruokaa. Kirjoitus- ja lukutaitoiset opettivat toisia ja kasveista kiinnostuneet tekivät lääkkeitä sekä toimivat sairaanhoitajina.

Eri luostareissa oli eriydytty mitä erilaisimpien toimintojen suorittamiseen sekä mitä moninaisimpien tuotteiden valmistukseen ja kuhunkin tehtävään opiskeltiin ja erikoistuttiin. Joku maalasi ikoneita, toinen valmisti viiniä, kolmas touhusi hevosten parissa.

Öisinkin rukoiltiin, ainakin näin tehtiin keskiaikana, aamulla noustiin ylös ani varhain ja illalla mentiin nukkumaan hyvin aikaisin.

Rukouksien ajankohtien kohdalla Louise kohotti kulmiaan. Herranen aika. Niitä oli niin monta ja pitkin päivää, aamu varhaisesta, ilta myöhään. Louise oli jo usein toipilasaikanaan käynyt luostarin kirkossa rukoilemassa omansa ja Jean-Lucin sielu puolesta. Kirkko oli hänelle jo tuttu.

Rukouksien ajankohdat

Aamurukous on klo 5.00 - 6.00 aamulla.

Aamupuolella rukoushetkiä on klo 7.30, hiukan ennen auringon nousua ja noin klo 9.00.

Keskipäivän aikaan vietetään seuraava rukoushetki. Aikoinaan talvisin tämä oli myös aterian aika.

Seuraava rukouspalvelus klo 14.00 - 15.00 iltapäivällä.

Vesper eli iltapalvelus alkaa noin klo 16.30, auringonlaskun aikaan, sillä säännöissä määrätään illallinen syötäväksi ennen hämärän tuloa.

Viimeinen iltapalvelus eli Kompletorio pidetään noin klo 18.

Klo 19 paikkeilla nunnat käyvät levolle.

Kun Louise oli saanut kaiken kirjatuksi, he lähtivät iltapäivän rukouspalvelukseen. Kun palvelus oli ohitse siinä kello 15, he suuntasivat puutarhuri sisar Giselan luokse. Sisar Gisela vaikutti aika ujolle ja hiljaiselle. Joskin hän näytti ilahtuneelle saadessaan apua. Louise oli ollut aina kiinnostunut kasvitieteistä ja hänen tietämyksensä loi sisar Giselaan syvän vaikutuksen. Louisen ja sisar Giselan yhteinen kiinnostus kasveihin ja niiden hoitoon, loi heille saumattoman yhteistyön. Sisar Gisela jakoi innokkaasti tietojaan Louiselle.

Pian Louise tottuu päiväjärjestykseen. Aikainen herätys oli hänelle tuttua jo Versaillesin ajoilta. Louisen tyypillinen päivä alkoi kello 4.30.

4.30 hän nousi ylös.

Noin kello 5.00 oli päivän ensimmäinen rukoushetki eli Lauds.

Klo 6.00 Prime (ensimmäinen tunti), päivän ensimmäinen virka tai jumalanpalvelus, sekoitus psalmeja ja pyhiä kirjoituksia.

Sitten sisaret kokoontuvat aamiaiselle.

Kello 09.00 tai hiukan ennen auringon nousua oli Terce (kolmas tunti) on aamun toinen rukoushetki. Sen jälkeen hän aloitti työskentelynsä kulloinkin määrätyssä pisteessä, aluksi siis puutarhassa.

12.00 Seksi (kuudes tunti) oli keskipäivän rukoushetki.

12.30 Nunnat kokoontuvat lounaalle. Sen jälkeen hän jatkoi työskentelyään.

Lounaan jälkeen on vapaata aikaa kirjoittamiseen, harrastuksiin tai johonkin niistä pienistä askareista, joka odottaa aina tekemistä.

14.30 Louise palasi taas työnsä pariin.

Vesper (lamppujen syttyessä) eli iltapalvelus alkoi noin klo 16.30, auringonlaskun aikaan, sillä säännöissä määrätään illallinen syötäväksi ennen hämärän tuloa. Tämä laulettiin latinaksi.

Vespers alkaa laulamalla tai laulamalla sanoja Deus, in adiutorium meum intende. Domine, ad adiuvandum me festina. Gloria Patri, et Filio, et Spiritui Sancto. Sicut erat in principio, et nunc et semper, et in saecula saeculorum. Aamen. Halleluja. Oi Jumala, tule avuksesi. Oi Herra, kiirehdi auttamaan minua. Kunnia Isälle ja Pojalle ja Pyhälle Hengelle. Niin kuin oli alussa, on nyt ja on ikuisesti. Amen. Halleluja. ("Halleluja" jätetään pois paaston aikana.)

Noin kello 18.00 nunnat söivät illallisen, päivän pääaterian.

Noin kello 19.00 tuli Compline (ennen yöpuulle vetäytymistä) oli päivän viimeinen rukoushetki

Sen jälkeen tuli erityinen aika, joka tunnetiin nimellä Great Silence, se kesti seuraavan päivän Laudsiin, jolloin kukaan ei puhu tai aiheuta turhaa ääntä. Jokainen sai vapaasti mennä nukkumaan sen jälkeen.

Kello 23.00 oli oltava ehdoton hiljaisuus ja kammioissa ei enää saanut polttaa kynttilää.

Tämän jumalallisen viran järjestelyn on kuvannut Benedictus. Se löytyy kuitenkin John Cassianin kahdestatoista kirjasta, jotka käsittelevät Coenobian instituutteja ja parannuskeinoja kahdeksaan päävirheeseen, joissa kuvataan Egyptin aavikkoisien luostarikäytäntöjä.

Joka toinen kuukausi luostarin kirkossa pidettiin messu. Messu lat. missa tarkoittaa useissa kristillisissä kirkkokunnissa ehtoollisjumalanpalvelusta. Kölnin nuntius Carlo Antonio Giuseppe Bellisomi tuli toimittamaan nunnille messun.

Katolinen messu koostuu osista, jotka pysyvät samoina kirkkovuoden ajasta huolimatta Missa Ordinarium ja jotka on nimetty niiden tekstien ensimmäisten sanojen mukaan sekä osista, jotka vaihtelevat päivittäin Missa Proprium ja jotka on nimetty niiden tehtävän mukaan.

	Missa Proprium	Missa Ordinarium
	Laulettavat messun osat on esitetty kursiivilla.	
Johdanto	*Introitus*	
		Kyrie
		Gloria
Sanan liturgia	Epistola	
	Graduale	
	Halleluja tai *Tractus*	
	Sequentia	
	Evankeliumi	
	Saarna (valinnainen)	
		Credo
Eukaristia	*Offertorium*	
		Rukouksia
	Eukaristinen rukous	
		Sanctus
		Canon
		Isä Meidän-rukous
		Agnus Dei
	Communion	
	ehtoollisen jälkeiset rukoukset	
		Ite, missa est

Introitus on läntisten kirkkojen messun ensimmäinen kohta. Sen teksti on useimmiten psalmeista mutta se voidaan valita muistakin Raamatun kirjoista. Introituksen aikana messu viettävät papit ja avustajat saapuivat kirkkoon ja siirtyvät kuoriin, alttarin ääreen.

Kyrie vokatiivimuoto sanasta kreik. κύριος, kyrios, herra on katolisen ja useimpien läntisten kirkkojen perinnettä seuraavien kirkkokuntien messujen alussa oleva osa, jonka sanat ovat:

Κυριε ελεησον; Χριστε ελεησον; Κυριε ελεησον.

Kyrie eleison; Kriste eleison; Kyrie eleison.

eli

Herra armahda, Kristus armahda, Herra armahda

"Gloria in excelsis Deo" latinaa, "Kunnia Jumalalle korkeudessa" on kristillinen hymni, joka alkaa niillä sanoilla, joilla enkelit Luukkaan jouluevankeliumin mukaan ylistivät Jumalalle Jeesuksen syntyessä.

Epistola on kristillisessä jumalanpalveluksessa, messussa ja sanajumalanpalveluksissa luettava Raamatun lukukappale.

Graduale tai graduaali lat. portailta on katolisen kirkon messun osa, jossa epistolan lukemisen jälkeen lauletaan joukko antifoneja. Antifonit saivat nimensä siitä, että ne esitettiin alttarin portailta tai vaihtoehtoisesti siitä, että niitä laulettaessa diakoni nousi rappuja ambonille valmistautuessaan lukemaan evankeliumia.

Halleluja on heprean sanan הַלְלוּיָהּ translitterointi, joka tarkoittaa Kiittäkää Jahia suom. Kiittäkää Jumalaa ja jota käytetään usein Raamatun psalmeissa.

Sekvenssi lat. sequentia, seuraava on latinankielinen runo, joka on kirjoitettu ei-klassisessa runomitassa ja usein kristillisestä aiheesta. Se oli alkuaan messun hallelujan laajennus, sitten runomittainen virren tapainen laulu.

Evankeliumi on kristillisen jumalanpalveluksen, messun tai sanajumalanpalveluksen keskeinen osa. Se on ote jostain Uuden testamentin evankeliumista (Matteuksen, Markuksen, Luukkaan, Johanneksen evankeliumi).

Nikean uskontunnustus eli Nikealais-konstantinopolilainen uskontunnustus lat. Symbolum Nicaenum, on yksi kolmesta niin sanotun vanhan kirkon uskontunnustuksesta.

Offertorium on anglikaanisen ja katolisen messun osa, joka edeltää varsinaista eukaristiaa eli ehtoollista ja jonka aikana seurakunnalta kerätään kolehti.

Sanctus lat. Pyhä on messun osa ja keskeinen kristillinen hymni. Sanctus tarkoittaa pyhää. Se on messun ehtoollisrukoukseen, eukaristiseen rukoukseen kuuluva Pyhä-hymni.

Canon myös Canon Missae, Canon Actionis tai kaanon on katolisen messun keskeisin osa, joka tulee Offertoriumin jälkeen ja ennen Communionia se sisältää leivän ja viinin pyhitysrukouksen.

Agnus Dei suom. Jumalan Karitsa on läntisen kristinuskon jumalanpalveluksen eli messun eukaristisen riitin osa, ja kyseisen osan aikana laulettava rukous. Perinteisenä messutekstinä se on myös yksi messusävellyksen osa.

Communio tai Antiphona ad Communionem on katolisen kirkon messun osa, joka alun perin laulettiin ihmisten osallistuessa ehtoolliseen. Communio on messun neljästä muuttuvasta osasta Missa Proprium viimeinen.

Ite, missa est englanniksi: "Go, it is the dismissal" ovat messun ihmisille osoitettuja latinankielisiä sanoja. Messu on päättynyt.

Louiselle messu oli aina kohokohta. Hän ihaili nuntius Carlo Antonio Giuseppe Bellisomia, hänen tyyneyttään ja tapaa, jolla hän toimitti messun. Saatuaan ehtoollisleivän, Louisen mieli oli pitkään harras ja levollinen.

Kaksi kuukautta kuluu hetkessä. Ehdokasaika on ohitse. Sisar Heidi saattoi Louisen abbedissa työhuoneen ovelle. Vanha rituaali toistettiin. Louise istuutui abbedissan jälkeen.

- Tyttäreni. Olen erittäin tyytyväinen ehdokkuusaikaanne abbedissa aloittaa. Olette omaksuneet tapamme ja rutiinimme erittäin nopeasti ja hyvin. Sisar Gisela on kertonut, miten kiinnostunut olette ollut kasvien ja koko luostarin puutarhan hoidosta.

Louise nyökkää.

- Tästä syystä, olen päättänyt, että siirrymme seuraavaan vaiheeseen eli koeajalle. Tämä kestää 9 kuukautta. Edelleen Teidän tulee opiskella Benediktuksen lakeja, traditioita ja rukoilemistapoja yhteisössä. Tänä aikana muut arvioivat Teidän kutsumusta ryhtyä todelliseksi nunnaksi. Tämän koeajan hyödynnämme niin, että puolet ajasta sisar Petra opettaa teille sairaanhoitoa ja perehdyttää lääkeyrtteihin. Ja toisen puoliskon opettelette alttarikynttilöiden valamista sisar Martinan opastamana.

Louise nyökkää uudelleen.

- Toivon ja uskon, että jatkatte esimerkilliseen tapaanne ja koeajan jälkeen, voimme vihkiä Teidät noviisiksi. Tyttäreni olen erittäin ylpeä Teistä abbedissa lopettaa.

Louise kiittää, niiaa ja poistuu huoneesta.

Louise on onnellinen saamastaan palautteesta ja kertoo sen heti sisar Heidille, joka odotti Louisea. Sisar Heidi on iloinen Louisen puolesta. He menevät hetkeksi luostarin puutarhaan istumaan ja sisar Heidi antaa lisää hyviä ohjeita. Hän uskoo, että kaikki sisaret kannattavat Louisen noviisisuutta.

- Paitsi sisar Marlene Louise sanoo. Sisar Marlene, kappelinhoitaja on jostain syystä ollut koko ajan kylmäkiskoinen Louisea kohtaan ja hän ei tiedä miksi.

- Sisar Marlene on hyvin jyrkkä ja luvalla sanoen hankala ihminen sisar Heidi sanoo.

- Sisar Marlene on ollut abbedissan oikeakäsi pitkään sisar Heidi kertoo. Kenties hän kokee asemansa uhatuksi. Älkää olko huolissanne. Teillä on kuitenkin äiti Marian vankka tuki ja hän viimekädessä päättää asioista sisar Heidi lohduttaa.

Seuraavat yhdeksän kuukautta Louise opiskelee lääketiedettä, sairaanhoitoa ja yrttien valmistamista sekä alttarikynttilöiden valamista normaalin päivärutiinien ja rukoushetkien ohella. Sekä sisar Petra että sisar Martina ovat otettuja Louisen asenteesta ja innokkuudesta oppia asioita. Hän on aidosti utelias ja kyselee paljon. Hänellä on omia ideoita, etenkin lääkeyrttien osalta. Hän esittelee niitä ja saa hyväksynnän lähes kaikkiin ehdotuksiinsa.

Iltaisin hän valvoo usein lähes kello 23 saakka, tehden ahkerasti muistiinpanoja päivän aikana oppimistaan asioista. Paperipino pöydällä kasvaa. Puutarhaoppien ja kasvienhoito vinkit saavat nyt seurakseen sairaanhoitoa, lääkeyrttejä ja kynttilänvalantaa.

Yhdeksän kuukautta hujahtaa ohitse nopeasti. Louisen mielestä liiankin nopeasti. Etenkin aika sisar Petran kanssa tuntuu loppuneen alkumetreille. Louise on kuitenkin saanut aimo annoksen uusia tietoja ja taitoja. Sairaanhoito jäi teoria tasolle, sillä potilaita heillä ei ollut. Sinänsä huojentava seikka. Sen sijaan kynttilöitä hän valoi useita kymmeniä sisar Martinan valvovien silmien alla.

On heinäkuun 14 vuonna 1777. Aika tavata jälleen abbedissa. Sisar Heidi vaatii päästä saattamaan Louise äiti Marian puheille. Istuuduttuaan Louise odottaa jännityksellä mitä äiti Marialla on sanottavana.

- Tyttäreni. Olen ilolla seurannut edistymistänne ja kuullut pelkästään ylistäviä sanoja niin sisar Petralta kuin sisar Martinalta. Myös muut sisaret ovat antaneet hyväksyntänsä abbedissa keskeyttää.

Louisen sydän pomppaa. Tuleeko nyt se mutta paitsi sisar Marlene. Louise ummistaa silmänsä. Tässäkö se nyt oli? Mitä hän tekisi? Hänellä ei ollut rahaa. Miten hän saisi enoonsa yhteyttä?

- Näin ollen tyttäreni abbedissa jatkaa. Olen päättänyt vihkiä Teidät huomenna noviiseiksi heti kello 6.00 Primen jälkeen.

Louiselta pääsee huokaus. Hän ei ollut edes huomannut pidättelevänsä hengitystään.

- Onneksi olkoon tyttäreni. Pyytäkää sisar Heidiltä apua vaatteiden kanssa. Valtuutan teidät molemmat olemaan vapautettuja loppupäivän järjestyksestä.

Abbedissa nousee ylös. Louise polvistuu ja suutelee abbedissan sormusta.

- Kiitos äiti Louise sanoo vapisevalla äänellä.

- Olkoon Luoja kanssasi tyttäreni abbedissa sanoo ja palaa työpöytänsä taakse.

Sisar Heidi haluaisi huutaa ja hyppiä riemusta. Se tosin ei olisi ollenkaan soveliasta. Hän onnittelee Louisea ja lähtee viemään Louisea sakastin yhteydessä olevaan pukuvarastoon. Varastossa on paljon valkoisia morsiuspukuja ja mustia kaapuja.

- Näitä on kertynyt tänne vuosien aikana sisar Heidi kertoo. Koska meillä ei ole paljon aikaa, otamme suurehkot puvut ja muokkaamme ne sopivaksi. Sisar Heidillä näyttää olevan silmää vaatteiden kokojen kanssa. Eikä aikaakaan, kun hän on tyytyväinen löytöihinsä.

- Näistä tulee erinomaiset hän riemuitsee.

He ottavat mukaansa morsiuspuvun ja -hunnun, mustan kaavun, valkoisen päähineen ja valkoisen hunnun. He vievät ne Louisen kammioon ja alkavat muokata niitä sopivan kokoisiksi. He ompelevat koko loppu päivä aina lähelle kello 23, jolloin sisar Heidin on palattava omaan kammioonsa. He saivat kaiken valmiiksi. Sisar Heidi avustasi Louisea huomenna.

On heinäkuun 15. vuonna 1777. Louise on nukkunut huonosti. Häntä jännittää tämä päivä. Vaikka hän tietää, että sisar Heidi on hänen tukenaan, vatsassa leijailee perhosparvi. Toisaalta hän tietää, että abbedissa äiti Maria on myös hänen tukenaan. Hänhän tulee vihkimään Louisen noviisiksi.

4.20 Louise nousi ylös ja pukeutui. Kello 5.00 oli päivän ensimmäinen rukoushetki eli Lauds. Louisen jännitys vaan kasvoi hetki hetkeltä. Sitten koitti kello 6.00 Prime päivän ensimmäinen jumalanpalvelus. Ja sen jälkeen olisi Louisen noviisiksi vihkimisen aika.

Noviisina Louise hyväksyy Benediktiiniset tavat ja hän tulee saamaan nimen Sisar Luisa käännettynä saksaksi Louisesta. Hän tietää, että noviisuus kestää noin 2 vuotta. Noviisuus on entistä ankaramman arvostelun ja valmistautumisen aikaa ennen nunnan valan antamista. Louise ei malta olla miettimättä, mitä sisar Marlene miettii. Mutta hän pyyhkii ajatuksen pois mielestään.

Kun jumalanpalvelus on ohitse, sisar Heidi ja Louise poistuvat sakastiin. Louise pukee ylleen valkoisen morsiuspuvun ja sisar Heidi asettaa hunnun hänen päähänsä.

Äiti Maria odottaa sakastin ulkopuolella. Kun Louise ja sisar Heidi astuvat ulos, abbedissa nyökkää ja hymyilee

- Oletteko valmis? abbedissa kysyi.

Louise nyökkää, vaikka hänen sydämensä on erimieltä takoen lujaa.

Äiti Maria lähtee kävelemään pitkin kirkon keskikäytävää. Kuoro alkoi laulaa. Sisar Heidi kävelee Louisen vieressä kohti alttaria valkoiset kynttilät käsissään.

He niiaavat, nousevat ylös ja polvistuvat uudelleen kirkon keskikäytävälle alttaria vastapäätä. Louise on niin jännittynyt, ettei hän osaa rekisteröidä kaikkea. Oli kuin hän olisi ollut sumussa.

Kuoro lauloi edelleen jotain latinaksi. Louisen latinan kielen taidot eivät olleet vielä kovin hyvät. Sitä paitsi osa liturgiasta oli hänelle täysin uutta. Äiti Maria astuu alttarin eteen ja polvistuu. Kun kuoro lopetti laulamisen. Äiti Maria lausuu Kyrie eleison; Kriste eleison; Kyrie eleison. Muut vastaavat Kyrie eleison; Kriste eleison; Kyrie eleison.

Äiti Maria puhuu pitkään latinaa kasvot alttariin käännettynä. Lopulta äiti Maria kääntyy. Louise nousee ylös ottaa muutaman askeleen ja polvistuu alttarille johtavalle ensimmäiselle porrasaskelmalle.

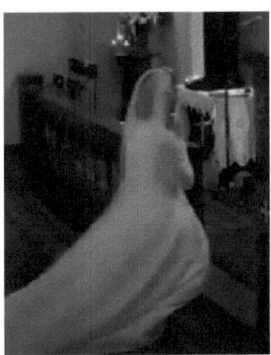

Äiti Maria alkaa kysyä Louiselta saksaksi hänen vakaumuksestaan, sitoumuksestaan ja Louise vastaa konemaisesti kaikkiin kysymyksiin.

Louise ei pysty rekisteröimään sen enempää kysymyksiä kuin vastauksia, hänen mielensä on täysin sumea. Äiti Maria siunaa Louisen latinaksi ja tekee ristimerkin. Sen jälkeen äiti Maria siunaa Louisen valkoisen hunnun.

Tässä vaiheessa seremoniaa sisar Heidi saattaa Louisen takaisin sakastiin. Louise vaihtaa nopeasti ylleen mustan kaavun ja valkoisen päähineen sekä valkoisen hunnun.

- Hyvinhän se menee sisar Heidi sanoi nopeasti. Sitten he palaavat kirkkosaliin abbedissa eteen. Louise palaa alttarin eteen, niiaa ja polvistuu.

Konemaisesti Louise lukee valansa ääneen. Edelleenkään hänen aivonsa eivät rekisteröi ainuttakaan sanaa. Hän oli opetellut noita valasanoja jo viikkoja yömyöhään valmistautuen tähän päivään. Sisar Heidi tulee Louisen viereen ja polvistuu. Äiti Maria siunaa ristin, jonka hän ojentaa sisar Heidille. Lopuksi äiti Maria siunaa Louisen vielä kerran.

Lopuksi kaikki nousevat seisomaan ja lukevat Isä Meidän-rukouksen. Tämän jälkeen sisar Heidi ja Louise kävelevät rinnakkain pois kirkosta kuoron laulaessa ja liittyessä heidän jälkeensä.

Kirkon ulkopuolella sisar Heidi halaa Louisea ja onnittelee häntä. Myös muut sisaret tulevat onnittelemaan. Lopulta jopa sisar Marlene tulee vastahakoisesti onnittelemaan. Äiti Maria viittaa sisar Louisea tulemaan luokseen.

- Onneksi olkoon tyttäreni. Olen niin ylpeä Teistä. Olkoon Herramme kanssanne ja varjelkoon teitä.

Louise niiaa ja suutelee abbedissan sormusta. Abbedissa hymyilee ja poistuu paikalta. Sisaret lähtevät luostarin ruokasaliin aamiaiselle, jonne myös äiti Maria saapuu. Louise on niin onnellinen. Hän on nyt noviisi. Jos hän jatkaa samaan tahtiin, hänestä tulee vielä nunna. Silloin hänen loppuelämänsä on turvattu luostarissa. Louise hymyilee. Hän on onnistunut pakenemaan Versaillesista ja varmalta mestaukselta. Louise on kiitollinen ja lopulta onnellinen. Hän ajattelee hetken Jean-Lucia, mutta karistaa ajatuksen pois ja ruokarukouksen jälkeen alkaa syödä aamiaista.

V Luku

Vihkiminen nunnaksi

1779 - 1790

Noviisiajan loppupuolella, mikäli yhteisö näin hyväksyy, noviisi antaa ensimmäisen luostarikuuliaisuuslupauksensa kuuliaisuudesta, vakaumuksestaan ja uskollisuudestaan luostaria ja sen elämää kohtaan. Tämän jälkeen seuraa kolmen vuoden jakso, jona aikana hän jatkaa sopeutumistaan ja koulutustaan yhteisölliseen elämään. Sisar tulee valan vannottuaan saamaan uuden uskonnollisen nimen ja mustan hunnun.

Louise oli täysin sopeutunut luostarielämään. Koska hän osasi ranskaa, latinaa ja nyt myös saksaa, äiti Maria päätti, että Louise alkaa avustaa sisar Bettyä kirjastossa lähinnä kielenkääntäjän ominaisuudessa. Arjen rutiini sujui jo itsestään. Aamulla aikainen herätys ja illalla melko myöhään nukkumaan meno. Iltarukoushetken jälkeen Louise opiskeli lisää yrteistä ja kasveista. Luostarin kirjastossa oli monta asiaan liittyvää teosta.

Päivisin, jos mahdollista, hän yritti kävellä jonkun aikaa luostarin puutarhassa, nauttien kasvien väriloistosta ja niiden huumaavista tuoksuista. Pinja puissa lauloivat linnut. Tunnelma oli rauhallinen ja harras. Se auttoi Louisea rauhoittumaan ja loi vastapainon ahkeralle rukoilulle, työnteolle ja opiskelulle. Äiti Maria oli kiinnittänyt tähän huomionsa. Hän oli ylpeä Louisesta ja siitä, miten Louise oli sopeutunut uuteen elämään. Ja siihen, miten tarmokkaasti hän opiskeli uusia asioita.

Louisen noviisiaika läheni loppuaan. Abbedissa kutsui Louisen puhutteluun.

- Tyttäreni abbedissa aloittaa. Olen seurannut tyytyväisenä kaikkia toimianne. Olen varmistunut siitä, että on aika vihkiä Teidät nunnaksi, mikäli otatte vastaan tämän Herran lahjan.

- Otan vastaan suurella kunnioituksella Louise vastaa.

- Tämä olkoon siis päätöksemme abbedissa vastaa lyhyesti.

Syyskuun 16. 1779 Louise vihitään nunnaksi abbedissa äiti Marian johdolla. Jälleen kerran tämä tapahtui kello 6.00 Primen eli päivän ensimmäisen jumalanpalveluksen jälkeen.

Louise on tällä kertaa rauhallinen ja nyt hän rekisteröi kaiken. Myös latinan taidot ovat kehittyneet, joten hänen on helpompi seurata liturgiaa. Sisar Heidi oli myös käynyt Louisen kanssa liturgian lävitse. Tällä kertaa, kun heillä on enemmän aikaa. Sillä Louisella oli jo tilaisuudessa tarvittava musta kaapu, joka oli sopivan kokoinen. Se oli sama, jota hän oli käyttänyt kokoajan noviisiksi vihkimisestä asti.

Äiti Maria aluksi kuulustelee noviisin tarkoitusperiä.

- Rakas sisareni, Sinut on jo vedellä ja Pyhällä Hengellä siunattu Jumalan palveluun. Oletko päättänyt liittää itsesi lähemmäksi häntä uudella luostariammatin siteellä?

Louise vastaa myöntävästi.

Ennen hunturituaalia, abbedissa leikkaa noviisin hiukset ja rukoilee

- Jumalani, kutsuit meitä kääntymään pois turhuudestas maailman, sen himoista. Me pyydämme teitä, armollinen piikas, joka vuoksi rakkautesi, vahvistetaan koriste päätään.

Sisar Heidi ojentaa hopea tarjottimella sakset, joilla abbedissa äiti Maria leikkaa Louisen pitkät tummat hiukset lyhyeksi.

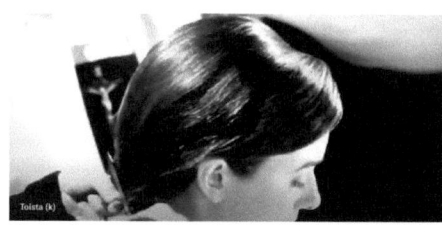

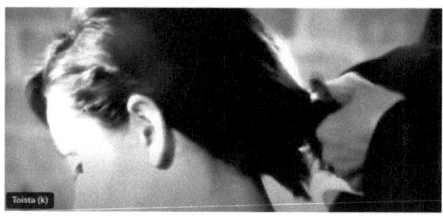

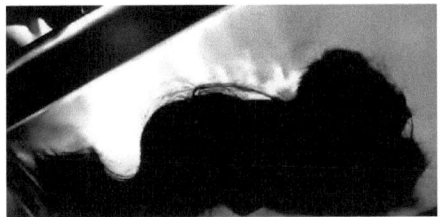

Jokaisella tavan osalla on erityinen merkitys. Vyö symboloi kuuliaisuutta ja sydämen puhtautta. Scapulaar on merkki Herramme Jeesuksen Kristuksen ikeestä, jonka nunna mielellään ottaa hartioilleen.

"Oi Jumala, teit meidät tietoiseksi siitä, että sydämemme ei voi tyytyä maallisiin hyödykkeisiin eivätkä voi löytää rauhaa paitsi sinussa." ~ Aloittelijoiden viimeinen siunaus.

Äiti Maria tutkii ensin noviisin aikomusta

- Rakas sisareni, veden ja Pyhän Hengen kautta sinut on jo pyhitetty Jumalan palvelukseen. Oletko päättänyt yhdistää itsesi tiiviimmin häneen luostarin ammatin uuden siteen avulla?

Louise lukee sitten lupauksensa kaavan Abbedissa ja kaikkien muiden sisarten edessä.

- Tule minua, Herra, sanasi mukaan, niin minä elän, äläkä anna minun joutua häpeään odotuksissani.

Sitten hänelle esitetään täyspitkä skapulaari: "Ottakaa vastaan Herran ike ja kantakaa hänen taakkaansa, joka on suloinen ja kevyt."

Esittäessään noviisille mustan verhon, Abbedissa sanoo
- Ota vastaan, sisar, pyhän ammattisi verho. Johtakoon se sinut todelliseen nöyryyteen ja sävyisyyteen, jotta ansaitset ikuisen elämän."

Seremonian loppupuolella Louise saa uuden nimen. Hänestä tulee sisar Louisa.

Louisa on saksalainen versio Louisesta. Louise tietää, että usein nimi muuttuu täysin muuksi, vaikkapa Charlotte sisar Maryksi. Louise arvaa, että abbedissa oli halunnut säilyttää Louiselle edes jotain pientä, hänen alkuperäisestä elämästään. Tästä Louise oli hyvin kiitollinen. Itseasiassa hän oli niin kiitollinen äiti Marialle kaikesta. Ja vaikka äiti oli titteli, Louisesta tuntui, kuin abbedissa olisi ollut todellakin hänen äitinsä.

Elämä luostarissa jatkuu samaan verkkaiseen tahtiin. Päivät työn ja rukoilun merkeissä. Iltaisin sisar Louisa jatkaa opiskelujaan. Useana päivänä sisar Louisa konsultoi sisar Petraa yrteistä ja rohdoista. Sisar Petra jakaa auliisti kaiken tietämyksensä.

Hän on iloinen, että hänellä on tarvittaessa apulainen ja etenkin siitä, että sisar Louisa on niin kiinnostunut ja vihkiytynyt asiaan.

Synkkiä pilviä alkaa kuitenkin muodostua luostarin ja sen puutarhan ylle. Sisar Louisa ei osannut edes olettaa, että hänen lääketieteellisillä opinnoillaan voisi olla näinkin pian käyttöä.

Aamuyöstä 7. heinäkuuta 1780 sisar Petra herättää sisar Louisan. Äiti Maria on sairastunut. Äiti makasi kammionsa vuoteessa kuumana, valittaen päänsärkyä ja pahoinvointia. Hän sanoi olevansa väsynyt ja selkää särki. Sisaret Louisa ja Petra pohtivat yhdessä läpi päivän rohtoa ja alkuillasta he päätyivät vaihtoehtoon, joka oli molempien mielestä hyvä. He sekoittivat rohdon yhdessä ja aloittivat lääkityksen heti.

Sisar Louisa vietti kolme päivää ja yötä äiti Marian vuoteen ääressä rukoillen hänen paranemisensa puolesta. Rohto ei näyttänyt tepsivän ja äiti Marian vointi alkoi hiipua. Sisar Louisa vuodatti katkeria kyyneliä. Hänen tukensa ja turvansa oli lipumassa pois. Sisar Louisa piti äiti Mariaa kädestä ja lopulta aamu varhaisella 10. heinäkuuta 1780 äiti Maria oli poissa.

12. heinäkuuta 1780 Hildegard von Rodenhausen eli sisar Hildegard vihittiin abbedissaksi nimellä äiti Hildegard nopealla aikataululla. Seuraavana päivänä äiti Maria siunattiin luostarin kirkossa ja hänet haudattiin luostarin ulkopuolella olevalle kirkkomaalle. Molemmat toimitukset suoritti nuntius Carlo Antonio Giuseppe Bellisomia. Hän oli lähtenyt matkaan heti saatuaan viestin, että äiti Maria oli sairastunut. Sisar Petra ei osannut sanoa, mikä äidillä oli, eikä hän ollut varma paranemisesta.

Samana päivänä 13. heinäkuuta sisar Maria sairastui. Oireet olivat samat, kuin äiti Marialla. Piittaamatta kello 23 valot pois säännöstä sisaret Petra ja Louisa tutkivat kirjoja tunnetuista sairauksista ja taudeista. Sisar Petra tutki omia muistiin panojaan. Yhtäkkiä sisar Petran silmät kirkastuivat.

- Sen täytyy olla isorokko hän sanoi.

He tutkivat lisää ja päätyivät samaan lopputulokseen, mutta parannuskeinoa ei ollut. He pohtivat kuumeisesti, miten he voisivat muuntaa kehittämäänsä rohtoa. Olisiko joku kasvi tai yrtti mitä he voisivat lisätä. Lopulta he päättivät kokeilla aivan pientä määrää Myrkkykeisoa.

Myrkkykeiso

Myrkkykeiso Cicuta virosa on kesä-heinäkuussa kukkiva, märillä paikoilla esiintyvä monivuotinen, paksujuurinen, tappavan myrkyllinen sarjakukkaiskasvi. Muita lajista käytettäviä nimityksiä ovat keisanputki, keisonputki, keisoputki, vesiputki, villiputki, velhonputki, myrkkyputki ja eläintenmyrkky. Myrkkykeison tieteellisen nimen alkuosa Cicuta on roomalaisten lajista käyttämä nimitys, ja loppuosa virosa tarkoittaa voimakkaasti haisevaa, mikä tässä yhteydessä viittaa juurakkoon. Sanaa virosa lähellä on myös sana virus, joka viittaa myrkyllisyyteen ja myrkkyyn.

Edes tämä ei näyttänyt tehoavan. Illalla 15. heinäkuuta 1780 sisar Maria nukkui pois iltapäivällä.

Tilanne rauhoittui ja elämä luostarissa palasi normaaliksi. Sisar Louisa jatkoi käännösten parissa, vaihtaen näkemyksiä sisar Petran kanssa mahdollisesta rohdosta isorokkoa vastaan. Sisar Petra puolestaan uurasti lukemattomia tunteja tutkien tietoja taudista ja mitä sen hoidosta oli saatavilla. Pettymyksekseen hänen oli todettava, että tiedot varsinkin hoidoista olivat niukat.

Ja juuri, kun kaikki näytti olevan hyvin, uusi sairausaalto iski luostariin. Ensimmäisenä sairastui 14. lokakuuta 1780 Sisar Uli. Sisaret Petra ja Louisa päättivät, että nyt sairastunut olisi siirrettävä sairasosastolle. Äiti Maria ja sisar Maria olivat potoneet omissa kammioissan. Sisaret vuorottelivat hoitojaksoissa 4 tuntia kerrallaan päivä aikaan ja yöaikaan kuusi tuntia. He päättivät lisätä myrkkykeison määrää, mutta se ei tuottanut tulosta. Sisar Uli menehtyi isorokkoon 15. lokakuuta 1780 alku illasta.

Toinen takaisku tuli 18. lokakuuta 1780, kun sisar Betty sairastui. Sisar Bettyn sairastuminen oli sisar Louisalle aika raskasta, koska hän oli kuukausien ajan tehnyt tiivistä yhteistyötä hänen kanssaan. Sisar Louisa ei ollut myöskään unohtanut miten sisar Betty oli opettanut hänelle saksan kielioppia ja kirkkolatinaa. Aamupäivällä 20. lokakuuta 1780 sisar Betty oli poissa.

Äiti Hildegard oli erittäin huolestunut tilanteesta. Hän määräsi ylimääräisen rukoushetken ja kehotti sisaria välttämään läheistä kanssakäymistä. Hän yritti parhaansa mukaan tukea sisaria Petraa ja Louisea, heidän ponnisteluissaan, löytää lääke.

Viimeinen niitti tuli 24. lokakuuta 1780. Aamuyöstä sisar Petra sairastui. Sisar Louisa oli kauhuissaan. Olisiko hän seuraava? Sisar Petra vaati sisar Louisaa lisäämään myrkkykeison määrää, mutta sisar Louisa ei suostunut. Hänestä määrä oli jo liiankin korkea. Sisar Petran vointi romahti ja hän kuoli 25. lokakuuta 1780 aamuyöstä.

Sisar Petran hautajaisten jälkeen äiti Hildegard pyysi sisar Louisea ottamaan vastuulleen nyt myös sairaanhoidon. Sisar Louisa ei voinut, kuin suostua. Aamupäivän työrupeaman hän suoritti kirjastossa kääntäen tekstejä ja iltapäivä hän opiskeli lääkeyrttejä ja luki sisar Petran muistiinpanoja.

Vaikka epidemia oli ollut aika ärhäkkä ja sisarten rivit olivat harvenneet. Sisar Louisan helpotukseksi, isorokko näytti jättävän luostarin ja sen puutarhan toistaiseksi rauhaan.

Louise ottaa vastuulleen sairaiden hoidon, vähenevissä riveissä.

Pysyvä lupaus

Noin 6 - 7 vuoden "koulutuksen" jälkeen, sisar on valmis antamaan pysyvän tai viimeisen lupauksensa. Tämä lupaus sitoo hänet luostariyhteisöön loppu iäkseen. Hän on nyt hyväksytty "Kristuksen morsiameksi" ja piispan katsomuksen mukaan, hän kuuluu ainoastaan Jeesukselle.

29. marraskuuta 1785 sisar Louisa antaa pysyvän lupauksensa. Vihkimisen hoitaa nuntius Carlo Antonio Giuseppe Bellisomi (Carlo Bellisomi), samalla kertaa, kun hän toimittaa joka toinen kuukausi järjestetyn messun. Rituaalin pääkohdat ovat muiden muassa

Sisar Louisa rukoilee Pyhän Hengen laskeutumista.

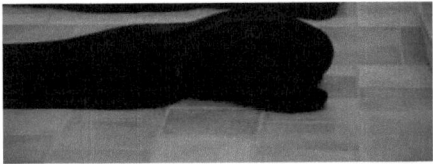

Sisar Louisa rukoilee pyhimysten listaa.

Laittamalla kätensä äiti Hildegardin käsiin, sisar Louisa tunnustaa lupauksensa.

Sisar Louisa saa äiti Hildegardilta kaksoisverhon.

Sisar Louisa vastaanottaa sormuksensa nuntius Carlo Antonio Giuseppe Bellisomilta.

Nuntius Carlo Antonio Giuseppe Bellisomi asettaa seppeleen sisar Louisalle.

Sisar Louisa laulaa "Olen kihlattu Hänelle, jota enkelit palvelevat..." jatkaen laulaen Herrani Jeesus Kristus on kihlannut minut sormuksellaan ja koristanut minut kuin morsian kruunulla.

Nuntius Carlo Antonio Giuseppe Bellisomi vihkii äsken laulaneen sisar Louisan.

Louisan aikana luostariin on tullut kaksi uutta noviisia, jotka on myöhemmin vihitty nunniksi.

Sisar Philippine

Sisar Philippine (zu Guttenberg) oli syntynyt 1739. Hän ryhtyi valmistamaan viinejä ja toimi viinikellarin hoitajana. Hän oli luonteeltaan rauhallinen ja tunnollinen. Hän tuli loistavasti toimeen sisar Louisan kanssa. Sisar Louisa kertoi elämän tarinansa sisar Philippinelle. Sisar Philippine kuuntelee tarinan osoittaen myötätuntoa sisar Louisalle. Hän myös lupaa olla kertomatta tarinaa eteenpäin. Tämän lupauksen hän tekee raskain mielin.

Sisar Helga

Sisar Helga oli syntynyt 1740. Hän otti hoitaakseen kirjaston hoidon. Näin ollen sisar Louisalle jäi enää käännöstehtävät ja hän pystyi keskittymään täysipainoisemmin lääketieteeseen, josta oli tullut sisar Louisan intohimo. Sisar Helga oli luonteeltaan hillitty, mutta iloinen. Hän sai usein harmaan päivän paistamaan aurinkoisesti.

Elämä luostarissa ja sen puutarhassa jatkui entiseen tapaan. Sisar Louisa vietti suurimman osan päivästä lukien lääketiedettä. Myös iltaisin hän luki kammiossaan kynttilän valossa lääketieteen kirjallisuutta ja vertaili niitä sisar Petran muistiinpanoihin. Sisar Petran muistiin - panot olivat yllättävän tarkkoja ja niistä oli sisar Louisalle korvaamaton apu.

Luostarin puutarhan rauha rikkoontuu, kun 7. maaliskuuta 1790 äiti Hildegard sairastuu. Aiemmasta kokemuksesta viisastuneena sisar Louisa määrää äidin siirrettäväksi sairasosastolle. Sisar Louisa valvoo yötä päivää äiti Hildegardin vuoteen ääressä etsien kuumeisesti vastausta siihen, mikä äiti Hildegardia vaivaa. Oireina olivat päänsärky, ruokahaluttomuus, väsymys ja alaselän kipu. Edes sisar Petran muistiinpanot eivät anna vastausta. Sisar Louisa on toivoton ja voimaton, hän ei keksi mikä äiti Hildegardia vaivaa. 9 maaliskuuta 1970 äiti Hildegard vaipuu lopulta lopulliseen uneen.

Tuntuu, että luostarin kirous jatkuu. 10 maaliskuuta 1790 sisar Mathilda sairastuu. Sisar Louisa onnistuu diagnosoimaan taudin keuhkokuumeeksi. Hän yritti auttaa sisar Mathildaa yrttijuomilla, mutta ne eivät näyttäneet tehoavan. Sisar Mathilda kuoli 12. maaliskuuta 1790.

Sisar Louisasta oli määrä vihkiä uusi abbedissa.

Nuntius Carlo Antonio Giuseppe Bellisomin oli tarkoitus tulla suorittamaan vihkiminen 16. maaliskuuta 1790. 14. maaliskuuta 1790 sisar Louisa itse sairastuu keuhkokuumeeseen. Onkin arveltu, että sisar Louisa olisi saanut tartunnan sisar Mathildalta.

Sisar Louisa antaa hoito-ohjeita sisar Philippinelle, joka yrittää parhaansa mukaan hoivata sisar Louisaa. 15. – 16. maaliskuuta 1790 lauantai- sunnuntai välisenä yönä kello 02.30 sisar Louisa vetää viimeisen henkäyksensä. Ennen ikuiseen uneen vaipumista hän kuiskaa hiljaa.

- Jean-Luc. Minä olen tulossa. Kohta taas tapaamme.

Sisar Louisa ummistaa silmänsä. Hänen poskelleen vierähtää kyynel. Hänen vaaleat huulensa tapailevat heikkoa hymyä. Hän on vihdoinkin onnellinen.

Vanha Abbedissa huokaa syvään, hänen väsyneet, kaiken nähneet silmänsä, haluaisivat ummistua edes hetkeksi. Hän kuitenkin tarttuu uutta tulevaa abbedissaa, jossain uudessa luostarissa, missä sitten lieneekään kädestä ja sanoo

– Sisareni, tämän tarinan olen kertonut Teille ja vain Teille. Se olkoon meidän salaisuutemme. Minä suojelin äiti Louisea ja hänen totuuttaan loppuun asti. Nyt olen vihdoin voinut kertoa kaiken edes Teille tai pitäisi sanoa Teille arvoisa Äiti. Salailu on ollut raskasta, mutta joskus se on niin tärkeää.

Abbedissa ummistaa silmänsä ja huokaa verkkaisesti.

– Tämän kaiken kerroin vain siksi, että aikani on täynnä. Minulla oli tarve kertoa tämä tarina edelleen. Minä halusin vapautua näistä valheen kahleista ja jos en olisi tehnyt tätä.... abbedissan ääni sortuu.

– Nyt tehtäväni on tehty ja olen valmis lähtemään Jumalani luokse. Uusi abbedissa Helga tarttuu vanhan abbedissan käteen ja puristaa sitä hennosti.

– Se on nyt tehty, kuuluu hiljainen ääni.

Vanha abbedissa huokaa vielä kerran, kädenpuristus alkaa hiipua ja äiti nukahtaa. Ote hellittää äiti Helgan kädestä. Äiti Philippine (zu Guttenberg) on siirtynyt ikuisuuteen.

Philippine zu Guttenberg

Koska sisar Louisa kuoli, sisar Philippinestä tuli uusi abbedissa. Abbedissana hän toimi 16. maaliskuuta 1790 – 27. lokakuuta 1801. Ikuiseksi mysteeriksi jää, mihin äiti Philippine kuoli. Luostari oli määrätty lopettavaksi 1802. Tämä oli järkyttänyt äiti Philippinen mielen. On arvailtu, myrkyttikö äiti itsensä vai pettikö hänen heikko sydämensä? Myrkytyksen puolesta puhuisi se, että niin sisar Petran kuin sisar Louisan muistiinpanoissa mainittiin myrkkykeiso, joka kasvoi luostarin ulkopuolella. Kuolinvuoteellaan äiti Philippine rikkoi lupauksensa ja kertoi sisar Louisan tarinan Sisar Helgalle tulevalle abbedissalle ennen kuolemaansa.

Abtei St. Hildegard

Eibingenin luostari Abtei St. Hildegard, Benedictine Abbey St. Hildegard on benediktiiniläisnunnayhteisö Eibingenissä lähellä Rüdesheimia Hessenissä, Saksassa. Hildegard of Bingenin vuonna 1165 tyhjillään olleeseen augustinolaiseen luostariin ja lakkautettiin vuonna 1802, mutta kunnostettiin uusilla rakennuksilla vuonna 1904.

Reichsdeputationshauptschlussin (saksalaisen mediatoinnin) jälkeen luostarin aikoinaan omistamasta maasta tuli osa Nassau-Weilburgin prinssin aluetta, joka vuonna 1831 jopa osti sekä luostarin että sen kirkon.

Charles, Löwenstein-Wertheim-Rosenbergin kuudes prinssi, perusti yhteisön uudelleen vuonna 1904, ja se asettui uudelleen Prahan Pyhän Gabrielin luostarista. Nunnaluostari kuuluu benediktiiniliittoon kuuluvalle Beuronose-seurakunnalle. Uusi rakennus rakennettiin uusromaaniseen tyyliin. Vuonna 1941 natsit karkottivat nunnat; he pystyivät palaamaan vasta vuonna 1945. Vuonna 1988 sisaret perustivat Hildesheimiin Marienrode Prioryn, joka itsenäistyi Eibingenistä vuonna 1998.

Katolista pyhiinvaellusta ja entistä Pyhän Hildegardin ja Pyhän Johannes Kastajan seurakuntakirkkoa kutsutaan yleensä vain Pyhäksi Hildegardiksi. Se sijaitsee Eibingenissä, Rüdesheim am Rheinin alueella, ja se on rakennettu entisen St. Hildegard pystytettiin, jonka jäännökset ovat olleet täällä vuodesta 1641. Vanhan luostarin itäsiipi, ympäröivät muurit ja arkeologiset muistomerkit säilyivät suurelta osin.

Nykyään St. Hildegard on uudenlaisen seurakunnan Heilig Kreuz Rheingau -seurakunnan haarakirkko. Vuodesta 2015 lähtien Geisenheimin niin kutsuttu Rheingaun katedraali on ollut myös Eibingenin seurakuntakirkko.

Vuonna 1148 aatelisnainen Marka von Rüdesheim perusti tälle paikalle augustiinalaisluostarin. Frederick Barbarossan joukkojen ryöstön jälkeen tyhjäksi jääneen rakennuksen asutti benediktiiniläisnunnat vuonna 1165 Hildegard von Bingenin toimesta. Toisin kuin Rupertsbergin sisarten luostarissa, ei vain aristokraattisia, vaan myös ei-aristokraattisia naisia hyväksyttiin tänne. Vuonna 1575 luostarissa oli enää kolme sisarta, jotka muuttivat lopulta läheiseen Marienhausenin kystersikoluostariin Aulhausenin lähellä. Augustinuskuoron naiset Pyhästä Pietarista lähellä Bad Kreuznachia, jotka pakenivat uskonpuhdistusta, pääsivät muuttamaan Eibingerin luostariin. Vuonna 1603 Rupertsbergin luostarin luostari Cunigundin Freiin von Dehrn palautti luostarin. Siitä lähtien abbesseilla on ollut Rupertsbergin ja Eibingenin arvonimi.

Kun ruotsalaiset tuhosivat Rupertsbergin luostarin 30-vuotissodassa vuonna 1632, nunnat muuttivat Eibingeniin vuonna 1641 pysähdettyään Kölnissä ja Mainzissa. Abtess Anna Lerch von Dirmstein pystyi pelastamaan Pyhän Hildegardin pyhäinjäännöksen ja Hildegardin pyhäinjäännöksen Eibingerin luostariin. Myös erilaisia käsikirjoituksia, mukaan lukien kirja Scivias of St. Hildegard pelastettiin.

Kirkon ja luostarin rakensi osittain uudelleen vuosina 1681–1684 mainzilainen Giovanni Angelo Barella Abbess Scholastica von Manteuffelin johdolla[2][3] ja vuosina 1736–1752 myös mainzilainen Johann Valentin Thomann. Hildegardin aikainen kellari ja tallimuuraus säilytettiin. Luostari suljettiin vuonna 1802 ja evakuoitiin vuonna 1814 Nassaun hallituksen päätöksellä. Koko sisustus myytiin Bingenin lähellä sijaitsevalle Rochus-kappelille, joka oli juuri rakennettu uudelleen. Suurin osa St. Rupert of Bingen ja hänen äitinsä St. Berta von Bingen meni sinne. Eibingerin pyhäinjäännöksenä tunnettu Hildegardin keräämä pyhäinjäännöskokoelma jäi kuitenkin Eibingerin kirkkoon. Loput luostarin etelä- ja länsisiiven osat purettiin vuonna 1817. Vuonna 1831 luostarin kirkosta tuli katolinen seurakuntakirkko. Se korvasi rappeutuneen kyläkirkon, josta myös Johannes Kastajan suojelus siirtyi.

Nunnat työskentelevät viinitarhassa ja käsityöpajoissa perinteisten vieraanvaraisuustehtävien lisäksi. He laulavat tai lausuvat kanonisia tunteja. Nunnat ovat tallentaneet vesperensä ja muut liturgian osat. Ensimmäinen äänitys tehtiin vuonna 1973, ja se sisälsi vain kaksi Hildegard of Bingenin teosta, Kyrie ja O virga ac diadema. Toinen äänite julkaistiin vuonna 1979 Hildegardin kuoleman 800-vuotispäivän muistoksi, sisältäen samat kappaleet ja antifonit, hymni, responsori ja osia Ordo virtutumista. Vuonna 1989 ilmestyi kolmas levy, jota johti P. Johannes Berchmans Göschl, gregoriaanisen laulun tutkija. Gramophonen arvioija huomautti vuoden 1998 tallenteesta: "Nämä nunnat elävät samaa elämää kuin Hildegardin yhteisö, laulavat päivittäin samaa benediktiiniläistoimistoa, hengittävät samaa ilmaa ja yrittävät vangita suuren 1200-luvun edeltäjänsä hengen."

Nunnat tuottavat viiniä ja käsitöitä. He laulavat säännöllisiä jumalanpalveluksia, jotka on ajoittain äänitetty. Kirkkoa käytetään myös konserttipaikkana. Luostari on Reinin laakson maailmanperintökohde.

Luostarin abbedissat:

Hildegard von Bingen (syntyi 1098 ja kuoli 1179) luostarin perustaja ja ensimmäinen abbedissa.

Benigna von Algesheim, abbedissa vuodesta 1373 vuoteen 1417.

Vuodesta 1603 käyttivät abbedissat tittelia Äbtissin von Rupertsberg und Eibingen (Rupertsbergin ja Eibingin abbedissa).

Kunigunde Frey von Dehrn, abbedissa vuodesta 1577 vuoteen 1611.

Anna Lerch von Dirmstein, abbedissa vuodesta 1611 vuoteen 1642.

Magdalena Ursula von Sickingen, abbedissa vuodesta 1642 vuoteen 1666.

Cunigunde Schütz von Holtzhausen, abbedissa vuodesta 1666 vuoteen 1669.

Maria Scholastica von Manteuffel, abbedissa vuodesta 1670 vuoteen 1692.

Maria Anna Ulner von Dieburg, abbedissa vuodesta 1692 vuoteen 1711.

Maria Antonetta Mühl zu Ulmen, abbedissa vuodesta 1711 vuoteen 1740.

Caroline von Brambach, abbedissa vuodesta 1740 vuoteen 1768.

Maria Benedicta von Dumont, abbedissa vuodesta 1768 vuoteen 1780.

Hildegard von Rodenhausen, abbedissa vuodesta 1780 vuoteen 1788.

Philippine zu Guttenberg, viimeinen abbedissa vuodesta 1791 vuoteen 1804.

Benediktiläiset

Benediktiinit eli benediktiiniläiset on Benedictus Nursialaisen perustama katolinen sääntökunta. Benedictus Nursialainen (2. maaliskuuta 480 – 21. maaliskuuta 543) oli läntisen kristillisen luostarilaitoksen isä. Benedictus syntyi roomalaisen yläluokan perheeseen. Arviolta hieman alle kaksikymmentävuotiaana hän vetäytyi kaupunkielämästä ja alkoi elää askeettisesti kallioluolassa, jonne hänelle tuotiin ruokaa. Kolmen vuoden kuluttua hän asettui muiden varhaisten munkkien kanssa lähelle Subiacoa, jossa hän pian saavutti kuuluisuutta pyhyydellään. Benedictus perusti sittemmin useita luostareita, joista kuuluisin on vuonna 529 Rooman ja Napolin välille perustettu Montecassinon luostari.

Tästä luostarista tuli länsimaisen luostarilaitoksen esikuva. Benedictuksen laatima luostarisääntö on pohja läntiselle luostarilaitokselle. Se kirjoitettiin järjestämään munkkien elämää yhteisönä.

Säännön perusperiaatteita ovat Ora et Labora rukoilu ja työn tekeminen, kuuliaisuus sekä stabilita "paikallaan pysyminen", mikä tarkoittaa, että munkki elää elämänsä pääsääntöisesti siinä luostarissa, mihin asettuu. Benedictus Nursialaisen muistopäivää vietetään 21. maaliskuuta. Suomessa muistopäivä näkyy kalenterissa sen verran, että päivä on Benedictus-nimen suomalaisen muodon Pentin nimipäivä.

Benedictuksen noin vuonna 530 laatima luostarisääntö oli ensimmäinen varsinainen luostarisääntö läntisessä kirkossa, ja hänen vuonna 529 perustamansa Monte Cassinon luostari (Monte Cassinon kukkula on Italiassa noin 130 km Roomasta etelään). Se tunnetaan paikkana, jonne Benedictus Nursialainen perusti ensimmäisen luostarinsa noin 529. Siitä sai alkunsa benediktiinimunkkien järjestö. Luostari tuhoutui täysin Monte Cassinon taistelussa. Sodan jälkeen Italian valtio rakensi luostarin uudelleen ja rahoitti rakennustyön. Paavi Paavali VI vihki sen uudelleen vuonna 1964. Luostarista tuli esikuvaksi länsimaiselle luostarilaitokselle. Luostarisääntö velvoitti munkkeja (ja myöhemmin myös nunnia) hartaudenharjoitusten ohella ruumiilliseen työhön, tosin ruumiilliseksi työksi laskettiin myös kirjojen jäljentäminen. Sääntökunnan tunnuslauseena on ora et labora rukoile ja tee työtä. Näiden ohella annettiin kolme peruslupausta köyhyydestä, naimattomuudesta sekä kuuliaisuudesta.

Monte Cassinon ohella muiden muassa Sankt Gallenin, Fuldan ja Corveyn benediktiiniläisluostarit olivat varhais- ja sydänkeskiajalla huomattavia kulttuurikeskuksia. Benediktiinijärjestön sisällä syntyi myöhemmin useita uudistusliikkeitä, joista huomattavimmat ovat niin sanottu Clunyn liike, joka syntyi nimikkoluostarinsa ympärille 900-luvulla, sekä sisterssiläisjärjestö, joka sai alkunsa Citeaux'n benediktiiniluostarista vuonna 1098. Kuitenkin vasta 1200-luvulta alkaen saarnaaja- ja kerjäläisveljestöt (dominikaanit ja fransiskaanit) alkoivat syrjäyttää benediktiinisääntökunnan asemaa läntisessä kirkossa.

Regula Benedicti Pyhän Benedictuksen säännöt

Regula Benedicti Pyhän Benedictuksen säännöt, on kirja, joka ohjailee munkkien elämää apotin alaisuudessa. Säännöt voi summata Benediktiläisten motoksi: pax, ora et labora rauha, rukoilu ja työnteko.

Luku 1 määritellee neljä erilaista munkkia: (1) Cenobites, ne, jotka asuvat luostarissa apotin alaisuudessa ja noudattavat luostarin sääntöjä. (2) Anakoreetit tai erakot, jotka pitkän onnistuneen luostarikoulutuksen jälkeen, päättävät selviytyä nyt itse Jumalan avulla. (3) Sarabaitesit, jotka elävät kaksin, kolmisin tai jopa yksin, joilla ei ole mitään kokemusta, sääntöjä tai lakeja, joita noudattaa, ovat näin itse itsensä herroja. Ja (4) Gyrovaguesit, jotka vaeltavat luostarista toiseen ollen omien toiveidensa ja halujensa orjia.

Luku 2 kuvaa apotin tarvitsemia ominaisuuksia ja pätevyyksiä, kieltää apottia tekemästä eroa luostarin jäsenten välillä, pois lukien erityisesti ansioituneet ja muistuttaa häntä vastuullisuudesta hoivissaan olevista sieluista.

Luku 3 määrää veljesneuvoston koollekutsumisesta aina, kun koko yhteisöä koskevat asiat niin vaativat.

Luku 4 luettelee 73 "työkalua hyvään työhön" "työkalut henkiseen voimaan", jotka ovat edellytys luostarin ja yhteisön vakaudelle. Nämä ovat jokaisen Kristityn velvollisuuksia, jotka on joko kirjoitettu tai tulevat luonnostaan.

Luku 5 määrää nopean, perusteettoman ja ehdottoman kuuliaisuuden kaikissa laillisissa asioissa. "Ehdoton kuuliaisuus " on ensimmäinen aste tai askel inhimillisyyteen.

Luku 6 suosittelee maltillista puhetapaa, mutta ei vaadi täydellistä vaikenemista tai kiellä hyödyllisen tai tarpeellisen keskustelun käymistä.

Luku 7 jakaa nöyryyden kahteentoista asteeseen tai tikapuiden askelmiin, jotka johtavat taivaaseen. (1) Pelkää Jumalaa; (2) Alista oma tahtosi Jumalan tahtoon (3) Ole kuuliainen esimiehellesi (4) Ole kärsivällinen koettelemusten keskellä (5) Tunnusta syntisi (6) Hyväksy itsesi "arvottomana työläisenä" (7) Pidä itseäsi muita huonompina (8) Seuraa esimiestesi esimerkkejä (9) Älä puhu, ennen kuin sinua puhutellaan (10) Älä naura (11) Puhu yksinkertaisesti ja vaatimattomasti ja (12) Ole nöyrä eleissäsi.

Luvuissa 8-18 säädetään jumalanpalveleminen mikä tarkoittaa mieluiten kahdeksan tunnin kanonista työtä. Yksityiskohtaiset järjestelyt tehdään Psalmien jne. määrien mukaan ja niitä noudatetaan talvella ja kesällä, sunnuntaisin ja arkisin, Pyhäpäivinä ja kaikkina muina aikoina.

Luku 19 korostaa kunnioitusta velkaan, jota meillä on läsnä olevalle Jumalalle.

Luku 20 ohjaa, että rukous tehdään sydämellä, kuin monin sanoin. Tämän pitäisi olla vain Kaikki Valtiaan innoittama, lyhyt ja esimiehen hyväksymä.

Luku 21 säätelee dekaanin nimeämistä yli kymmentä munkkia kohden.

Luku 22 säätelee asuntolaa. Jokaisella munkilla on oltava erillinen sänky ja saatava nukkua tapojensa mukaan, jotta hän on valmis nousemaan viipymättä [varhaiseen aamumessuun]; asuntola pitää olla valaistu myös öisin.

Luvuissa 23–29 määritetään rangaistusten asteikot niskoittelun, tottelemattomuuden, ylpeyden ja muiden vakavien rikkeiden suhteen: ensimmäiseksi, yksityinen huomautus, seuraavaksi julkinen nuhtelu, sen jälkeen erottaminen veljistä aterioilla ja muutenkin ja lopuksi kirkonkirous (tai jos puuttuu käsitys siitä, mitä tämä tarkoittaa, käytetään ruumiillista kuritusta).

Luku 30 ohjeistaa, että itsepäinen veli, joka on jättänyt luostarin, on otettava takaisin, jos hän lupaa hyvittää tekonsa. Mutta jos hän lähtee uudelleen ja uudelleen, on kolmannen kerran jälkeen lopultakin evättävä hänen paluunsa.

Luvut 31 ja 32 määräävät vastuuhenkilöiden nimeämisestä huolehtimaan luostarin omaisuudesta.

Luku 33 kieltää yksityisen omaisuuden hallussapidon Apotin lupaa, joka on kuitenkin sitoutunut toimittamaan kaikki tarpeelliset asiat ja tarvikkeet.

Luku 34 säätää tarvikkeiden oikeudenmukaisen jakamisen.

Luku 35 määrittää jokaisen munkin keittiövuoroista omalla vuorollaan.

Luvut 36 ja 37 määritellään sairaiden, vanhojen ja nuorten huolehtimisesta. Heille annetaan tiettyjä erivapauksia ennen kaikkea ruoan suhteen.

Luku 38 määrittää ääneen lukemisesta aterian aikana. Tämän tehtävän saavat suorittaa vain siihen kykenevät. käsittelyssä ääneen aterian, joka tehtävänä on suorittaa ne, jotka voivat tehdä sen rakennukseksi muualle. Kaikkia merkkejä tulee käyttää aterian aikana, jottei puhe keskeytä ääneen lukemista.

Luvut 39 ja 40 määrittää ruoan laadun ja määrän. Kaksi lämmintä ateriaa päivässä ovat sallittuja. Jokainen munkki on oikeutettu paunaan (noin 0,45 kg) leipää ja hemina (luultavasti noin lasillinen) viiniä. Nelijalkaisten eläinten liha on kielletty lukuun ottamatta sairaiden ja heikkojen eläintenteurasliha.

Luku 41 säätää ateriointiajat, jotka vaihtelevat vuodenaikojen mukaan.

Luku 42 määrää lukemaan kirjaa illalla ja noudattamaan ehdotonta hiljaisuutta, sen julistamisen jälkeen.

Luvuissa 43 - 46 määrittää pienet rangaistukset, kuten myöhästyminen rukouksista tai aterialta.

Luku 47 velvoittaa apotin kutsumaan veljekset Opus Deihin (eli Jumalan työhön) kuoroon, jossa osa on laulaa ja osa lukee.

Luku 48 korostaa päivittäin tehdyn käsityön tarkoituksenmukaisuutta, jokaisen munkin kykyjen mukaan. Työtunnit vaihtelevat vuodenajan mukaan, mutta eivät ole koskaan alle viisi tuntia päivässä.

Luku 49 suosittelee eräitä vapaaehtoisia uhrautuvaisuuksia paastoa varten, apotin ohjeiden mukaan.

Luvut 50 ja 51 sisältävät säännöt munkeille, heidän ollessaan työskentelemässä "kentällä" tai matkoilla. Niissä ohjeistetaan noudattamaan luostarin säännöllisiä rukoushetkiä, niin pitkälle, kuin mahdollista.

Luku 52 määrää, että kappelia saa käyttää ainoastaan mietiskelyä varten.

Luku 53 käsittelee vieraanvaraisuutta. Vieraat vastaanottaa apotti tai hänen sijaisensa. Vierailun aikana heidän tulee olla munkkien erityisessä suojeluksessa, mutta he eivät saa osallistua yhteisöön, ilman erikoislupaa.

Luku 54 kieltää munkkeja vastaanottamasta kirjeitä tai lahjoja ilman apotin lupaa tai tietoisuutta.

Luku 55 määrää, että vaatteiden on oltava riittävät ja sopivat, niin ilmaston kuin paikkakunnan mukaan. Tämä on apotin vastuulla. Asun tulee olla arkinen ja halpa, ottaen huomioon taloudelliset seikat. Jokaisella munkilla tulee olla vaihtovaatteet pesua varten ja toisaalta parempilaatuiset vaatteet työmatkoille. Vanhat vaatteet tulee antaa köyhille.

Luku 56 ohjaa apotin aterioimaan vieraiden kanssa.

Luku 57 peräänkuuluttaa inhimillisyyttä luostarin käsityöläisiä kohtaan. Ja jos heidän tuotteitaan myydään on hinnan oltava alhaisempi, kuin käypä hinta.

Luku 58 määrää säännöt uusien jäsenten liittymiselle, jota tämä ei olisi liian helppoa. Ehdokas asuu aluksi lyhyen ajan vieraana. Sitten hänet voidaan hyväksyä noviisiksi, jos hänen vakaumuksensa todetaan oikeaksi. Tänä aikana hän on aina vapaa lähtemään.

Jos kahdentoista kuukauden koeaikaa jälkeen hän voi luvata ennen liittymistään valan "stabilitate sua et conversatio morum suorum et obedientia" vakaus, tapojen muuttaminen ja kuuliaisuus. Tällä lupauksella hän sitoutuu elämään luostarissa.

Luku 59 mahdollistaa poikien pääsyn luostariin tietyin ehdoin.

Luku 60 säätelee pappien asemaa, jotka liittyvät yhteisöön. Heidän tulee antaa näyte inhimillisyydestä ja saavat harjoittaa papin ammattia ainoastaan apotin luvalla.

Luku 61 säädetään eriuskontokunnan munkkien vastaanottamisestan ja heidän hyväksymisestä yhteisöön.

Luku 62 käsittelee pappien yhteensovittamista luostariyhteisön sisällä.

Luku 63 säädetään, että etuoikeus yhteisössä määräytyy liittymispäivämäärän, elämän ansioiden tai apotin määräysten mukaan.

Luku 64 ohjeistaa, että apotin valitsevat munkit keskuudestaan ja että hänen luonteensa, intonsa ja säädyllisyytensä.

Luku 65 sallii rovastin tai kirkon esimiehen tapaamisen, mutta varoittaa, että hän on täysin apotin määräysvallassa ja hänet voidaan nuhdella, syrjäyttää tai karkottaa tehtäviensä laiminlyönneistä.

Luku 66 ohjeistaa portinvartijan valinnan ja suosittelee, että jokainen luostari on itsenäinen ja irrallaan ympäröivästä maailmasta.

Luku 67 ohjeistaa, miten munkkien tulee käyttäytyä matkoillaan.

Luku 68 kehottaa kaikkia suorittamaan iloisesti annetut tehtävät, siitä huolimatta, miten hankalalta tehtävä voi tuntua.

Luku 69 kieltää munkkeja puolustautumasta toisistaan.

Luku 70 kieltää heitä "vedättämästä" toisiaan.

Luku 71 kannustaa veljeksiä olemaan kuuliaisia paitsi apottia ja hänen virkamiehiään, mutta myös toisiansa kohtaan.

Luku 72 lyhyesti kehottaa munkit intoon ja veljelliseen hyväntekeväisyyteen.

Luku 73 epilogi, vakuuttaa, että sääntö ei tarjota ihanteellista täydellisyyttä, mutta on ohjeena kohti jumalallisuutta ja on tarkoitettu lähinnä aloittelijoille tässä hengellisessä elämässä.

Giljotiini

Guillotine giljotiini on mekaaninen mestauslaite, jossa putoava terä katkaisee kuolemaantuomitun kaulan.

Giljotiinin isänä pidetään ranskalaista lääkäriä Joseph-Ignace Guillotinia (1738 - 1814),

jonka mukaan se sai nykyisen nimensä.

Guillotin ei keksinyt giljotiinia, sillä samalla periaatteella toimivia teloituslaitteita oli tunnettu jo vuosisatoja aiemmin, mutta hänen vaikutuksestaan se otettiin käyttöön Ranskan vallankumouksen aikana ja se muodostui yhdeksi vallankumouksen tunnetuimmista symboleista. Giljotiinia käytettiin teloituksiin useissa Euroopan maissa aina 1970-luvulle saakka.

Historia

Giljotiinin tapaisia teloituslaitteita on esiintynyt jo ennen uutta aikaa; niistä ensimmäisten arvellaan olleen persialaista keksintöä. 1200-luvulla Italiassa tunnettiin mannaia-niminen teloituslaite, johon aateliset olivat oikeutettuja. Tällaisella teloitettiin vuonna 1268 Napolissa viimeinen Hohenstaufen-suvun edustaja, Schwabenin herttua Konradin, Tagliacozzon taistelun jälkeen. Britteinsaarilla käytettiin keskiajalta lähtien samanlaisia teloituslaitteita, joita kutsuttiin Englannissa nimellä Halifax Gibbet ja Skotlannissa nimellä Scottish Maiden eli skotlantilainen neitsyt. Saksassa "esigiljotiinista" käytettiin nimeä Fallbeil. 1700-luvulla hollantilaiset teloittivat vastaavanlaisella laitteella orjia siirtomaissaan. Ennen Ranskan vallankumousta nämä laitteet eivät kuitenkaan olleet yleisessä käytössä.

Ranskan suuren vallankumouksen aikana 1791 teloittamisen yhteydessä tapahtunut kidutus kiellettiin ja kuolemanrangaistuksen täytäntöönpano määrättiin kaulan katkaisuksi. Pyövelit kuitenkin tekivät usein virheitä miekalla ja kirveellä mestatessaan. Tohtori Joseph-Ignace Guillotin, Ranskan vallankumoushallinnon jäsen, kehitti ajatuksen "yksinkertaisen laitteen" rakentamisesta teloitusten hoitamiseksi. Näin voitaisiin taata kaikille kuolemaantuomituille samanlainen, pyövelin taidoista riippumaton, mahdollisimman nopea ja tuskaton loppu. Lääkäri Tobias Schmidt suunnitteli ensimmäisen modernin giljotiinin. Prototyypin hyväksyi käyttöön tohtori Antoine Louis.

Laitetta kutsuttiin aluksi pikku Louisoniksi, mutta sille vakiintui nopeasti nimi guillotine kuolemanrangaistuksen tuskattomammaksi tekemistä ideoineen ja puolustaneen Guillotinin mukaan. 25. huhtikuuta 1792 sen ensimmäinen uhri, maantierosvo ja ryöstömurhaaja Nicolas Jacques Pelletier, menetti päänsä giljotiinissa.

Ranskan suuri vallankumous

Vallankumouksen tuoman näennäisen vapauden vaihduttua hirmuhallinnoksi giljotiini katkaisi pään jopa 30 000 ranskalaiselta, mukaan lukien kuningas Ludvig XVI, hänen puolisonsa Marie-Antoinette, vallankumousjohtajat Georges Danton ja Pierre Vergniaud – ja lopulta ahkerimmin kuolemantuomioita jaellut vallankumouksellinen Maximilien Robespierre.

Suurin osa hirmuhallinnon uhreista tuomittiin epämääräisin perustein. Pelkästään yritys paeta Ranskasta toi monille viattomille kuolemantuomion.

Levottomuuksien aikaan naisten muodissa yleistyivät giljotiiniin tuomittujen naisten teloituksessa käyttämää alusasua muistuttava mekko ja niskan paljastava nutturakampaus. Aatelisten alkaessa loppua alettiin teloittaa heidän palvelusväkeään ja palkollisiaan: vallanpitäjille oli tärkeää viihdyttää kansaa ja kiinnittää sen huomio pois todellisista ongelmista.

Vasta Napoleonin vaikutusvallan kasvu ja lopulta hänen suorittamansa sotilasvallankaappaus lopetti "verijuhlat", kuten tapahtumia ulkomailla nimitettiin ivallisesti. Sotilaallisesti ajattelevan Napoleonin mukaan ainoa inhimillinen teloitusmenetelmä oli teloitusryhmän suorittama yhteislaukaus. Ennen kaikkea näin vältyttiin kansanjoukkoja kiihottavilta verisiltä näytelmiltä, jollaiset johtivat kuolemankierteeseen hirmuvallan aikana.

Giljotiiniteloitukset eivät myöskään olleet osoittautuneet teknisesti ongelmattomaksi. Vaikka giljotiinin tarkoituksena oli tehdä teloituksesta mahdollisimman humaani, todellisuus oli usein aivan muuta: alkuaikoina giljotiinit oli usein rakennettu väärin johtuen virallisten rakennusohjeiden puuttumisesta. Terä pudotettiin usein liian matalalta, tai se oli valmistettu ala-arvoisesta metallista ja tylsyi nopeasti. Siten yksi isku ei välttämättä riittänytkään pään irrottamiseen. Toisinaan kauhistunut teloitettava pääsi liikkumaan, joten terä osuikin takaraivoon tai hartioihin. Giljotiinin alkuongelmat saatiin ratkaistua vasta 1820-luvulla, jolloin se vakiintui yksinomaiseksi teloitustavaksi Ranskassa.

Toisin kuin suosittu legenda väittää, tohtori Joseph-Ignace Guillotinia ei teloitettu giljotiinilla vallankumouksen aikana, vaan hän kuoli luonnollisen kuoleman 1814.

Modernia giljotiinia on käytetty paitsi Ranskassa, myös Ranskan siirtomaissa, sekä muun muassa Italiassa, Saksassa ja Ruotsissa. Ranskassa giljotiini säilyi virallisena teloitusvälineenä 1970-luvulle asti, ja myös julkisten teloitusten perinne eli pitkään. Viimeinen julkinen giljotiiniteloitus toimeenpantiin toisen maailmansodan alla vuonna 1939, kun sarjamurhaaja Eugen Weidmann teloitettiin Versaillesin vankilan edessä.

Huonosti toiminut giljotiini ja "hysteerisesti" käyttäytynyt yleisö aiheuttivat skandaalin, jonka seurauksena Ranskan presidentti Albert Lebrun kielsi julkiset teloitukset. Viimeisen kerran giljotiinia käytettiin Ranskassa 1977, kun murhasta tuomittu Hamida Djandoubi teloitettiin. Kuolemantuomio poistettiin Ranskan laista 1981.

Saksassa Fallbellin (giljotiinin) käyttö yleistyi 1600-luvulta eteenpäin. Saksan keisarikunnassa (1871 – 1918) ja Weimarin tasavallassa (1918 – 1933) giljotiini ja ampuminen olivat lain määräämät viralliset teloitustavat. Kansallissosialistisessa Saksassa (1933 – 1945) teloitettiin giljotiinilla enemmän ihmisiä kuin Ranskassa suuren vallankumouksen jälkeen jakobiinien aikana. Vuosina 1938 – 1945 20 uutta giljotiinia rakennettiin ja asennettiin vankiloihin eri puolille Saksaa ja siihen liitettyä Itävaltaa.

Giljotiinia käytettiin kriminaalivankien teloitukseen, kun taas poliittiset vangit ammuttiin, hirtettiin tai lähetettiin keskitysleireille kuolemaan. Keskimääräinen teloitusnopeus oli yksi kuolemaantuomittu kolmessa minuutissa, mutta Breslaun vankilassa väitetään teloitetun puolessa toista tunnissa jopa 75 kuolemaantuomittua. Kaiken kaikkiaan kansallissosialistisessa Saksassa arvellaan minimissään 16 000: n, todennäköisesti jopa 45 000: n kuolemaantuomitun tulleen teloitetuksi giljotiinilla.

Läntisessä Saksassa käytettiin viimeisen kerran giljotiinia 1949, jolloin murhasta tuomittu Berthold Wehmeyer teloitettiin. Samana vuonna kirjoitetusta Saksan liittotasavallan perustuslaista kuolemantuomio poistettiin. Neuvostoliiton miehitysvyöhykkeellä ja Saksan demokraattisessa tasavallassa käytettiin giljotiinia vuoteen 1961. Siellä jotkin giljotiinit olivat kuorma-auton lavalla liikuteltavaa mallia.

Yhdysvalloissa ja Britanniassa giljotiinin käyttö ei koskaan yleistynyt, koska vakiokuolemantuomio oli hirttäminen. Giljotiinia ehdotettiin sähkötuolin korvaajaksi Georgian osavaltiossa Yhdysvalloissa 1996, mutta ehdotus ei mennyt läpi.

Giljotiinia käytetään jonkin verran eläinkokeissa, lähinnä silloin kun muut surmaamistavat tuhoaisivat kiinnostavan osan eläimestä.

Eräs ranskalainen nainen rakensi moottorisahasta giljotiinin ja suoritti näin itsemurhan.

"Elävien päiden legenda"

Ranskan vallankumouksen vuosina silminnäkijät kertoivat, että giljotiinilla teloitettujen päät saattoivat iskeä silmää tai ilmehtiä katkaisemisen jälkeen. Charlotte Cordayn pään väitettiin jopa saaneen kasvoilleen "raivostuneen ilmeen", kun päätä kansanjoukoille esitellyt teloittaja läimäytti sitä poskelle. Näiden havaintojen vuoksi alettiin epäillä, ettei giljotiini takaisikaan silmänräpäyksellistä ja tuskatonta kuolemaa. Kaulan salamannopean katkeamisen väitettiin päinvastoin aiheuttavan sen, että aivot jatkoivat toimintaansa vielä hetken teloituksen jälkeen. Hurjimpien väitteiden mukaan katkaistu pää saattoi pysyä tajuissaan jopa puoli minuuttia.

Monet lääkärit tekivät kokeita giljotiinilla teloitettujen rikollisten päillä, vielä niinkin myöhään kuin 1956, selvittääkseen näiden väitteiden todenperäisyyden.

Vaikka joidenkin lääkärien mukaan heidän tutkimansa päät reagoivat esimerkiksi omaan nimeensä pari sekuntia katkaisemisen jälkeen, yleisesti uskotaan, että "ilmehtiminen" on vain katkenneiden hermojen aiheuttamaa tahdotonta lihasnykimistä. Kaulan katkaisemisen aiheuttama verenvuoto on joka tapauksessa niin voimakasta, ettei pää voisi edes teoriassa pysyä tajuissaan muutamaa sekuntia kauempaa.

Moni on nähnyt erikoisia videoita verkossa, kun jokin ruoaksi tarkoitettu eläin on pään irrottamisen jälkeen jatkanut liikkumista. Stara uutisoi aiemmin tapauksesta, jossa käärme puri kokkia minuutteja sen jälkeen, kun käärmeen pää oli irrotettu.

Harva kuitenkaan tietää, että myös ihmiset pysyvät tajuissaan sen jälkeen, kun ihmisen pää on irti muusta kehosta.

Metro-lehti tutki erilaisia tapoja, joilla ihminen kuolee ja sitä, miltä ne mahdollisesti tuntuvat. Mestausta on pidetty melko kivuttomana ja nopeana tapana kuolla, mutta nyt on saatu selville, että ihminen on voinut olla seitsemän sekuntia tajuissaan sen jälkeen, kun pää on irrotettu muusta vartalosta.

Rotilla tehdystä tutkimuksesta kävi ilmi, että rotta pysyi tajuissaan 2,7 sekuntia pään irrottamisen jälkeen eli niin kauan kuin aivoille riitti happea. Ihmisten kohdalla ajan arvioidaan olevan noin seitsemän sekuntia, kunnes aivot ovat polttaneet kaiken hapen. Ihminen on siis pään irrottamisen jälkeen vielä noin seitsemän sekunnin ajan tajuissaan.

Aikoinaan mestaus oli muun muassa Ranskassa, Englannissa ja Saksassa suosittu kuolemanrangaistuksen toteutusmuoto. Mestauksessa ihmisen pää irrotetaan katkaisemalla kaula joko kirveellä, miekalla, veitsellä tai giljotiinilla. Mestauksen aiheuttaman hermosignaalimyrskyn ajatellaan vievän ihmisen tajunnan alle sekunnissa, mutta ilmeisesti hapen kuljetus voikin pitää henkilön tajuissaan vielä seitsemän sekunnin ajan.

Tunnettuja giljotiinilla teloitettuja

25. huhtikuuta 1792 Nicolas Jacques Pelletier, ensimmäinen giljotiinilla teloitettu

21. tammikuuta 1793 Ranskan kuningas Ludvig XVI

16. lokakuuta 1793 Ranskan kuninkaan Ludvig XVI:n puoliso Marie Antoinette

5. huhtikuuta 1794 ranskalainen vallankumousmies Georges Danton

8. toukokuuta 1794 Ranskalainen kemisti Antoine Lavoisier

28. heinäkuuta 1794 Ranskan vallankumouksen johtaja Maximilien de Robespierre

23. syyskuuta 1910 Viimeinen ruotsalainen kuolemaantuomittu Johan Alfred Ander mestattiin Långholmenin vankilan giljotiinilla.

25. helmikuuta 1922 Kuuluisa sarjamurhaaja, "Siniparta" Henri Désiré Landru

10. tammikuuta 1934 Berliinin valtiopäivätalon tuhopoltosta syytetty Marinus van der Lubbe

17. kesäkuuta 1939 Viimeinen julkinen teloitus, sarjamurhaaja Eugen Weidmann

22. helmikuuta 1943 Hans ja Sophie Scholl sekä Christop Probst Valkoinen ruusu -liikkeestä

11. toukokuuta 1949 Berthold Wehmeyer Saksan liittotasavallan viimeisenä

28. marraskuuta 1972 murhaajat Roger Bontems ja Claude Buffet

Hildegard Bingeniläinen

Hildegard Bingeniläinen (16. syyskuuta 1098 – 17. syyskuuta 1179) oli merkittävä luostarin abbedissa ja mystikko Saksassa keskiajalla. Hänen monipuolinen toimintansa suuntautui uskonnon, kirjallisuuden, musiikin ja luonnontieteiden alalle. Häntä on pidetty myös ensimmäisenä saksalaisena naislääkärinä.

Erityisesti saksankielisessä kulttuurissa Hildegardin elämä ja teokset ovat synnyttäneet 1900-luvun alkupuolelta lähtien laajan tutkimuksen teologian, antropologisen filosofian, mystiikan, musiikin, semiotiikan, luonnontieteiden ja lääketieteen alueilla.

Viime vuosina kiinnostus Hildegardin elämää kohtaan on herännyt myös Suomessa. Hänen suosioonsa on osaltaan vaikuttanut yleisen kiinnostuksen lisääntyminen keskiaikaa ja sen ilmiöitä kohtaan.

Hildegardin ajatuksista on haluttu löytää vastapainoa nykyajan vääristyneille elämänmuodoille ja ohjeita niiden korjaamiseksi. Hänestä on tullut eräissä piireissä suorastaan "vihreän elämänkatsomuksen" kulttihenkilö.

Luonnonparannuksen ja vaihtoehtoisten hoitomuotojen kohdalla se on heijastunut myös erityisenä "Hildegardlääketieteenä", joka perustuu Hildegardin aikoinaan esittämien hoitomuotojen tulkintoihin. Koska Hildegardin kirjoitukset ovat usein symbolisia, vaikeaselkoisia ja osin ristiriitaisinakin, on niistä löydettävissä tukea varsin erilaisille ajatussuuntauksille.

Hildegardin elämänkaari

Hildegard Bingeniläinen syntyi vuonna 1098 kreivi Hildebertin ja tämän puolison Mechtildin kymmenentenä lapsena Bermersheimin suurtilalla Rheinhessenissä. Hildegard pyhitettiin varhain Jumalalle "kymmenyksenä" ja kahdeksan vuoden ikäisenä hänet annettiin kasvatettavaksi benediktiiniläiseen luostariin Disibodenbergissä, noin 40 km Mainzista lounaaseen olevan Bingenin lähellä. Tämän munkkiluostarin naisosaston johtajana oli silloin aatelinen Jutta Spanheimiläinen. Osaston nunnat olivat kaikki lähiseudun aatelistyttäriä, joille heidän perheensä olivat lunastaneet huomattavilla varoilla elinikäisen osallisuuden luostariyhteisön elämässä. Luostarilupauksen tehneet saivat alkeiskoulutuksen Regula Benedicti (Benedictus Nursialaisen sääntöjen) mukaan. Hildegard vihittiin nunnaksi vuonna 1114 ja hän omisti koko elämänsä lopullisesti Jumalalle.

Jutta Sponheimiläisen kuoltua vuonna 1136 Hildegardista tuli 38-vuotiaana luostarin naisosaston johtaja. Kymmenkunta vuotta myöhemmin Hildegard päätti kuitenkin erota silloisesta luostaristaan ja alkoi vuonna 1147 tai 1148 rakentaa lähistöllä olevaa Rupertsbergiin omaa luostaria. Sinne hän muutti vuonna 1150 parinkymmenen aatelisen luostarinaisen kanssa. Syitä muuttoon ei tunneta tarkoin. Ilmeisesti siihen vaikuttivat nunnien aateliset perheet, jotka tahtoivat tyttärilleen oman laitoksen.

Disibodenbergin luostarin apotti ja munkkikunta vastustivat jo kuuluisaksi tulleen Hildegardin lähtöä. Osaltaan vastustukseen vaikutti luultavasti se, että nunnat veivät mukanaan heille kuuluneen omaisuuden, joka oli varsin huomattava.

Hildegard perusti vielä vuonna 1165 sivuluostarin tyhjillään olleeseen augustiinilaisluostariin Rüdesheimin Eibingenissä. Tämä luostari oli tarkoitettu alemmista väestöluokista peräisin olleille naisille, joita Hildegard kieltäytyi ottamasta Rupertsbergiin. Kun eräs abbedissa arvosteli menettelyn kristillisyyttä, vastasi Hildegard "Eihän härkiä, vuohia ja sikojakaan suljeta samaan karjasuojaan". Hildegard toimi molempien luostarien abbedissana ja hän kuoli Rupertsbergissa 81 vuoden ikäisenä 17.syyskuuta 1179.

Näkyjen maailma

Hildegard oli jo neljän vuoden ikäisestä lähtien nähnyt näkyjä, joiden voima ja määrä lisääntyi aikuiseksi tullessa. Hän oli kuitenkin pitänyt näkynsä toistaiseksi salaisuutena.

Vuonna 1141 Hildegard oli vaikean sairauden jälkeen nähnyt näyn, jossa liekit laskeutuivat taivaasta asettuen hänen ympärilleen. Samassa näyssä Jumala oli ilmoittanut Hildegardille, että tämän oli kirjoitettava muistiin kaikki näkemänsä ja kuulemansa sekä kerrottava niistä maailmalle. Hildegard kertoi näkynsä rippi-isälleen, joka kertoi niistä edelleen Mainzin arkkipiispalle.

Mainzin teologeista koostunut neuvottelukunta vakuuttui Hildegardin näkyjen aitoudesta. Se antoi Hildegardin avuksi Volmar -nimisen munkin näkyjen muistiin kirjoittamista varten. Toisena tärkeänä avustajana oli nunnakuntaan kuulunut sisar Richardis von Stade.

Siitä lähtien Hildegard omistautui intohimoisesti luomistyölle. Hänestä tuli näkijä ja mystikko, joka kuvasi kymmenen seuraavan vuoden aikana näkyjään kirjoituksessa Scivias (Tunne Jumalan tiet). Kuvissa Hildegard esitetään yleensä istumassa vahataulu vasemmassa ja kirjoituspuikko oikeassa kädessään.

Hildegardin näkyjen luonne on vaikeasti tulkittavissa. Omien sanojensa mukaan Hildegard ei kokenut näkyjä koskaan hurmostilassa, vaan tarkasteli niitä valveilla ollessa ja täydessä ymmärryksessä. Hän ei nähnyt mitään tavallisin aistein havaittavia näkyjä vaan koki valoelämyksiä, jotka loistivat voimakkaammin kuin auringon valaisema pilvi.

Hän kuvasi sen valoisuutta elämän valon varjoksi ja toisinaan hän näki siinä myös tuon elämän valon, joka poisti hänestä kaiken surumielisyyden ja tuskan. Elämän valon varjossa Hildegardille valkenivat ihmisten kirjoitukset, puheet, kyvyt ja teot. Näyt tuottivat hänelle iloa, mutta myös tuskaa siitä, miten tulkita ne sanoiksi.

Pyhä Bernard Clairvauxlainen kuuli Hildegardin näyistä vuonna 1147 saarnatessaan uudelle ristiretkelle lähtijöille ja hänkin vakuuttui niiden aitoudesta. Bernard kirjoitti Hildegardille kirjeen, jossa hän tunnusti tämän Jumalan profeetaksi eli ennustajaksi. Hän ehdotti myös aikaisemmalle oppilaalleen ja ystävälleen paavi Eugenius III:lle, että Hildegard nimitettäisiin virallisesti Jumalan profeetaksi vuonna 1148 Trierin kirkolliskokouksessa.

Paavi vahvistikin ehdotuksen, Hildegardista tuli prophetissa teutonica (saksalainen naisprofeetta) ja sen jälkeen hänet tunnettiin yleisesti "Rheinin Sibyllana".

Hildegard ei pitänyt kokemiaan näkyjä omasta itsestään syntyneinä vaan uskoi Jumalan puhuvan niiden kautta. Hildegardilla katsottiinkin näkyjensä takia olevan henkinen yhteys Jumalaan, mikä antoi hänelle aikalaisten silmissä erityisiä pyhimykselle ominaisia voimia.

Sen seurauksena Hildegard joutui ihmisten hartaiden pyyntöjen vuoksi harjoittamaan myös erilaisia uskonnollisia ja maagisia parannuskeinoja, esirukousta, kätten päällepanoa, parantavien amulettien ja vihkiveden lähettämistä sekä vieläpä manaamista.

Luostarin abbedissa

Hildegardin kirjoituksista osa liittyi käytännön luostarielämään. Erään lähistöllä toimineen luostariyhdyskunnan pyynnöstä hän laati kirjoituksen Regulae S. Benedicti Explanatio (Pyhän Benedictuksen sääntöjen selitys). Näissä Benedictus Nursialaisen luostarisäännöissä, jotka olivat peräisin 500-luvun alkupuolelta, annettiin elämisen ja toiminnan ohjeita luostariyhteisöjen jäsenille. Ne velvoittivat munkkeja hartaudenharjoitusten ohella myös ruumiilliseen työhön ja henkiseen toimintaan. Siitä syystä juuri benediktiiniläisluostarit olivat kohonneet aineellisen ja henkisen kulttuurin tyyssijoiksi. Alkuperäiset luostarisäännöt olivat käsittäneet vain yksinkertaisia ydinlauseita ja niiden selittäminen ja tulkitseminen oli käynyt aikojen kuluessa välttämättömäksi. Benedictus Nursialaisen luostarisäännöt ovat perustana myös Hildegardin käsityksille oikeasta elämänjärjestyksestä.

Vuosien 1158 — 1171 välisenä aikana Hildegard teki Keski- ja Etelä-Saksassa neljä pitkää saarna- ja julistusmatkaa. Hän koki saaneensa tehtävän itseltään Jumalalta. Hildegard saarnasi kirkoissa ja aukioilla sekä papeille että kansalle.

Uskon julistuksen ohella hän kohdisti rohkeasti sanansa kirkonmiehille arvostellen näitä mm. maallistumisesta, kylmäkiskoisuudesta ja oikeamielisyyden unohtamisesta.

Hildegard oli aikanaan varsin kuuluisa henkilö, jonka maine kiiri myös kotimaan rajojen ulkopuolelle. Rheinin Sibyllan neuvoja etsivät paavit, keisarit, kuninkaat, arkkipiispat, apotit, abbedissat, munkit ja nunnat.

Hildegard kävi laajaa kirjeenvaihtoa ja hänen kirjoittamiaan kirjeitä tunnetaan kolmisen sataa. Niissä hän antoi usein käytännönläheisiä vastauksia esitettyjen ongelmien ratkaisemiseksi. Hän ei rajoittunut kirjeenvaihdossaan pelkästään uskonnollisiin kysymyksiin, vaan otti kantaa myös sosiaalisiin ja oikeudellisiin kysymyksiin.

Uskonnollinen kirjailija ja säveltäjä

Hildegardin ajattelua ohjasi hänen käsityksensä Jumalasta. Hildegardin mukaan Jumala oli pysyvä ja muuttumaton, korkein hyvä ja sielun todellinen valo. Jumala oli myös suuri arvoitus, sillä vaikka hän oli itse hyvyys, oli hän samalla kuitenkin niin kauhistuttava. Kauheudessaan hän tuhoaisi vihansa liekillä kaiken, mikä jäisi kristillisen uskon ulkopuolelle.

Jumala kävi jatkuvaa taistelua Saatanan kanssa, mutta maailman päättyessä Jumala tulisi syöksemään Saatanan ja paholaiset helvetin hirvittäviin tuskiin.

Kristuksen ristinkuolema teki ihmisille mahdolliseksi vapautumisen paholaisen vallasta, mutta siitä huolimatta paholainen hallitsi yhä maailmaa lukemattomine demoneineen. Ne ihmiset, jotka viimeisellä tuomiolla vapautettaisiin, saisivat osakseen taivaspaikat. Se joka tuntisi tien, voisi välttyä helvetin tuomiolta.

Hildegardin uskonnollinen pääteos olikin edellä mainittu kirjoituskokoelma Scivias Tunne Jumalan tiet.

Hänen muita uskonnolliseen elämään liittyviä kirjoituksiaan olivat vuosien 1158 — 1163 aikana syntyneet Liber vitae meritorum Elämän ansiot tai elämäntaito ja vuosina 1163 — 1173 teos Liber de operatione Dei, toiselta nimeltään Liber divinorum operum Jumalan teoista tai Jumalan tekojen kirja, maailman- ja ihmisentieto.

Kaikissa näissä kirjoituksissaan Hildegard toi uskonnollisten ja mystisten näkyjensä ohella esiin myös maailman olemukseen ja ihmisen elämään kohdistuvia käsityksiään.

Hildegardin henkinen maailma kuvasti symbolisesti tulkittua Raamattua, Benedictuksen sääntöjä, kirkkoisä Augustinuksen varhaiskeskiaikaisia oppeja sekä Mainzin aikaisemman arkkipiispan Hrabanus Mauruksen käsityksiä. Hildegardin käsitykset olivat vanhoillisia esim. Pariisissa ja Ranskassa orastaviin uudistuspyrkimyksiin verrattuna.

Hildegardin käyttämä kieli on kuvailevaa ja vaikeasti tulkittavaa. Hän ei ilmeisesti osannut itse käyttää latinan kieltä läheskään virheettömästi.

Latinankielen taitoiset munkit ovat kirjoittaneet puhtaaksi Hildegardin luonnostelemat tekstit. Erikoista oli myös, että Hildegard kehitti itselleen eräänlaisen oman kielen, jota hän käytti vahatauluihin kirjoittaessaan.

Kirjallisten esitystensä lisäksi Hildegard merkitsi muistiin näkyjensä yhteydessä kuulemiaan sointuja laulujen ja sävelmien muodossa elämänsä loppuun saakka. Hänen säveltämiensä antifonien, responsorioiden, hymnien ja sekvenssien lukumäärä on 77. Sen lisäksi Hildegard kirjoitti ja sävelsi hengellisen laulunäytelmän Ordo Virtutum Hyvien voimien näytelmä, joka muodostui tämän kaltaisten moraalinäytelmien esikuvaksi. Se käsittää kaikkiaan 85 antifonia. Hildegard kuvasi itse sävellyksiään nimellä Symphonia harmoniae caelestium revelationum Taivaallisten ilmestysten sointuva yhteissoitto.

Hildegard ei pitänyt sävellyksiä omina saavutuksinaan. Hän tunsi itsensä joka suhteessa valoksi ja soinnuksi, Jumalan instrumentiksi. Hän piti itseään pasuunana, joka tosin tekee äänen kuultavaksi, mutta ei sitä itse aiheuta. Toinen puhaltaa siihen, jotta se antaisi äänen.

Hildegard on eräässä kirjeessään Mainzin kirkkoruhtinaille kuvannut musiikkinsa olemusta ja merkitystä. Teokset syntyivät sisäisestä hädästä kiitoksen, laulun ja instrumenttien kautta.

Laulujen muodosta on tunnistettavissa Hildegardin voimakas kiinnostus liturgiaan ja niitä tiedetään myös esitetyn luostarissa liturgioiden yhteydessä. Teksteissä ovat aiheina monet Hildegardin teologiset sanomat, Jumala ja maailma, luominen ja vapahdus, Maria, enkelit ja pyhimykset sekä ihmiseksi tuleminen.

Myös laulunäytelmää Ordo virtutum (Hyvien voimien näytelmä) on laulettu Rupertsbergin luostarissa ja sillä Hildegard halusi ilahduttaa ja innostaa uskonsisariaan. Näytelmän perusajatuksena on ihmiskunnan, kirkon ja yksityisen ihmisen kestävyys ratkaisevassa taistelussa hyvän ja pahan välillä aikojen loppuun saakka.

Hildegardin musiikki noudattaa gregoriaanista perinnettä soinniltaan ja rytmiltään, mutta melodianmuodostuksessa hän kulkee usein omia teitään ja ylittää gregoriaanisuuden tavanomaiset rajat. Hänen sävellyksissään voidaan tunnistaa myös kansanmusiikin aineksia. Eräät hänen luomansa sekvenssit ja hymnit ovat kauneimpia keskiajalla luotuja sävellyksiä ja ilmeisesti ne muodostavat pysyvimmän osan hänen tuotannostaan.

Hildegardin yhteiskunnallisia näkemyksiä

Vaikka Hildegard piti itseään profeettana, hän oli vain Jumalan sanansaattaja. Yleisesti ottaen hän vain toisti kirkkoisien oppeja eikä tuonut esiin mitään uudistuksia.

Hildegardin Jumala hylkäsi sosiaalisen liikkuvuuden, jokaisen tuli pysyä omassa piirissään. Siihen viittasi jo hänen käsityksensä alempiin kansanluokkiin kuuluvien nunnien sijoittamisesta erilliseen luostariin.

Hildegardin käsitys yhteiskunnasta oli muutenkin täysin keskiaikainen. Hänen yhteiskunnallinen etiikkansa perustui hierarkkiseen järjestykseen, tottelevaisuuteen ja uudistusten vastustamiseen. Hän korosti kymmenyksien maksamista kirkolle uskonnollisena velvollisuutena itsensä Jumalan vaatimuksesta. Myös kaikki maallinen valta oli peräisin Jumalasta. Hallitsijan valta tuli Jumalalta, jotta ihmiset oppisivat pelkäämään Jumalaa.

Silti alempien herrojen ei pitänyt tehdä mitä he tahtoivat. Jumala oli luonut yhteiskunnan luokat, myös orjat.

Jumala ei tahtonut orjuuden hävittämistä, mutta halusi kuitenkin, että herrat pitivät huolta orjistaan. Hildegardin Jumala arvosti nöyryyttä enemmän kuin laupeutta, sillä nöyryys oli kuin sielu ja rakkaus kuin ruumis.

Jumala tahtoi hengenmiesten olevan etuoikeutettuja maallikkoihin nähden ja olevan suhteessa maallikkoihin kuin päivä yöhön. Hildegard vaati myös kirkonmiehiltä hyviä tapoja, heillä ei ollut edes lupaa nauraa. Lisäksi hän arvosteli terävästi kirkonmiesten ahneutta ja irstaisuutta. Käytännössäkin Hildegard taisteli korruptoituneita kirkonmiehiä vastaan, kehotti kovasydämisiä sotureita rauhaan, hylkäsi hengellisten virkojen myymisen sekä polemisoi avioliiton ja kasteen kieltäjiä vastaan. Hildegard näki kirkon olevan uhattuna ja uskoi elävänsä lopun aikoja.

Hän opetti, että paholainenkin lisäsi ponnistuksiaan ja yllytti uskonvastaisuuteen, koska sen aika olisi pian päättymässä.

Hildegard ei ajatellut naista ihmisoikeuksien kohteena. Nainen oli miehen aikaansaannos, tämän orjatar, ja Hildegard toi tämän selvästi esiin. Nainen oli heikko ja sen vuoksi paholainen saattoi hänen kauttaan voittaa ihmisen. Mies edusti Isää Jumalaa, nainen vain Pojan ihmisyyttä. Nainen oli tarkoitettu olemaan miehen tahdon alaisena. Naisesta ei voinut tulla pappia sen paremmin kuin ruumiillisesti vammaisesta miehestäkään. Nainen saattoi osallistua julkiseen keskusteluun ainoastaan Jumalalle vihittynä neitsyenä ja silloinkin vain Jumalan erityisestä kutsusta.

Hildegardin etiikka oli korostetusti luostarinaisten etiikkaa. Hän tavoitteli neitseellistä luostarielämää korkeimpana ihanteena. Suurimmat hyveet olivat nöyryys ja kuuliaisuus. Hildegardin opastuksen painopiste oli neitseellisyydessä ja siveellisyydessä. Mariaa juhlittiin aina neitsyenä ja hän oli synnyttänyt Kristuksen ilman kipuja.

Hildegard otti kantaa myös seksuaalisiin kysymyksiin. Avioliitto palveli vain lasten saantia ja lisäsi Herran valittujen määrää. Yhdynnän raskaana olevan kanssa Hildegard kielsi jyrkästi. Ylipäätään paholainen oli yhdynnässä aina väijymässä ja itsetyydytys oli kotoisin itsestään paholaisesta. Homoseksuaalisuus, olipa se miesten tai naisten välistä, ansaitsi kuolemantuomion. Hildegard vaati pappeja yöllisten siemensyöksyjen sattuessa pysymään poissa alttarilta, sillä heidän oli silloin kaduttava ja ripittäydyttävä. Neitsyyden menettämisen jälkeen naisella ei ollut vastaavasti lupaa mennä kirkkoon ilman rippiä.

Hildegardin luonnontiede

Luostarit huolehtivat asukkaittensa sairaanhoidosta suureksi osaksi omissa sairaaloissaan. Siksi munkit ja nunnat joutuivat käytännössä perehtymään myös sairauksien olemukseen ja hoitokeinoihin. Ilmeisesti juuri tästä syystä Hildegard on joutunut syventymään silloiseen luonnontieteeseen ja lääketieteeseen.

Lukemansa ja kuulemansa tiedon perusteella hän laati laajan luonnontiedettä ja lääketiedettä käsittelevän kirjoituskokoelman Liber subtilitatum diversarum naturarum creaturarum Kirja luotujen olentojen erilaisista olemuksista.

Tämä jakautuu kahteen osaan, joista ensimmäinen Liber simplicis medicinae Yksittäisten parannuskeinojen kirja, tunnetaan paremmin nimellä Physica Luonnontieto.

Toisen osan otsikkona oli käsikirjoituksessa Liber compositae medicinae Yhdistettyjen parannuskeinojen kirja, mutta se tunnetaan yleisemmin nimellä Causae et curae Sairauksien syistä ja hoidoista. Jaottelu ja otsikointi ovat tapahtuneet vasta myöhemmin käsikirjoituksia kopioitaessa ja aivan ilmeisesti kopioissa on alkuperäisiin teksteihin kuulumattomia lisäyksiä. Erityisesti jälkimmäinen teos on rakenteeltaan jäsentymätön. Luontoon, ihmiseen, sairauteen ja parantamiseen liittyviä näkemyksiä on myös Hildegardin muissa kirjoituksissa, jotka on otettava huomioon kokonaiskuvan saamiseksi.

Tuohon aikaan Euroopan ainoa lääketieteellinen koulu oli Italian Salernossa, lähellä Napolia. Suurin osa lääkärinä toimivista oli kuitenkin saanut oppinsa käytännön työtä seuraamalla. Kaikesta päätellen Hildegard oli lääketieteen harrastajana itseoppinut ns. luostarilääketieteen edustaja.

Hildegard näyttää tunteneen ainakin Galenoksen (noin 129 — 200) kreikkalaisilta omaksuman humoraaliopin ja siihen liittyneen temperamenttiopin, mikä on pääteltävissä Hildegardin kirjoitusten lääketieteellisestä terminologiasta. Uusimpien tutkimusten mukaan Hildegard on tuntenut lääketieteen alalta sekä antiikin että varhaiskeskiajan auktoreja, mm. Isidorus Sevillalaisen (noin 530 - 636) ja Constantinus Africanuksen (noin 1020 - 1087) kirjoituksia sekä keskiaikaisia yrttikirjoja, lääketieteen kokoomateoksia ja Salernon lääketieteellisen koulun varhaisempia kirjoituksia.

Lisäksi Hildegardin käsityksiä ovat muokanneet Raamattu ja germaaniset perinteet. Hildegardin kirjoituksissa mainitaan myös suuri määrä kasvien ja eläinten saksankielisiä nimiä, joilla on erityistä mielenkiintoa saksan kielen keskiaikaisen sanaston kannalta.

Hänen latinankieliset kirjoituksena muodostavat muutenkin merkittävän lähdeaineiston keskiajan verraten niukassa kirjallisuudessa.

Hildegardin maailmankuva

Hildegardin maailmankuva tulee näkyviin parhaiten teoksen Causae et curae sairauksien syistä ja hoidoista alkujaksoissa, joissa selostetaan mm. maailman luomista, maailmankaikkeuden rakennetta ja alkuaineita. Hildegardin maailmankuva oli uskonnollinen ja kokonaisvaltainen.

Siinä oli ylimpänä Jumalan luoma ja hallitsema universumi eli makrokosmos, johon kuului osana mikrokosmos, maanpäällinen elollinen luomakunta, ihminen mukaan luettuna. Universumi oli muodostunut neljästä alkuaineesta, tulesta, ilmasta, vedestä ja maasta. Mikrokosmoksen tärkein ylimaallinen säätelijä oli kuu rytmillisine vaiheineen.

Hildegardilla ei ollut mitään biologista tai ekologista luonnonkäsitystä. Luonto oli vain pelinappula Jumalan ja toisaalta paholaisen kädessä. Ihminen oli ilman mitään ongelmia tarkoitettu luonnon herraksi. Eläimet ja kasvit olivat vain keinoja ihmisen päämäärän saavuttamiseksi. Ihmisen oli hallittava niitä ja alistettava ne valtaansa.

Ihmisen elämää ylläpitävänä voimana oli Raamatussakin mainittu vehreys tai tuoreus, joka sai voimansa ravinnosta ja juomasta.

Kun Hildegard puhui vehreydestä ja tuoreudesta, hän tarkoitti sillä symbolisesti kuivuuden ja mehuttomuuden vastakohtaa. Terveys ja sairaus olivat elämään kuuluvia ilmiöitä. Ihmiselle oli annettu velvollisuudeksi huolehtia sielustaan ja ruumiistaan ja sen lisäksi pitää huolta myös terveistä ja sairaista.

Terveyttä piti yllä antiikin humoraaliopin mukaisesti veren, sapen, mustan sapen ja liman tasapaino, eukrasia. Sairauksien syynä oli mainittujen perusnesteiden sekoittumisen häiriö, dyskrasia. Tärkein osuus siinä oli limalla, jota juuri kuun vaiheet säätelivät. Perimmältähän kaikki ruumiilliset vaivat ja erityisesti mielentilan häiriöt olivat Hildegardin mukaan seurausta Jumalan käskyjen rikkomisesta.

Sairaiden hoito

Hildegardilla olivat sairaanhoidollisen ajattelun lähtökohtana Benedictus Nursialaisen luostarisäännön perusajatukset. Terveistä ja sairaista huolehtimisen kautta ihmiselle oli annettu velvollisuudeksi huolehtia myös omasta terveydestään ja rakentaa sille henkinen olemassaolonsa. Sairaus ei kuulunut luonnolliseen elämään, se oli luonnon puutostila, uhrialttari, jolla tärvelty luonto puhdistettiin ja herätettiin eloon, ja lopulta armo, kun sen Kristuksen hengessä kärsivällisesti kesti.

Hildegardin mukaan lääkärinhoito ja yleinen huolenpito perustuivat maltillisuuden hyveeseen. Hoidon oli kaikella varovaisuudella tuettava viheriöivää elämänvoimaa. Hildegard ei vaatinut lääkäriltä ammatillista koulutusta.

Hänen mukaansa lääkärin taito perustui erityiseen voimaan, joka oli peräisin Jumalasta. Se oli ihmisille annettu armolahja, joka oli otettava vastaan halukkaasti ja jota oli käytettävä sairaiden hyväksi.

Jos terveydentila oli häiriintynyt sairaudeksi asti eikä elimistön tasapainoa voitu palauttaa elämänjärjestyksen säätämisellä, jouduttiin turvautumaan lääkehoitoon. Siinä käytettäviä keinoja Hildegard kuvasi jo mainituissa lääketieteellisissä teoksissaan Physica ja Causae et curae. Jälkimmäisen teoksen saksankielisiin kopioihin on myöhemmin liitetty Hildegardin muista kirjoituksista ajatuksia terveestä elämäntavasta, lääkärin huolenpidosta ja lääkärin taidosta.

Physica Luonnontieto käsittää yhdeksän jaksoa eli kirjaa, yhteensä 513 erillistä kuvausta. Jokaisen kirjan alussa on lyhyt esipuhe, jonka jälkeen selostetaan siihen kuuluvia luotuja olioita ja asioita. Kirjoista kaksi käsittelee kasveja, neljä eläimiä, yksi alkuaineita, yksi kiviä ja yksi metalleja. Kasveista kuvataan yrttikasveja ja puita, eläimistä kaloja, lintuja, matelijoita ja maalla eläviä imettäväisiä. Jokaisen erillisen kuvauksen alussa mainitaan kuvattavan asian kylmyyden, lämpimyyden, kosteuden, kuivuuden, makeuden, suolaisuuden, karvauden ja happamuuden aste.

Sen jälkeen kerrotaan, miten kuvattavaa asiaa voidaan käyttää sairauksien hoidossa. Ominaisuuksien kuvaukset viittaavat selvästi antiikin humoraalioppiin Galenoksen kehittämän temperamenttiopin sisältämässä muodossa.

Kirjoitus Causae et curae Sairauksien syistä ja hoidoista on edellistä pitempi ja laajempi. Maailmankuvan selitysten ja sairauksien syiden ohella siinä käsitellään ihmisen sairauksia päästä jalkoihin sekä lääkkeitä ja muita parannuskeinoja.

Hildegardin mukaan Jumalalla oli valta kaikkiin parannuskeinoihin. Niiden avulla sairaus parani, ellei Jumala toisin halunnut. Ja se mikä ei auttanut tautiin, se oli kuitenkin avuksi pelastuksen saavuttamisessa.

Hildegardin kirjoituksissa kuvatut parannuskeinot noudattivat keskiaikaisen lääketieteen käytäntöä ja niihin liittyi astrologiaa, uskoa, taikauskoa sekä kansanperinnettä. Eräässä käsikirjoituksen kopiossa todetaan yrteistä, että niitä on olemassa sekä hyviä että huonoja. Paholainen rakastaa jälkimmäisiä ja voi kätkeytyä niihin aiheuttaen arvaamattomia seurauksia. Parantamiseen käytettiin rukousten ja jopa manaustenkin ohella yrttejä, lepoa, kylpyjä, suoneniskuja, jalokiviä ja muita maagisia keinoja. Hildegardin mukaan myös musiikilla ja kosmetiikalla oli merkitystä sairaiden hoidossa.

Hildegardin kirjoissa esitetyt yrtit ja taudit eivät ole yksiselitteisiä ja jälkeenpäin ne ovat vaikeasti tunnistettavissa. Siten Hildegardin esittämiä hoitoja on jokseenkin mahdotonta toistaa alkuperäisessä muodossaan. Niiden käyttäminen nykyaikana on hyödytöntä ja eräissä tapauksissa luultavasti haitallista. Ns. Hildegardlääketieteen nykyinen suosio perustuu muiden vaihtoehtoisten hoitomenetelmien tavoin ihmisten toiveisiin niiden ongelmien ratkaisemiseksi, joita kehittynyt lääketiede ei ole onnistunut poistamaan.

Tärkeimmät perusteet, joihin Hildegardin kuvaamat parannuskeinot nojasivat, olivat humoraalioppi, signatuurioppi, astrologia ja magia. Humoraaliopin mukaan pyrittiin vaikuttamaan elimistön perusnesteiden tasapainoon yrttien eri ominaisuuksien eli kylmyyden, lämpimyyden, kosteuden ja kuivuuden sekä makeuden, suolaisuuden, karvauden ja happamuuden avulla.

Signatuuriopin mukaan parannuskeinon muoto, väri tai muu ominaisuus antoi merkin siitä, mihin se tehoaa: Similia similibus curant samankaltaiset parantavat samankaltaisia.

Astrologian kohdalla noudatettiin yleensä vain kuun vaiheita, koska ne olivat selkeimmin havittavissa.

Kuun eri vaiheet, erityisesti kasvava ja nouseva kuu, oli otettava huomioon sekä yrttejä kerättäessä että niistä valmistettuja lääkkeitä sairaille annettaessa. Maagiset keinot perustuivat puolestaan vuosisatojen kuluessa syntyneisiin taikuusriitteihin.

Hildegardin selostuksessa mandgragorasta eli lemmenmarjasta on piirteitä humoraalioppiin, signatuurioppiin ja magiaan liittyvistä perusteista. Mandragora oli esimerkki entisaikojen joka tautiin sopivasta ihmelääkkeestä, jonka monihaaraisen juuren muoto jotenkin muistutti ihmisvartaloa eri osineen. Hildegardin mukaan: "Lemmenmarja on lämmin, hieman kostea ja on peräisin maasta, josta Aatami on tehty; sen juuri on jossakin määrin ihmisen kaltainen, minkä vuoksi nimenomaan tämä kasvi on enemmän kuin muut alttiina paholaisen kuiskutuksille ja väijytyksille. Yksittäisten ruumiinosien vaivoja vastaan käytättäköön juuren vastaavia osia, pään kipuihin juuren yläosaa, kaulakipuihin sen kaulaa jne.".

Psoriasiksen hoitoon käytetyn jäniksensapen saannissa oli viisasta seurata kuun vaiheita. Ensiksi oli mentävä jänisjahtiin. Kun jänis oli pyydystetty, oli sitä teurastettaessa otettava huomioon kuun asema. Jäniksen sappirakko olisi nimittäin hyvin täyttynyt vain kasvavan kuun aikana, ja vähenevän kuun aikana siinä olisi sappea vain joitakin tippoja. Tautia hoidettiin tiputtamalla jäniksen sappea päivittäin ihon hilseileville alueille.

Hildegardin kuvauksessa Betonica officinalis rohtopähkämön käytöstä voidaan aavistaa hienoista huumoria, joka saattaa myös olla avuksi tauteja hoidettaessa: "Betonika on lämmin. Sillä on enemmän yhteyksiä inhimilliseen tietoon kuin muilla yrteillä, aivan samoin kuin siistit kotieläimet paremmin sopeutuvat ihmisiin kuin villit eläimet. Myös sitä varjostaa toisinaan paholaisen petollisuus kuten muitakin kasveja. Se on voimakas lemmenkiihkon heikentäjä. Jos mies tai nainen, olkoonpa minkä tahansa salaisen keinon, maagisten harhaluulojen tai paholaisen vaikutusten seurauksena, on rakkaudessaan mielettömyyteen asti sokaistunut, hän etsiköön betonikan, jota ei ole aikaisemmin käytetty parannuskeinona vastaaviin tarkoituksiin, koska silloin sen voimat eivät ole kadonneet: hän ottakoon kasvin lehtiä, pankoon yhden kumpaankin sieraimeen, yhden kielen alle, yhden kumpaankin käteen, yhden kummankin jalkansa alle ja katsokoon kasvia herkeämättä.".

Sypressin hoitokäytön kuvauksessa tulee esiin uskontoon liittyvää magiaa: "Sypressi on hyvin lämmin ja se merkitsee Jumalan salaisuutta. Jos ihminen joutuu paholaisen tai maagisten voimien pauloihin, hän ottakoon palan tätä puuta, puun keskustasta, ja poratkoon siihen reiän.

131

Sen jälkeen hän ottakoon saviruukulla vettä lähteestä, kaatakoon sen reiän läpi ja ottakoon sen talteen toiseen ruukkuun. Ja samalla kun kaadat vettä, sano: Minä kaadan sinut, vesi, läpi tämän reiän siinä valtavassa voimassa, joka on Jumala, jotta sinä virtaat sen voiman kanssa, joka luonnossasi on, tähän ihmiseen, jonka mieli on pauloissa, ja jonka avulla sinä poistat hänestä kaikki ristiriidat ja palautat hänet siihen oikean mielen ja tiedon tilaan, johon Jumala on hänet asettanut. Hänelle, joka on paholaisen, henkien tai maagisten taikojen vallassa tai niiden uuvuttama, annettakoon yhdeksänä päivänä tätä vettä tyhjään vatsaan juotavaksi, ja hän on paraneva.".

Monet hoitokeinot, mm. jalokivien käyttö, perustuivat pelkästään magiaan. Esimerkkinä niistä mainittakoon timantti, jalokivistä tärkein ja arvokkain. Timantti oli tehokas hämähäkinverkkoja ja käärmeenmyrkkyjä vastaan, se suojeli taloa varkailta sekä antoi kantajalleen kykyä, ymmärrystä ja viisautta asioittensa esittämiseen.

Hildegardin viimeisiltä elinvuosilta on olemassa seuraava kuvaus mielenvikaisen naisen parantamisesta manauksen avulla: "Väisty, Saatana, tämän naisen ruumismajasta ja anna Pyhälle Hengelle tilaa siellä! Sen jälkeen paha henki lähti kauhistavalla tavalla tiehensä ja erkani pois naisen häpyelinten kautta. Nyt hänet oli vapautettu.".

Sairauksien toteaminen on Hildegardin kirjoituksissa taka-alalla, mutta eräitä viittauksia sairaiden tutkimiseen sentään oli. Ne noudattelivat keskiajalla käytettyjä menetelmiä. Huomiota kiinnitettiin erityisesti katseeseen, silmien väriin, kirkkauteen ja samentumiin, ihon väriin ja kiinteyteen, poskien punakkuuteen tai kalpeuteen, kasvojen pöhöttyneisyyteen, tajunnan vaihteluihin, valtimonsykkeen laatuun ja tiheyteen, hengitykseen, virtsan näkötarkasteluun eli uroskopiaan sekä kuumeisuuteen.

Hildegardin kirjoitukset ovat säilyneet vain muutamina käsin kirjoitettuina kopioina. Hänen esittämänsä lääketieteen opit eivät ilmeisestikään saavuttaneet jatkuvuutta seuraavina aikakausina. Myöhempien kirjoittajien teksteissä ei ole nimittäin voitu varmasti todeta Hildegardin lääketieteen vaikutusta. Joka tapauksessa Hildegard on vakavasti pyrkinyt auttamaan sairaita taidoillaan, joista hän oli aikoinaan hyvin tunnettu. Rupertsbergin luostarista parannusta etsivien ryntäys aiheutti ajoittain epäkohtia, joihin kirkollisten johtoelintenkin oli puututtava.

Luostarin pannaan julistus

Aivan elämänsä loppuvaiheessa Hildegard joutui kokemaan raskaan koettelemuksen. Luostarilla oli lupa haudata hautausmaahansa ystäviä ja hyväntekijöitä.

Hildegard oli antanut haudata sinne erään aatelismiehen, joka oli aikaisemmin tullut erotetuksi kirkosta, mutta joka oli myöhemmin sovittanut rikkomuksensa ja vapautunut kirkon rangaistuksesta.

Mainzin kirkon viranomaiset saivat asian tietoonsa. Koska vainajan kirkkoon uudelleen ottaminen oli tapahtunut yksityisesti eikä julkisesti, vaativat Mainzin prelaatit välittömästi siirtämään vainajan pois luostarin hautausmaalta. Kieltäytymisestä seuraisi koko luostarin pannaan julistaminen.

Hildegard kauhistui. Kokemassaan näyssä hän sai tiedon, että oli Jumalan tahdon vastaista siirtää pois vihitystä maasta tämä mies, joka oli saanut synninpäästön ja tullut kirkon jäsenenä osalliseksi Kristuksen ruumiista. Hildegard teki sisarkuntansa kanssa ristinmerkin haudan yllä, poisti haudan rajat niin, ettei sitä voinut enää havaita. Hildegard teki perusteellisen selonteon tämän miehen tapauksen käsittelystä, lähti Mainziin ja luki sen prelaateille. Nämä pysyivät kuitenkin aikaisemmin tekemässään päätöksessä. Se merkitsi luostarin pannaan julistamista, kellojen soiton lakkauttamista sekä luostarin kirkon sulkemista myös messuilta ja jumalanpalveluksilta. Asian uudelleen käsittely tapahtui maaliskuun alkupuolella 1179, jolloin Mainzin arkkipiispa oli Roomassa 3. lateraanikonsiilissa.

Hildegard taisteli edelleen vainajan kunniasta. Hän onnistui Kölnin arkkipiispan tuella osoittamaan, että mies oli todella vapautettu kirkonkirouksesta, jolloin Mainzin prelaattien oli luovuttava luostarin pannaan julistamisesta. Sen jälkeen muutamat pahantahtoiset miehet kantelivat Roomassa olevalle Mainzin arkkipiispalle, että tapahtumassa oli puututtu tälle kuuluviin oikeusasioihin. Silloin pannaan julistus tuli taas voimaan. Nyt Hildegard kirjoitti asiasta arkkipiispalle Roomaan, selosti tälle tapahtumien kulun ja pyysi tätä vapauttamaan hänet ja luostarin epäoikeudenmukaisesta rangaistuksesta. Arkkipiispa antoi tutkia asian vielä kerran ja määräsi sen jälkeen, että pannaan julistus oli kumottava.

Samalla hän myös pyysi Hildegardilta anteeksi huolta, jonka Mainzin kirkolliset viranomaiset olivat väärällä teollaan tälle ja luostarille aiheuttaneet.

Pyhä Hildegard, mutta ei pyhimys

Hildegardin julistamista pyhimykseksi käsittelivät 1200-luvulla paavit Gregorius IX ja Innocentius IV sekä myöhemmin vielä paavit Clementius V ja Johannes XXII.

Sitä ei kuitenkaan tapahtunut koskaan, mutta siitä huolimatta Hildegard tunnetaan Pyhänä eräissä katolisissa pyhimysluetteloissa ja hänen kuolinpäivänsä 17.syyskuuta on merkitty niissä hänen muistopäiväkseen.

Rupertsbergin luostarin abbedissa Anna Lerch von Dirmstein ja hänen nunnansa joutuivat pakenemaan 30-vuotisen sodan aikana 29.marraskuuta 1631 Kölniin, jossa he saivat turvapaikan St. Agathan benediktiiniläisluostarissa. He joutuivat elämään pakolaisvuosinaan ankarassa köyhyydessä ja suurissa vaikeuksissa. Kun Mainz ja Bingen oli vuonna 1636 vapautettu ruotsalaisten vallasta, palasivat nunnat takaisin Rupertsbergiin, jonka luostarista oli kuitenkin jäljellä vain rauniot.

Silloin nunnat muuttivat Eibingeniin, Rupertsbergin entiseen sivuluostariin, joka oli säästynyt sotien hävitykseltä. Eibingenin luostari oli itsenäistynyt vuonna 1570, mutta vuonna 1603 se oli yhdistetty jälleen Rupertsbergiin. Vuonna 1636 kaikki Rupertsbergin luostarin oikeudet siirtyivät Eibingenin luostarille. Pyhän Hildegardin maalliset jäännökset, jotka oli kuljetettu vuonna 1631 Kölniin, tuotiin samoin vuonna 1636 sieltä Eibingenin luostarikirkkoon.

Eibingenin luostarikirkko rakennettiin rappeutumisen vuoksi uudelleen vuonna 1683 ja siinä suoritettiin muutostöitä 1800-luvun alkupuolella. Eibingenin luostarissa oli 1800-luvun alussa vain neljä nunnaa ja kaksi maallikkosisarta. Silloin luostari tyhjennettiin ja rakennukset otettiin muuhun käyttöön. Eibingenin seurakunta sai luostarin kirkon haltuunsa vuonna 1831.

Kirkon lähellä olevalle kukkulalle rakennettiin uusi nunnaluostari vuosina 1900 — 1904. Se sai asukkaansa Prahassa toimineesta St. Gabrielin benediktiiniläisestä nunnaluostarista. Luostarin kirkko vihittiin käyttöön vuonna 1908. Tämä Pyhän Hildegardin mukaan nimensä saanut luostari jatkaa siten Hildegard Bingeniläisen muiston ja perinteen vaalimista Eibingenissä.

Vanhan luostarin rakennukset tuhoutuivat tulipalossa syyskuussa 1932. Niiden paikalle rakennettiin uusi kirkko, joka vihittiin käyttöön heinäkuussa 1935. Nykyään Hildegard Bingeniläisen maalliset jäännökset ovat tässä uudessa kirkossa.

Isorokko

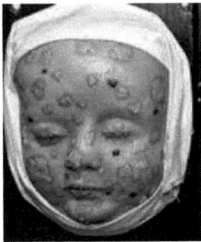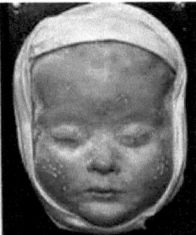

Isorokko oli ihmiskunnan vitsaus antiikin ajoista asti. Isorokko on variolaviruksen aiheuttama infektiotauti.

Variola major viruksen patogeenisempi kanta, sai aikaan pahan rokkotaudin, jossa kuolleisuus oli noin 30 %. Tauti leviää pisaratartuntana ihmisestä toiseen. Tartunta voi tapahtua myös esim. potilaan käyttämien liinavaatteiden välityksellä. Itämisaika on noin 12 vuorokautta, mutta voi vaihdella 7 – 17 vuorokauden välillä.

Oireet

Ensioireina ovat korkea kuume, pään- ja selkäsärky sekä väsymys. Ihottuma alkaa tyypillisesti 2 – 3 vuorokautta myöhemmin punoittavina näppylöinä suun ja nielun limakalvolta leviten kasvoille, käsivarsiin, vartalolle ja viimeiseksi jalkoihin.

Ihottuma muuttuu muutamassa päivässä ensiksi rakkulaiseksi ja pian märkäiseksi. Rakkulaerite on sameaa ja rakkulan keskellä näkyy painauma. Rupeutuminen alkaa toisen sairasviikon alussa ja ruvet jättävät jälkeensä pahoja arpia. Taudista on olemassa myös rajuoireisempi muoto, jossa ihomuutokset muuttuvat nopeasti pistemäisiksi ja myöhemmin laajoiksi verenpurkaumiksi. Tälle tautimuodolle ovat alttiita erityisesti raskaana olevat naiset. Kolmannessa tautimuodossa alkuoireet ovat samanlaiset, mutta ihomuutokset ovat laajoja punoituksia ilman märkärakkuloita. Lievempi kliininen tauti on todettu myös aikaisemmin rokotetuilla henkilöillä.

Hoito

Tautiin ei ole olemassa parantavaa hoitoa. Bakteerien aiheuttamat sekundaari-infektiot voidaan hoitaa antibiooteilla. Suurin osa isorokkoon sairastuneista toipuu, mutta jopa 30% sairastuneista voi menehtyä tautiin. Taudista selvinneet saivat usein pysyviä rokkoarpia ihoonsa. Monet taudista selviytyneet menettivät myös näkönsä ja kävelykykynsä.

Edward Jenner keksi 1700-luvulla, että lehmänrokkotaudille altistuneet karjakot eivät kuolleet isorokkoon. Tämän perusteella hän sittemmin kehitti tehokkaan isorokkorokotteen, jolla isorokkoepidemiat saatiin kuriin.

Katollinen kirkko

Vanha Pietarinkirkko toimi pitkään lännen kristillisyyden yhtenä tärkeimmistä kirkoista. Sittemmin sen paikalle on rakennettu uusi Rooman Pietarinkirkko.

Ranskan vallankumouksen aattona 64 luostaria noudatti tiukkaa sääntöä, mutta yksikään niistä ei säästynyt vallankumouksen pyörteiltä.

Vallankumouksen jälkeen oli jäljellä vain tusinan verran sääntökunnan luostareita, jotka olivat hajaantuneet eri puolille saksalaiseen keisarikuntaa. Kun Trappen luostari vuorollaan pakkoluovutti maansa ja munkit ajettiin pois luostarista, niin viimeinen noviisimestari, Dom Augustin de Lestrange pakeni Sveitsiin, jonne häntä seurasi 21 munkin joukko. Siellä hän 1. kesäkuuta 1791 perusti uudelleen Stricte Observance La Valsaisnten ja määräsi sille vielä ankarammat säännöt kuin apotti Rancé oli aikoinaan määrännyt.

Vähitellen liike alkoi uudelleen voittaa alaa Euroopassa, mutta se ei levinnyt laajemmalle ennen kuin Napoléonin tappion jälkeen vuonna 1815. Järjestön ensimmäinen uusi yleiskokous pidettiin Roomassa vuonna 1869. Vuonna 1891 valittiin järjestölle kenraaliapotti. Hänen tunnetaan arvonimellä Sisterssiläinen sääntökunnan puheenjohtaja.

Ranskassa trappistit kokoontuivat yhteen vuonna 1892 nimellä Cisterciens réformés de Notre-Dame de la Trappe. Vuodesta 1898 alkaen sääntökunnan yleishallinto on pidetty Citeauxissa, joka saatiin takaisin sääntökunnalla hivenen ennen vuotta 1892. Sääntökunnan puheenjohtajan sijaintipaikka on Rooma. Vuonna 1902 trappistit muuttivat nimensä reformoiduksi sisterssiläissääntökunnaksi.

Katolisen kirkon historia

Katolisen kirkon historia eli katolisen kirkon ympärille rakentuva historia ulottuu liki kahden tuhannen vuoden taakse alkukirkon aikoihin.

Seuraavina vuosisatoina kristikunnassa käytännössä vallitsi jonkinasteinen jako idän ja lännen kristillisyyden välillä, mutta vasta 1054 kristityt jakaantuivat katolilaisiin ja idän ortodokseihin.

Katolinen kirkko on historiansa aikana ollut voimakas mahtitekijä varsinkin Euroopassa. Sen historiaan liittyy läheisesti myös paaviuden historia, ja voimakkaiden paavien johtamana kirkko on historiansa aikana osallistunut tai ollut aloittajana useissa merkittävissä tapahtumissa. Esimerkiksi ristiretket, inkvisitio ja uskonpuhdistus liittyvät läheisesti katoliseen kirkkoon.

Nykypäivänä katolinen kirkko on kristillisistä kirkkokunnista suurin. Sen yli miljardi kannattajaa muodostaa lähes seitsemäntoista prosenttia koko maailman väkiluvusta. Katolisella kirkolla on yhä maailmanlaajuisesti huomattavaa moraalista valtaa.

Alkuseurakunta

Alkuseurakunnan ja ensimmäisten kristittyjen aikana ei voitu vielä puhua erillisestä katolisesta kirkosta. Kristityt muodostivat yhden kirkon, vaikka sen sisällä elikin useita toisistaan poikkeavia ja keskenään ristiriitaisiakin oppeja.

Huomattavaa on katolisen kirkon näkemys paaviuden alkamishetkestä. Kysymys ensimmäisestä paavista on sikäli merkittävä, että myöhemmin Rooman seurakunta alkoi perustella johtajansa valta-asemaa suhteessa muihin piispoihin paaviuden väitetyillä juurilla apostoli Pietariin.

Katolinen kirkko pitääkin Taivasten valtakunnan avaimien luovutusta apostoli Pietarille merkkinä tämän julistamisesta kaikkien muiden apostolien johtajaksi ja ensimmäiseksi Rooman piispaksi eli paaviksi. Pietarinkirkon kupolin sisäreunaan onkin kirjoitettu: Tu es Petrus et super hanc petram aedificabo ecclesiam meam et tibi dabo claves regni caelorum Sinä olet Pietari ja tälle kalliolle minä rakennan kirkkoni. Minä olen antava sinulle taivasten valtakunnan avaimet, kuten Jeesuksen kerrotaan sanoneen Pietarille Matteuksen evankeliumin mukaan (Matt. 16: 18 – 19).

Merkittävä virstapylväs katolisen kirkon historiassa oli Rooman seurakunnan perustaminen. Seurakunnan kehittyessä alettiin laatia myös luetteloita sen johtohenkilöistä. Vanhin säilynyt lista Rooman piispoista on vuodelta 185, ja siinä tunnettiin vain muutama silloisen piispan edeltäjistä. Listaa kuitenkin jatkettiin Pietariin saakka, koska aseman periytyminen apostoliruhtinaasta oli seurakunnalle oikean opin tae. Todennäköisesti listassa Pietarin ja piispan viran kaupunkiin tuoneen Anicetuksen välissä olevat nimet eivät ole keksittyjä, vaan kyseessä ovat mahdollisesti seurakunnan johtoryhmän jäsenet.

Vasta Viktor I:n toimintaa pääsiäisenviettokiistassa toisen vuosisadan lopussa, voidaan pitää Rooman piispan ensimmäisenä arvovaltaisena väliintulona, jolla hän pyrki säilyttämään kirkon yhtenäisyyden. Kertoman mukaan Viktor I vaati Vähän-Aasian piispoja mukautumaan muun maailman tapaan pääsiäisenvieton päivämäärästä.

Tälle tapaukselle ei kuitenkaan ole olemassa muuta välitöntä lähdeaineistoa kuin Eusebios Kesarealaisen välittämät kahden muun piispan kirjeet Rooman piispalle. Eusebios kertoo Rooman piispan myös koettaneen erottaa Vähän-Aasian seurakunnat ja kristityt ehtoollisyhteydestä, vaikka tämä herätti paljon protesteja ihmisten keskuudessa. Nykypäivänä ei voida olla varmoja siitä, mihin Viktor I perusti etuoikeutensa muiden piispojen keskuudessa ja vaatimuksensa oikeutuksen.

Kristityt Rooman valtakunnassa ja Nikean kirkolliskokous

Kahdensadanviidenkymmenen vuoden ajan kirkko oli marttyyrien kirkko. Kristittyjä vainottiin, koska he kieltäytyivät palvomasta Rooman valtakunnan keisaria ja valtakunnan jumalia jumalina. Epäluuloa lisäsi se, ettei ehtoollinen ollut ulkopuolisille avoin, mikä herätti huhuja ihmisuhreista ja irstaista menoista herättäen pelkoa ja halveksuntaa kristinuskoa kohtaan. Vuonna 312 Konstantinus Suuri löi vastustajansa Mulviuksen sillan taistelussa. Historioitsija Eusebioksen kertoman mukaan Konstantinus näki ennen taistelua taivaalla merkin, punaisen ristin, ja kuuli äänen: "Tässä merkissä olet voittava." Pian tämän jälkeen Konstantinuksesta tuli läntisen Rooman johtaja. Hän salli pian vainotun kristinuskon harjoittamisen, sillä Milanon ediktissä Rooman imperiumista tuli uskonnollisten vakaumusten suhteen neutraali.

Myöhemmin Konstantinus puuttui kristittyjen oppiriitoihin vaatimalla Nikean kirkolliskokouksen kutsumista koolle. Kokoukseen osallistui yli 220 piispaa. Kirkolliskokouksen tärkeimpiä toimia oli areiolaisuuden tuomitseminen harhaoppina.

Konstantinuksesta myös tuli ensimmäinen keisari, joka kääntyi kristinuskoon. Hän antoi kuitenkin kastaa itsensä vasta kuolinvuoteellaan. Ei tiedetä, kääntyikö Konstantinus kristinuskoon vähitellen elämänsä aikana vai omaksuiko hän uskon äitinsä Helenan vaikutuksesta jo nuorena. Nykyaikana on myös esitetty teorioita, ettei Konstantinuksen suopeus kristinuskoa kohtaan olisi ollut uskoa vaan poliittista laskelmointia: kristittyjen määrän ja vaikutusvallan lisääntyessä Konstantinus olisi halunnut lujittaa valtaansa suhtautumalla kristittyihin suopeasti. Joka tapauksessa Konstantinus sekaantui innolla kirkon sisäisiin kiistoihin ja nykypäivään on säilynyt useita kirjeitä, joissa Konstantinus kommentoi muun muassa donatolaisuutta ja areiolaisuutta.

Kirkkoisät

Kirkkoisiksi kutsutaan kristinuskon alkuvaiheen ensimmäisiä ja vaikutusvaltaisimpia teologeja ja kirjoittajia, jotka ovat luoneet pohjan koko kristinuskon teologialle. Kirkkoisät vaikuttivat 100-luvulta 500-luvulle, jolloin kristillinen oppi, teologia ja elämä muotoutuivat voimakkaasti.

Läntisen kristillisyyden kannalta varhaisista kirkkoisistä merkittävin lienee Augustinus. Hän on Tuomas Akvinolaisen ohella vaikutusvaltaisin kristillinen filosofi, ja hän oli kokonaiset kahdeksansataa vuotta ennen Tuomasta yksin merkittävin. Paitsi että Augustinuksen pääteos Jumalan valtio oli merkittävä teologinen ja filosofinen teos, se muodosti myös teoreettisen perustan, jolle paavinvalta saattoi keskiajalla muodostaa maallisen vallan yli asettuvan asemansa.

Augustinus pohti paljolti vapaata tahtoa ja pelastusta. Vaikka katolinen kirkko näkeekin hänet kirkonopettajana, oli Augustinuksen ajattelussa myös protestanttisia piirteitä.

Hän muun muassa kannatti predestinaatio-oppia, jonka mukaan toiset ihmiset on jo ennalta määrätty kadotukseen ja toiset pelastukseen. Myöhemmin, reformaation aikaan kalvinistit omaksuivat ennaltamääräämisopin teologi Jean Calvinin johdolla.

Leo I Suuri

400-luvulla alkoi paaviuden vahvistuminen varsinkin Leo I:n aikana. Leo kehitti voimakkaasti teologisia perusteluja paavinvallalle, ja hänen aikanaan vakiintuikin käsitys paavin ylivallasta kirkon sisällä. Leo I katsoikin paavinistuimen nauttivan Jumalan antamaa oikeutusta.

Leo I:n mukaan taivasten valtakunnan avainten luovutus ja Jeesuksen sanat apostoli Pietarille pätivät myös muihin Rooman seurakunnan johtajiin. Teologiassaan paaviuden ylivallasta Leo I nojautui Matteuksen evankeliumin sanoihin:

18 Ja minä sanon sinulle: Sinä olet Pietari, ja tälle kalliolle minä rakennan kirkkoni. Sitä eivät tuonelan portit voita.

19 Minä olen antava sinulle taivasten valtakunnan avaimet. Minkä sinä sidot maan päällä, se on sidottu taivaissa, ja minkä sinä vapautat maan päällä, se on myös taivaissa vapautettu.

Leo I:n mukaan taivasten valtakunnan avaimien luovuttaminen apostoli Pietarille merkitsi tämän kohottamista muiden apostolien yläpuolelle. Vastaavasti Leo katsoi Pietarin seuraajina pitämiensä Rooman piispojen eli paavien olevan muiden piispojen yläpuolella. Vetoaminen teologiaan paavin asemasta poikkesi tietoisesti Konstantinopolin patriarkkojen vaatimuksista, jotka perustuivat pääosin poliittisille syille.

Myös Länsi-Rooman keisari Valentinianus III tuki Leo I:n vaatimusta paavin ylivallasta kirkon sisällä asettumalla Leon puolelle tämän ja Arlesin piispan välisessä kiistassa. Keisari määräsikin kiistan lopputuloksena, että apostoli Pietarille oli myönnetty ylimmän tuomarin virka sekä ylin hallintovalta kirkossa, kuten myös korkein opetusvirka.

Leo I:llä oli paavinkautensa aikana myös paljon maallista valtaa Länsi-Rooman keisarin aseman heikkouden vuoksi. Leo I tunnetaankin hyvin tapaamisestaan hunnikuningas Attilan kanssa. Kyseisessä tapaamisessa Leo I:n onnistui pysäyttää Attilan Italiaan suuntautunut sotaretki, mihin vallaltaan heikko keisari Valentinianus III ei ollut pystynyt.

Leo I ei ollut ainoastaan voimakas paavi, vaan myös merkittävä teologi.

Khalkedonin kirkolliskokouksessa hän esitti kirjoituksensa Epistola dogmatica ad Flavianum, jossa esiteltiin oppi Kristuksen kahdesta luonnosta.

Paavin kirjoitus sai kirkolliskokouksessa yleisen hyväksynnän, kuten piispat myös vaikuttivat hyväksyvän Leo I:n vaatimuksen Rooman piispan erityisasemasta verrattuna muihin piispoihin. Leo I oli myös ensimmäinen, joka esitti vaatimuksen paavin erehtymättömyydestä perustaen vaatimuksensa Raamattuun.

Idän ja lännen kristillisyys

Idän kristinuskon näkemysten mukaan Rooman kaupunki oli vain yksi viidestä tasa-arvoisesta patriarkaatista, eikä täten Rooman piispan valta ollut muita piispoja korkeampi, Paavin kunnia-asema tunnustettiin idässä, mutta samalla katsottiin ylimmän päätäntävallan kuuluvan ekumeenisille kokouksille eikä paaville.

Vielä ensimmäisinä vuosisatoina ei voi puhua katolisesta kirkosta erillisenä osana kristikuntaa. Sen sijaan eroja idän ja lännen kristillisyyden välillä alkoi hiljalleen syntyä: myöhemmin juuri lännen kristillisyys erkani roomalaiskatolisuudeksi ja itäinen kristillisyys ortodoksisuudeksi.

Jo Rooman valtakunnassa oli huomattu selkeät erot idän hellenistisen ja lännen latinalaisen kulttuurin välillä. Valtakuntansa hallintoa tehostaakseen Diocletianus oli jo 200-luvun loppupuolella tunnustanut imperiumissa olevan kaksi osaa: itäinen ja läntinen. Myös kristikunta kärsi idän ja lännen kulttuurien vastakkainasettelusta. Pahenevia ongelmia aiheutti jo pelkkä kommunikoinnin vaikeus: idän hallitseva kieli oli kreikka, kun taas lännessä kirkon kieleksi oli vakiintunut latina.

Kielten ja kulttuurien eroavaisuus loi eripuraa idän ja lännen kristillisyyden välillä, varsinkin kun erilaiset oppiriidat ja riittikiistat jakoivat jo ennestään kristikuntaa.

Samaten lännen paavin ja idän patriarkan väliset keskinäiset valtariidat loivat kuilua kristittyjen välille. Ongelmien taustalla oli Rooman lopullinen jakautuminen Itä-Roomaan ja Länsi-Roomaan, joista Länsi-Rooma tuhoutui 400-luvulla. Itä-Rooma jäi elämään Bysantin valtakuntana. Nyt Konstantinopolista oli tullut "uusi Rooma": se oli valtakunnan uusi pää- ja hallintokaupunki. Tämän vuoksi Khalkedonin kirkolliskokous hyväksyi 28. kaanonissaan – mitä paavi Leo I ei suostunut vahvistamaan – paaville annettujen etuoikeuksien antamisen myös Konstantinopolin patriarkalle. Valtakiistat loivat vastakkainasettelua Rooman ja Konstantinopolin välille. Myös maallisten suhteiden eroavaisuus tuli julki: idän kristillisyys nojasi vahvasti Bysanttiin, kun taas Rooma otti etäisyyttä imperiumiin ja kääntyi mieluummin frankkien puoleen.

Ensimmäisiä konkreettisia riitoja Rooman ja Konstantinopolin välillä alkoi näkyä jo 400-luvulla. Tällöin kiista koski patriarkan monofysitismiksi tulkittavia opetuksia. Tämä riita kesti kolmekymmentä vuotta. Toinen vakava kiista koski ikonoklasmia eli kuvainraastoa. Kiistan taustalla oli keisari Leo III:n halu kieltää ja tuhota kaikki pyhimyksistä tehdyt kuvat.

Keisari haki paavilta tukea näkemykseensä, mutta sai kieltävän vastauksen. Tämä taas johti kostotoimiin Roomaa vastaan.

Läntinen luostarilaitos

Benediktiinit

Keskiajalla vaikuttaneen läntisen luostarilaitoksen juuret olivat jo 500-luvulla eläneen Benedictus Nursialaisen opetuksissa. Uudistaakseen rappeutuvaa munkkielämää Benedictus laati oman luostarisääntönsä. Sen lähtökohtia olivat muun muassa erakkoelämä, nöyryys, sitoutuminen yhteen paikkaan sekä kuuliaisuus apottia kohtaan.

Vielä Benedictuksen elinaikana hänen sääntönsä ei ollut kovin merkittävässä roolissa, sillä se oli vain yksi keskenään kilpailevista aatteista. Sen sijaan paavi Gregorius Suuri suosi Benedictuksen luostarisääntöä ja levitti sitä ympäri lännen kristillisyyden alueita. Benedictuksen perustama Monte Cassino nousi lännen luostarilaitoksen esikuvaksi, ja Benedictuksen luostarisäännön seuraajiksi ryhtyivät benediktiinit.

Benediktiinien johtamat suuret munkkiluostarit olivat feodaalisen Eurooppalaisia voimatekijöitä, mutta myöhempinä aikoina lisääntyvä kaupungistuminen nakersi niiden arvovaltaa. Erityinen ongelma oli myös munkeille ja nunnille asetettu kielto poistua luostarin alueelta.

Tämä osaltaan heikensi suhteellisen kaukana kaupunkikeskuksista ja yliopistoista sijaitsevien luostarien merkitystä. Luostarien heikentynyt asema kaupungistuneessa ympäristössä oli vakava ongelma myös kristinuskolle yleisesti. Pääasiallinen huolenaihe oli, että kaupungeissa toimivat papit eivät olleet tehtäviensä tasalla, eikä heidän teologinen sivistyksensä ollut samaa luokkaa kuin luostarimunkeilla. Pappien heikko koulutustaso kaupungeissa taas loi jalansijaa kerettiläisille aatteille. 1200-luvun alussa paavi ja Ranskan kuningas joutuivatkin käymään useita sotia harhaoppisina pitämiensä lahkojen nujertamiseksi.

Koska uudenlaisessa kaupungistuneessa ympäristössä luostarit eivät enää olleet hengellisille munkkikunnille ihanteellisia ratkaisuja, syntyi 1200-luvulla kilpailevia, luostarielämästä vapaita, sääntökuntia. Varsinkin fransiskaanit ja dominikaanit nousivat benediktiinien kilpailijoiksi.

Vahvistuminen ja heikkeneminen varhaiskeskiajalla

Paavin valtaoikeudet muuttuivat useaan otteeseen varhais- ja sydänkeskiajalla. Länsi-Rooman romahtamisen jälkeen koko läntinen Eurooppa oli ollut satoja vuosia heikkouden tilassa, kun taas Bysantiksi vaihtunut Itä-Rooma oli ainakin osin säilyttänyt mahtinsa.

Vasta läntisen Euroopan voimistuessa myös paavinvalta alkoi merkittävällä tavalla kasvaa: Tilanne helpottui läntisen Euroopan kannalta ensimmäisen vuosituhannen päättymisen aikoihin, jolloin useat Länsi-Eurooppaa uhanneet kansat muslimeja lukuun ottamatta käännytettiin kristityiksi. Samalla väestönkasvu oli läntisessä Euroopassa voimakasta, minkä lisäksi myös talous koheni. Näin myös Länsi-Euroopasta tuli vakavasti otettava poliittinen tekijä Euroopan ja Lähi-idän alueella, missä se saattoi tasavertaisesti haastaa niin Bysantin kuin myös islamin valtapiiriin kuuluneet alueet.

700-luvulla paavinistuimen arvovalta lisääntyi suuresti paavin voidellessa Pipin Pienen frankkien kuninkaaksi, vaikka monien ylimysten mielestä Pipin kuului väärään sukuun ja oli vallankaappaaja. Näin paavi antoi kuninkaanvallalle uuden perustelun: valta ei olisikaan kytketty syntyperään vaan Jumalan tahtoon, jonka välittäjänä paavi toimisi maan päällä. Näin paavius kytkeytyi kiinteäksi osaksi läntisen Euroopan valtarakennetta.

Ennen Pipin Pienen kruunaamista paavinistuin muodollisesti vielä tunnusti Bysantin keisarin vallan myös läntisessä Euroopassa, mutta viimeistään Stefanus II:n ja Pipin Pienen solmiman sopimuksen jälkeen kävi selväksi, että paavinistuin asettui mieluummin Bysantin sijasta frankkien keisarin suojelukseen.

Siirtyessään frankkien keisarin suojelukseen paavi ja Rooman kirkko menettivät osan itsenäisyydestään, mutta Pipin Pieni sitoutui "kuulemaan kaikkia paavin kehotuksia ja määräyksiä". Pipin teki pian paaville vastapalveluksen kukistamalla langobardit ja luovuttamalla Rooman ympäristöineen paavin alaisuuteen. Kirkkovaltion voidaan katsoa saaneen alkunsa, mikä teki paavista paitsi hengellisen myös maallisen hallitsijan. Paavinistuin oli samalla saanut itselleen läntisen tukijan johon luottaa ongelmatilanteissa, eikä se siis enää tarvinnut Konstantinopolin tai sen keisarin tukea.

Paavius syöksyi kriisiin, kun vuonna 843 frankkien keisarikunta jaettiin kahteen osaan. Tämä aiheutti ennen yhtenäisen valtakunnankirkon hajaannusta, mikä johti paavin hengellisen auktoriteetin murenemiseen frankkien keskuudessa. Paaville ennen kuulunutta omaisuutta ryöstettiin ympäri Eurooppaa, ja ympäri frankkien valtakuntaa aatelisto otti luostareita omaan käyttöönsä.

Astuessaan virkaansa edeltäjänsä Johannes VIII:n vuonna 891 tapahtuneen murhan jälkeen paavi Formosus kuvasi Reimsin arkkipiispalle osoitetussa kirjeessään Roomassa vallitsevaa tilannetta: "Joka puolella puhkeaa harhaoppeja ja kiistoja, eikä ole ketään niitä vastustamassa." Samoin Afrikassa piispat riitelivät keskenään ja odottivat ratkaisua Roomalta.

Formosus yritti turhaan löytää frankeista itselleen poliittista tukijaa johon nojata. Formosus kääntyi nykyisen Saksan aluetta hallinnoivan kuninkaan puoleen, mutta kuningas valtasikin Rooman vuonna 895. Formosuksen oli kruunattava tämä keisariksi. Kansannousun vuoksi Formosus syöstiin pian paavinistuimelta, mutta hänen seuraajansakin menehtyi kahden viikon kuluttua virkaanastumisestaan. Stefanus VI anasti vallan itselleen, minkä jälkeen paavius muuttui useiden sukupolvien ajaksi vain Rooman aateliston valtapeliksi. Myöhemmin tätä sekasortoista ajanjaksoa alettiin nimittää pornokratiaksi. Vaikka paavius menettikin hengellisen kunnioituksensa, itse instituutio pysyi pystyssä.

Paavinvallan voimistuminen sydänkeskiajalla

Sydänkeskiajalle tultaessa läntinen kristillisyys oli rappiolla. Ongelmina nähtiin maallisten hallitsijoiden halu rajoittaa kirkon vapautta, pappisavioliitto sekä simonia. Maallisten hallitsijoiden osalta ongelmat liittyivät siihen, että ruhtinaat halusivat itse olla mukana nimittämässä piispoja ja siten puuttumassa kirkon toimintaan. Pappisavioliitto nähtiin myös huonona asiana, sillä sen katsottiin sitovan papin tiettyyn sukuun ja omaisuuteen.

900-luvulla katolisen kirkon piirissä heräsi haluja uudistaa kirkkoa. Ranskalaisessa benediktiiniluostarissa syntynyt Clunyn liike pyrki vapauttamaan kirkon epäkohdiksi katsotuista ongelmista ja samalla vahvistamaan paavin asemaa suhteessa maallisiin ruhtinaisiin.

Gregorius VII oli ensimmäinen Clunyn liikkeen jäsen, joka nousi paaviksi. Hän uskoi, että paavinistuimelle kuului täydellinen hallintovalta niin kirkossa kuin koko maailmassakin.

Gregorius VII laatikin omaan käyttöönsä 27 teesiä, joiden mukaan esimerkiksi:

Rooman kirkko ei ole koskaan erehtynyt eikä se Raamatun todistuksen mukaan voi koskaan erehtyä.

Ainoastaan paavi voi kutsua koolle kirkolliskokouksen.

Ainoastaan hän voi asettaa piispoja ja erottaa heidät.

Ainoastaan hän voi muuttaa omia tuomioitaan.

Kukaan ei voi tuomita häntä.

Ainoastaan hän voi hyväksyä kirkkolain muutokset.

Hän voi erottaa keisareita.

Hän voi vapauttaa alamaiset uskollisuudenvalasta.

Kaikkien ruhtinaiden on suudeltava paavin jalkoja.

Gregoriuksen aikana paavinistuimen asema vahvistui. Samoin kirkon sisällä alettiin ajatella, että hengellinen ylivalta saattoi vallita kunnolla ainoastaan sellaisessa tilanteessa, jossa maallinen valta olisi hengellisen vallan ja siten kirkon alaisena kaikissa asioissa, jotka koskisivat moraalia tai uskoa. Paavi Gregorius VII katsoikin jopa, että paavilla oli oikeus erottaa halutessaan keisareita viroistaan.

Nämä suuret valtavaatimukset herättivät myös vastustusta, minkä seurauksena paavinistuin kävi useita vuosikymmeniä kestäneen investituurariidan maallisten hallitsijoiden kanssa, jonka kompromissina lopulta tunnustettiin paavin muuttunut asema Euroopassa sekä maallisten hallitsijoiden valta.

Ristiretket

Vuonna 1095 Bysantin keisari Aleksios I Komnenos pyysi apua paavi Urbanus II:lta Seldžukkeja vastaan. Urbanus innostui tästä ja alkoi saarnata ristiretkeä Jerusalemin vapauttamiseksi.

Ristiretkiaatteen voidaan katsoa alkaneen vuonna 1095 Paavi Urbanus II:n Clermontin kirkolliskokouksessa pitämän saarnan seurauksena. Urbanus II ei esittänyt kokouksessa ristiretkiaatetta omana ajatuksenaan, vaan ilmoitti sen olevan Jumalan tahto ja käsky. Lisäksi paavi "antoi Jumalan hänelle suomalla vallalla kaikkien ristiretkissä menehtyneiden synnit anteeksi", kuten Urbanus II asian kirkolliskokoukselle pitämässään puheessa ilmaisi. Clermontin kirkolliskokouksessa Urbanus II myös lupasi jokaiselle taistelussa kuolleelle kristitylle ikuisen autuuden.

Vuonna 1099 Ensimmäiseen ristiretkeen osallistuneiden ristiretkeläisten onnistui vallata Jerusalem. Samalla paavin valta idässä kasvoi. Jerusalemin valtaus jäi kuitenkin väliaikaiseksi, eikä se loppujen lopuksi tuottanut paljoa hyötyä paaveille. Sen sijaan neljäs ristiretki hajotti osittain Bysantin valtakunnan, jolloin Euroopan voimatasapaino järkkyi ja paavinvalta koki huomattavan nousun Innocentius III:n ollessa paavina.

Uusia sääntökuntia

Dominikaanit

Dominikaanien historia merkitsee dominikaanien ympärille rakentuvaa historiaa aina järjestön perustamisesta nykyaikaan saakka. Koska dominikaanit ovat katolisen kirkon sääntökunta, liittyy dominikaanien historia vahvasti myös katolilaisuuden historiaan sekä paaviuden historiaan.

Dominikaanit perustettiin alkujaan saarnaajaveljestöksi, jonka tehtäväksi nousi taistella kerettiläisyytenä ja harhaoppina pitämiään ajatuksia ja henkilöitä vastaan. Siispä dominikaanit saivat laajat valtaoikeudet varsinkin kirkollisen inkvisition piirissä.

Dominikaanien tuli käydä läpi laaja teologinen koulutus kyetäkseen saarnaamaan kerettiläisiä vastaan. Monet keskiajan merkittävimmistä oppineista kuuluivat veljeskuntaan, esimerkiksi Tuomas Akvinolainen ja Albertus Magnus

Dominikaanien perustaja oli pyhimykseksi myöhemmin korotettu Dominicus (8. elokuuta 1170 – 6. elokuuta 1221). Hän syntyi Kastiliassa noin vuonna 1170. Kertoman mukaan hänen äitinsä koki lastaan odottaessa ilmestyksen, jossa lapsesta sanottiin tulevan merkittävä saarnaaja.

Dominicuksen elämä osui katolilaisen luostarilaitoksen murrokseen. Aikaisempina vuosisatoina, varsinkin benediktiinien johtamat suuret munkkiluostarit olivat olleet feodaalisen Euroopan voimatekijöitä, mutta lisääntyvä kaupungistuminen nakersi niiden arvovaltaa. Erityinen ongelma oli myös munkeille ja nunnille asetettu kielto poistua luostarin alueelta. Tämä osaltaan heikensi suhteellisen kaukana kaupunkikeskuksista ja yliopistoista sijaitsevien luostarien merkitystä. Kaiken lisäksi kristilliseksi voimatekijäksi olivat nousseet ristiretkien synnyttämät hengellisen ritarikunnat kuten Maltan ritarikunta ja temppeliherrat. Näiden ritarikuntien suurena etuna varsinkin Lähi-idän "pyhällä maalla" oli niiden jäsenten oikeus liikkua vapaasti sekä tarvittaessa puolustaa itseään ja uskoaan aseellisesti.

Luostarien heikentynyt asema kaupungistuneessa ympäristössä oli vakava ongelma myös kristinuskolle yleisesti. Pääasiallinen huolenaihe oli, että kaupungeissa toimivat papit eivät olleet tehtäviensä tasalla eikä heidän teologinen sivistyksensä ollut samaa luokkaa kuin luostarimunkeilla. Pappien heikko koulutustaso kaupungeissa taas lisäsi kerettiläisten aatteiden kannatusta ja loi niille jalansijaa. 1200-luvun alussa paavi ja Ranskan kuningas joutuivatkin käymään useita sotia harhaoppisina pitämiensä lahkojen nujertamiseksi.

1200-luvun alkupuoliskolla alkoi myös Dominicuksen toiminta. Hän oli sivistynyt mies, joka oli opiskellut Palenciassa kielioppia, runoutta eli kirjallisuutta, logiikkaa, aritmetiikkaa, geometriaa, musiikkia sekä astronomiaa. Aikalaistodistajien mukaan hän oli myös tiedonjanoinen ja ahkera opiskelija. Jo nuoruudessaan Dominicus osallistui valdovalaisten ja muiden harhaoppisina pidettyjen lahkojen pariin suuntautuneeseen käännytystyöhön eteläisessä Ranskassa. Tavoitteisiinsa hän pääsi voimakkaiden saarnojensa ja väittelyidensä avulla. Vähitellen toiminta keräsi hänen ympärilleen kannattajia, jotka halusivat osallistua saarnaamistyöhön.

Vuonna 1215 tilanne näytti hyvältä Dominicuksen kannalta: Toulousessa paikallinen piispa alkoi tukea hänen toimintaansa hiippakunnan kymmenyksistä maksettavilla avustuksilla.

Samaan aikaan erään Dominicuksen kannattajan onnistui hankkia hänen käyttöönsä kolme rakennusta. Dominicuksella kannattajineen oli kaikki valmiudet uuden luostariveljeskunnan perustamiseen, mutta silloisessa tilanteessa se ei sopinut kirkolle. Neljäs lateraanikonsiili kielsi vuonna 1215 uusien munkkikuntien perustamisen. Heinäkuussa 1215 Dominicusta tukeva piispa perusti asiakirjallaan dominikaanien yhteisön, mutta kyseessä ei ollut kirkolliskokouksen vastainen munkkikunta: dominikaaniveljestö otti käyttöönsä jo 400-luvulla eläneen Augustinuksen muotoileman säännön.

Siten muodostettiin hengellisten veljien yhteisö, joka ei kuitenkaan Augustinuksen säännön joustavuuden takia ollut sidottu luostarielämään. 22. joulukuuta 1216 paavi Honorius III vahvisti dominikaanien säännöt ja hyväksyi heidät katolilaiseksi sääntökunnaksi.

Fransiskaanit

Kaupungistumisen aikakaudella perinteiset benediktiiniluostarit menettivät merkitystään ja vaikutusvaltaansa. Kaupungistuminen asetti munkkitoiminnalle uusia haasteita, joihin benediktiinit eivät pystyneet toimintaansa rajoittavien sääntöjen takia vastaamaan. 1200-luvulla katolisen kirkon sisältä nousi kaksi uutta munkkisääntökuntaa, fransiskaanit ja dominikaanit, jotka eivät olleet sidottuja ehdottomaan luostarielämään.

Fransiskaanien sääntökunnan perusti Franciscus Assisilainen (1181 tai 1182 – 3. lokakuuta 1226). Hän oli syntyjään rikkaan kauppiaan poika, mutta päätti myöhemmin hylätä omaisuutensa ja sitoutua elämään köyhyydessä.

Franciscus seuraajineen muodosti kerjäläismunkkien ryhmän, joka sitoutui ehdottomaan köyhyyteen ja alkoi saarnata sekä auttaa ja hoitaa muita köyhiä.

Paavi Innocentius III tunnusti Franciscuksen veljestön vuonna 1212. Fransiskaaniveljestöstä muodostui pian merkittävä voimavara kirkolle, vaikkakin jo alussa pelättiin liikkeen vieraantumista kirkosta. Myöhempinä vuosisatoina fransiskaanien sisältä kumpusikin hurmoshenkisiä ajatuksia köyhyydestä ja katumuksesta, mikä kylvi kirkon sisälle hajanaisuutta. Pahimmillaan fransiskaanien parista kummunneet hurmokselliset liikkeet johtivat väkivaltaisuuksiin ja veritekoihin, kuten kävi esimerkiksi Fra Dolcinon tapauksessa.

1200-luvulla syntyi myös dominikaanien sääntökunta, jonka perustaja oli Dominicus. Hän oli oppinut mies sekä toiminut pitkään myös käännytystyössä.

Hän saavutti tavoitteitaan voimakkaiden saarnojensa ja erilaisten väittelyiden avulla, ja vähitellen hänen ympärilleen kerääntyi joukko saarnaustyön kannattajia. Uuden munkkikunnan syntyä tosin vaikeutti se, että kirkolliskokous oli vuonna 1215 kieltänyt uusien munkkikuntien perustamisen.

Heinäkuussa 1215 Dominicusta tukeva piispa perusti asiakirjallaan dominikaanien yhteisön, mutta kyseessä ei ollut kirkolliskokouksen vastainen munkkikunta: dominikaaniveljestö otti käyttöönsä jo 400-luvulla eläneen Augustinuksen muotoileman säännön. Siten muodostettiin hengellisten veljien yhteisö, joka ei kuitenkaan Augustinuksen säännön joustavuuden takia ollut sidottu luostarielämään. 22. joulukuuta 216 paavi Honorius III vahvisti dominikaanien säännöt ja hyväksyi heidät katolilaiseksi sääntökunnaksi. Uuden ryhmän sääntöjen laadinnassa Dominicus itse näki korostettavina arvoina kerjäläisajatuksen, kurin, opinnot sekä saarnaamisen, Dominikaaneista kehittyi kerjäläisveljeskunta, jollaista Dominicus siitä halusikin. Hän myös vastusti lihan syömistä ja kannatti nukkumista olkien päällä ja kulkemista yksinkertaisissa asuissa. Sen sijaan naisten osuuteen veljeskunnassa suhtauduttiin suopeasti, ja myöhempinä vuosina kehittyi myös dominikaanien naisyhteisöjä. Yksi kuuluisimmista naispuolisista dominikaaneista oli Katariina Sienalainen.

Katolisen kirkon huippukausi

"Keskiajan kirkko oli valtio. Mitä valtion ominaisuuksia siltä puuttui? Sillä oli lait, lainsäätäjät, tuomioistuimet, lakimiehet. Se käytti pakkoa saadakseen ihmiset noudattamaan lakejaan. Sillä oli vankiloita. Se julisti kuolemantuomioita. Se ei ollut vapaaehtoinen yhteiskunta.

Ihmiset eivät tosin syntyneet siihen, mutta heidät liitettiin siihen kasteessa heiltä kysymättä. Jos he yrittivät erota siitä, heidät voitiin polttaa roviolla. Kirkkoa pidettiin yllä pakollisin veroin". Näin on kirjoittanut Frederic William Maitland, 1800-luvulla elänyt englantilainen juristi ja historioitsija.

Sydän- ja myöhäiskeskiajan taitteessa katolinen kirkko eli huippukauttaan niin maallisen kuin hengellisenkin vallan osalta. Clunyn liikkeen ja ristiretkien jälkeen paavin sekä kirkon vaikutusvalta nousi noin kahden vuosisadan ajaksi.

Aikakauden henkilöistä voidaan maallisen vallan kannalta mainita 1200-luvun alussa hallinnut paavi Innocentius III, jota pidetään yhtenä historian mahtavimmista paaveista. Lainoppineen koulutuksen saanut Innocentius johti aikansa tehokkainta hallintokoneistoa koko Euroopassa sekä korkeaa arvoa nauttinutta paavillista oikeuslaitosta. Innocentius III:n aikana paavin valtaoikeudet ulottuivat paikoin yli maallisten kuninkaiden.

Paavi pystyi valtaisalla määräysvallallaan muun muassa estämään Ranskan kuningas Filip II:n avioliiton, ekskommunikaation avulla kumoamaan Englannin kuningas Juhana Maattoman tekemän päätöksen Canterburyn arkkipiispasta sekä valitsemaan kahdesta ehdokkaasta Pyhälle saksalais-roomalaiselle keisarikunnalle uuden hallitsijan. Katolisen kirkon huippukausi näkyi paitsi laajana kontrollina maallisen elämän asioissa, myös hengellisellä puolella. 1100- ja 1200-luvuilla katolinen kirkko piti peräti kuusi konsiilia eli kirkolliskokousta: ensimmäisen, toisen, kolmannen ja neljännen lateraanikonsiilin sekä Lyonin ensimmäisen ja toisen kirkolliskokouksen. Munkkiliikkeen osalta merkittäviä olivat Bernhard Clairvauxlaisen toiminta ja hänen ansiostaan voimistunut sisterssiläismunkisto.

Samoin fransiskaanien ja dominikaanien sääntökuntien perustaminen osui juuri katolisen kirkon huippukaudelle.

Keskiaikaisen teologian huippuhetket voidaan ajoittaa myös 1200-luvulle. Tällöin katolisen teologian kannalta merkittävimmässä roolissa olivat skolastikot. Ensimmäiset merkittävät skolastikot kuten Petrus Lombardus, Pierre Abélard ja Anselm Canterburylainen elivät jo 1100-luvulla, mutta kulta-aikaansa skolastiikka eli 1200-luvulla. Tällöin kirkon merkittävimpiä teologeja olivat dominikaanit Tuomas Akvinolainen ja Albert Suuri. Heistä Tuomas Akvinolaisen vaikutus kristilliseen teologiaan oli niin valtaisa, että vuonna 1879 paavi Leo XIII julisti hänet kirkon merkittävimmäksi opettajaksi. Työnsä ansiosta Tuomas Akvinolainen sai arvonimen doctor angelicus "enkeliopettaja", mikä nosti hänet apostoli Paavalin ja kirkkoisä Augustinuksen tasolle. Tuomaan Summa theologiae todettiin jo Trenton kirkolliskokouksessa niin merkittäväksi, että teos sijoitettiin alttarille Raamatun rinnalle.

Paavien asema myös maallisena hallitsijana merkitsi maallisen politiikan riskejä. Paavien valta oli keskiajalla hyvin haluttua: Paavi saattoi vaikuttaa uskonnollisen asemansa turvin kansaan ja hallitsijoihin, joten kuninkaat ja keisarit pyrkivät saamaan virkaan omia suosikkejaan. Vuonna 1309 Ranskan kuninkaan onnistui saada paavi muuttamaan Avignoniin, Ranskaan. Siellä paavinistuin oli aina vuoteen 1377 saakka; aikaa kutsutaan paaviuden Avignonin vankeudeksi. Luonnollisesti tänä aikana Ranskan kuninkaalla oli paljon vaikutusvaltaa paavien päätöksiin. Baabelin vankeuden aikana virassa oli yhteensä seitsemän paavia. Vankeuden loputtua paavi palasi taas Roomaan. Avignonin vankeus aiheutti myös yhden lukuisista niin sanotuista skismoista, jolloin katolinen kirkko on ollut jakautuneena useita eri paaveja tunnustaneisiin ryhmittymiin.

Puhutaan niin sanotuista vastapaaveista. Avignonista palannut paavi Gregorius XI palasi takaisin Roomaan, mutta kuoli jo seuraavana vuonna. Konklaavin valitsema seuraaja Urbanus VI osoittautui nopeasti kelvottomaksi paaviksi; hän oli suuruudenhullu, vainoharhainen ja sai ajoittain hillittömiä vihanpurkauksia.

Uudesta paavista saattoi päästä eroon vain julistamalla konklaavin tuloksen mitättömäksi, ja niin kardinaalit tekivätkin. He väittivät valinneensa Urbanus VI:n paaviksi vain kansanjoukkojen painostuksen takia ja kehottivat paavia eroamaan. Tästä paavi kieltäytyi, ja kardinaalikollegion valitessa seuraavaksi paaviksi Klemens VII:n alkoi skisma.

Euroopassa oli nyt kaksi paavia, jotka olivat kironneet toisensa. Oli syntynyt kaksi paavillista hovia ja kardinaalikollegiota: Urbanus VI Roomassa ja Klemens VII Avignonissa. Kristikunta jakautui kysymyksessä oikeasta paavista kahtia.

Italia, Englanti, Pyhä saksalais-roomalainen keisarikunta sekä Pohjoismaat asettuivat kannattamaan Rooman paavi Urbanus VI:a, kun taas Ranska, Skotlanti ja Espanja olivat Avignonin paavin puolella. Tilanne aiheutti myös yksittäisten luostarien ja hiippakuntien jakautumisen. Ongelma ei korjaantunut, vaikka molemmat paavit kuolivat, koska heille molemmilla valittiin seuraajat. Ratkaisuksi tarjottiin uutta oppia, konsiliarismia, jonka mukaan korkein päätäntävalta kirkossa ei kuulunut paaville vaan kirkolliskokoukselle eli konsiilille.

Vuonna 1409 kirkolliskokous kokoontui Pisaan. Tällöin molemmat paavit päätettiin erottaa ja tilalle valittiin uusi paavi. Tämä ei kuitenkaan helpottanut tilannetta, koska Avignonin ja Rooman paavit pitivät kiinni oikeuksistaan. Vallassa oli nyt kolme paavia, Avignonin linjan paavi, Pisan linjan paavi sekä Rooman linjan paavi.

Vuonna 1414 alkoi suuri kirkolliskokous Konstanz -nimisessä kaupungissa aivan Sveitsin rajalla nykyisen Saksan alueella. Kokous kesti yhteensä neljä vuotta ja kokosi kaupunkiin yli kolmensadan piispan sekä kolmensadan oppineen teologin lisäksi paljon muitakin kirkonmiehiä ja ruhtinaita. Palvelusväet mukaan lukien vieraita oli jopa kymmeniä tuhansia. Konsiili päätti erottaa kaikki kolme virassa olevaa paavia. Rooman paavi suostui eroamaan vapaaehtoisesti, ja Pisan linjan paavi vangittiin. Avignonin linjan paavi Benedictus XIII kieltäytyi eroamasta ja pakeni Espanjaan, mutta samalla käytännössä menetti vaikutusvaltansa. Konsiili valitsi uudeksi paaviksi Martinus V:n ja skisma loppui tähän. Valta palasi pian kirkolliskokoukselta takaisin paaville. Ensin kirkolliskokouksille asetettiin aikaväli, joka piti kulua edellisen päättymisestä, ennen kuin seuraava saatiin kutsua koolle. Paavi Pius II:n julistus kielsi kirkolliskokouksen koolle kutsumisen ja näin valta oli palannut paaville.

Keskiajalta uuteen aikaan

1400- ja 1500-luvuilla Eurooppa siirtyi renessanssin kautta uuteen aikaan. Tärkeitä seikkoja olivat muun muassa kirjapainotaidon keksiminen, joka nopeutti tekstien ja ajatusten leviämistä, sekä löytöretkien seurauksena laajentunut maailmankuva.

1400-luvulla katolinen ja ortodoksinen kirkko pyrkivät lähentymään vuosisatoja kestäneiden oppiriitojen jälkeen. Paikoin sopu kirkkojen yhdistymisestä näytti olevan lähellä: Firenzen kirkolliskokouksessa saatiin jopa aikaan Laetentur caeli -niminen bulla kirkkojen yhdistymisestä. Kirkolliskokouksessa oli ollut mukana paavin ja läntisen kirkon edustajien lisäksi myös Bysantin keisari Johannes VIII Palaiologos sekä 700 edustajaa idästä ja Venäjältä. Tosin loppujen lopuksi kirkot eivät koskaan päässeet yhdistymään. Ensinnäkin ihmisten reaktioista huolestunut keisari Johannes VIII ei uskaltanut julkistaa yhdistymistä konstantinopolilaisille.

Lisäksi Venäjän kirkko päätti vetäytyä Firenzessä solmitusta sopimuksesta. 12. joulukuuta 1452 Bysantin uusi keisari Konstantinos XI Palaiologos julisti katolisen ja ortodoksisen kirkon yhtyneen. Vain muutaman kuukauden jälkeen Konstantinopoli vallattiin piirityksessä ja liitettiin Osmanien valtakuntaan. Bysantin luhistuminen esti kirkkojen välisen sovun toteutumisen käytännössä.

Renessanssin aikana paavinistuimen valta oli jälleen nousussa, mutta 1200-luvun huippukauden kaltaista hengellistä uudistumista ei ollut nähtävissä kovin laajalti. Yleistä uudistumista ei kirkon sisällä nähty, koska varsinkin paavit olivat siihen haluttomia. Renessanssin aikana hallitsi useita sivistyneitä tieteitä ja taiteita suosineita paaveja, mutta myös moraaliltaan turmeltuneita kirkkoruhtinaita.

Esimerkiksi Nikolaus V oli ensimmäinen humanistisista paaveista, ja hän suosikin suuresti tieteitä ja taiteita. Vatikaanin tieteitä hän tuki erityisesti kirjojen osalta, sillä innokkaana bibliofilian harrastajana paavi Nikolaus päätti perustaa Roomaan kirjaston "oppineiden yhteiseksi hyväksi", sekä hankkia sinne "kaikki kreikkalaiset ja latinalaiset kirjat, jotka ovat paavin ja apostolisen istuimen arvoisia". Toisaalta vallassa oli myös turmeltuneita paaveja, kuten lahjusten turvin valtaan noussut Aleksanteri VI.

Siveetöntä ja maallisten rikkauksien täyttämää elämää eläneestä paavista todettiin myöhemmin, ettei hän "tehnyt koskaan muuta kuin petti toisia eikä ajatellut muuta kuin toisten pettämistä".

Kirkon hengellisen elämän puolella esiintyi epätasapainoa, sillä Tuomas Kempiläisestä ja muista merkittävistä teologeista huolimatta skolastiikka oli rappeutunutta. Skolastiikan rinnalle nousikin kilpailevaksi ajattelumalliksi ns. via moderna uusi tie, jossa Vilhelm Okkamilaisen nominalismi oli tärkeässä osassa. Nousussa oli myös humanismi, joka torjui paljolti keskiaikaisen skolastiikan. Humanistit tarjosivat keskiaikaisten oppien tilalle "kristillistä renessanssia", jossa pohjana olisivat paitsi Jeesuksen vuorisaarna ja Paavalin opetukset, myös Ciceron ja Platonin ajatukset.

Uskonpuhdistus koettelee kirkkoa

Katolisen opin mukaan synneistä oli mahdollisuus vapautua joko hyvitystöiden taikka kiirastulen kautta. Myöhäiskeskiajalla anekirjeistä eli ostettavista vapautuksista muodostui yhä kasvava tulonlähde paavin kuurialle. Rahoja ei kuitenkaan käytetty esimerkiksi köyhien auttamiseen, vaan puolet tuloista kuului paavi Leo X:lle ja puolet tämän valtuuttamalle "anekomissaarille", Mainzin arkkipiispa Albrechtille. Yksi kohde anekaupasta saaduille varoille oli Pietarinkirkon rakentaminen.

Kirkon rakentaminen kysyi paljon varoja, joita kerättiin kirkon siunaamalla anekaupalla pohjoista Eurooppaa myöten, mikä johti lopulta uskonpuhdistukseen ja protestanttisten kirkkojen eroamiseen katolisesta kirkosta.

Uskonpuhdistus oli 1500-luvulla Länsi-Euroopassa alkanut liike, joka pyrki oikaisemaan katolisen kirkon opissa näkemiään epäkohtia. Uskonpuhdistuksen taustalla oli jo kauan jatkunut paaviuden alennustila sekä levinnyt turmeltuneisuus kirkon piirissä.

Uskonpuhdistuksen aloittajana pidetään yleisesti saksalaista augustinolaismunkki Martti Lutheria,

vaikkakin jo ennen häntä jotkin "esiuskonpuhdistajat", esimerkiksi John Wycliffe ja Jan Hus, olivat hyökänneet kirkon virallista oppia vastaan. Lutherin anekauppaa vastaan suuntautuneet 95 teesiä aloittivat levitessään laajan liikkeen, joka myöhemmin sai uusia muotoja. Uskonpuhdistukseen liittyi Lutherin lisäksi joukko muita teologeja, joiden näkemykset poikkesivat paljoltikin Lutherin ajatuksista.

Niinpä katolisen kirkon jakaantuminen ei loppunut vain luterilaisten syntyyn, vaan synnytti myös anglikaanisen ja reformoidun kirkon sekä lukuisan joukon erilaisia vapaita suuntia.

Uskonpuhdistuksen keskeisiä henkilöitä olivat eräät saksalaiset, sveitsiläiset ja ranskalaiset teologit. Lutherin lisäksi tärkeimpiä olivat Ulrich Zwingli, Philipp Melanchthon ja Jean Calvin. Näiden hengellisten uskonpuhdistajien lisäksi myös maallisten ruhtinaiden valtatavoitteet korostuivat uskonpuhdistuksessa: reformaatio tarjosi maallisille ruhtinaille tilaisuuden vapautua katolisen kirkon vallasta. Euroopassa oli lähes koko keskiajan käyty kiivasta valtataistelua paavin ja piispojen sekä maallisten ruhtinaiden vallanjaosta (muun muassa investituurariita).

Esimerkiksi Ruotsin uskonpuhdistus toteutettiin täysin kuningasjohtoisesti, sillä se tarjosi kuningas Kustaa Vaasalle mahdollisuuden ottaa kirkko hallintaansa ja peruuttaa sen runsas omaisuus kruunulle. Toinen tärkeä esimerkki oli Henrik VIII:n johdolla toteutettu uskonpuhdistus Englannissa.

Uskonpuhdistus muutti syvästi Euroopan alueiden uskonnollista jakautumista. Ennen uskonpuhdistusta Euroopan kristilliset alueet olivat jakautuneet joko katolisuuteen tai ortodoksisuuteen.

Käytännössä katolisuus oli vallitsevassa asemassa kaikkialla Länsi- ja Keski-Euroopassa. Uskonpuhdistuksen jälkeen tilanne oli muuttunut huomattavasti. Ruotsin valtakunta ja muut Pohjoismaat olivat hylänneet katolisuuden ja siirtyneet lähes täysin luterilaisuuteen.

Kustaa II Aadolfin aikakaudella Ruotsissa oli jopa säädetty kuolemantuomio kaikille maassa tavattaville katolisille papeille paavin lähettejä lukuun ottamatta. Saksalais-Roomalaisen keisarikunnan osalta tilanne oli monimutkaisempi. Pohjoiset alueet ja Preussi olivat vahvasti luterilaisia, kun taas etelässä oli katolisten alueiden lisäksi myös kalvinistisia seutuja. Puola ja Itävalta säilyivät pääosin katolisina alueina, kun taas Böömi, Määri ja Unkarin kuningaskunta kääntyivät pääosin luterilaisuuteen.

Etelä-Euroopassa ja varsinkin Italiassa katolisuus pysyi vankassa asemassa. Sveitsistä taas tuli reformoidun kirkon kannatusalue. Uskonpuhdistuksen loppuvaiheissa protestantismi saavutti myös Ranskan, missä protestantteja oli arvioiden mukaan parhaimmillaan noin kymmenen prosenttia väestöstä. Tosin seuraavina vuosikymmeninä katolinen vastauskonpuhdistus palautti kirkolle sen jo menettämiä alueita.

Uskonpuhdistajien tarkoituksena ei ollut synnyttää uutta, katolisesta kirkosta irtautunutta kirkkoa, vaan uudistaa katolilaisuutta. Katolinen kirkko oli kuitenkin haluton uudistumaan. Tosin jo kuuden vuoden kuluttua Lutherin teesien julkaisemisesta paavi Hadrianus VI oli tunnustanut paavin, prelaattien ja pappien parissa esiintyneet synnit ja väärinkäytökset, mutta hänen aikainen kuolemansa lopetti toiveet kirkon uudistumisesta.

Vasta vuosikymmeniä uskonpuhdistuksen alkamisen jälkeen paavi Paavali III kutsui Trenton kirkolliskokouksen koolle vastauksena protestanttiseen reformaatioon, ja tarkoitus oli vahvistaa katolisen kirkon oppia ja rakenteita. Kirkolliskokous kesti yhteensä kahdeksantoista vuotta. Syynä olivat kulloisenkin paavin ja keisarin väliset riidat ja poliittisten tilanteiden vaihtelu. Kirkolliskokous kesti paavien Julius III, Marcellus II ja Paavali IV hallintojen ajan ja päättyi Pius IV:n paaviuden aikana, joten kulloinenkin paavi vaikutti omalta osaltaan kokouksen pitkittymiseen. Esimerkiksi Paavali III:n riitaannuttua keisari Kaarle V:n kanssa kirkolliskokous siirrettiin Bolognaan.

Lopulta kirkolliskokous saatiin päätökseen 1563. Sen tuloksena katolinen kirkko uudistui monella osa-alueella, minkä lisäksi aikaisempia uskonkappaleita dogmatisoitiin. Uskonopin alueella kirkolliskokous otti kantaa muun muassa Raamattuun ja traditioon, perisyntiin ja sakramentteihin. Esimerkiksi erään päätöksen mukaan apostoliseen traditioon tuli suhtautua yhtä kunnioittavasti kuin Raamattuun, mikä oli muun muassa Lutherin ajatusten vastainen kanta. Kirkolliskokous osallistui myös kirkon reformoimiseen.

Kirkolliskokous päätti esimerkiksi, että

piispojen ja kardinaalien on oltava läsnä hiippakunnissaan.

piispat ja kardinaalit eivät saa hoitaa useita virkoja samaan aikaan.

jotta papeista saataisiin teologiaa opiskelleita, olisi perustettava pappisseminaareja.
selibaatti vahvistetaan uudelleen.

Jesuiittasääntökunta syntyy

Paavi Paavali III antoi vuonna 1540 vahvistuksensa ja siunauksensa kuusi vuotta aikaisemmin
perustetulle jesuiittajärjestölle. Jesuiittaveljeskunta kehittyi Pariisissa opiskelleiden nuorten
miesten ryhmästä, jonka johtajana toimi entinen ritari Inigo López de Loyola, tunnetumpi
nimellä Ignatius Loyola (24. syyskuuta 1491 – 31. heinäkuuta 1556). Uskonpuhdistuksen
aikakaudella jesuiitat olivat paaville uskollisia ja halusivat palvella kirkkoa. Jesuiitoilla oli
myös oma sotilaallinen organisaatio, jonka johtaja toimi paavin alaisuudessa. Jesuiitat eivät
muiden hengellisten seurojen tapaan olleet sidottuja luostareihin tai muihin keskuksiin,
mikä mahdollisti jäsenille liikkuvan elämän. Jäsenmäärä kasvoi huomattavasti vuoden 1556
tuhannesta jäsenestä, ja vuonna 1750 jesuiittoja oli jo 22 590.

Jesuiittoja alettiin pian järjestön perustamisen jälkeen syyttää siitä, että he noudattivat
"tarkoitus pyhittää keinot" -tyyppistä toimintamallia ja että järjestön tavoitteeksi
ilmoittama "sielujen pelastumisen auttaminen" sisälsi myös joukon muita päämääriä.
Jesuiitat toimivat ympäri Eurooppaa katolisten ruhtinaiden hoveissa mutta harjoittivat myös
laajaa käännytystyötä varsinkin Amerikassa ja Itä-Aasiassa.

Yksi jesuiittaveljeskunnan alkuperäisistä tavoitteista oli päästä "valtaamaan" takaisin katolisuudelle sen protestanttisuudelle menettämät alueet Euroopasta.

Euroopassa tapahtuvan työn keinoina olivat koulutus ja diplomatia. Jesuiittojen toiminta Euroopassa oli osaltaan pysäyttämässä protestanttisuuden leviämistä Puolaan, Itävaltaan ja eteläiseen Saksaan.

Euroopan uskonsodat

Uskonpuhdistusta seuraavaa vuosisataa Euroopassa leimasivat uskonsodat katolilaisten ja protestanttien välillä. Uskonpuhdistuksen levitessä syntyi myös avointa väkivaltaa protestanttien ja katolilaisten välillä, mistä esimerkkinä voidaan mainita Ranskan uskonsodat sekä 1600-luvun kolmikymmenvuotinen sota. Erimielisyydet purkautuivat paitsi sotina, myös verilöylyinä ja vainoina. Tunnetuimpiin niistä kuuluu Pärttylin yön verilöyly, jossa arvioidaan saaneen surmansa noin 30 000 ihmistä. Myös "Pariisin verihäinä" tunnettu verilöyly oli katolilaisten väkivaltaista mellakointia protestanttisia hugenotteja vastaan.

Ranskan hengellisyys

Kolmikymmenvuotinen sota nosti Ranskan Euroopan johtavaksi valtioksi. Huolimatta ulkopoliittisesta protestanttisuudestaan maa oli sisäpoliittisesti tiukan katolilainen. Ranskan 1600-luvun kukoistusaika ulottui myös hengelliseen elämään.

1600-luvulla Ranskan hengellisen elämän puolella oltiin halukkaita korottamaan tavallisen papiston tasoa. Tavoite oli sikäli tärkeä, että hiippakuntapapiston koulutuksellisessa ja moraalisessa tasossa oli ympäri Eurooppaa pahojakin puutteita. Papiston tason kohottamiseksi perustettiin pappisseminaareja, joissa pappien lisäksi koulutettiin myös opettajia toisiin seminaareihin.

Samaan aikaan merkittävät ajattelijat kuten Blaise Pascal, Jean Mabillon, Jacques Bénigne Bossuet ja François Fénelon antoivat oman panoksensa ranskan katolilaisuudelle. Kaiken lisäksi Ludvig XIII lupasi 1638 "pyhittää kuningaskuntansa pyhälle Neitsyelle".

Ranskassa ei kuitenkaan vältytty teologisilta oppiriidoilta. Merkittävä oli jansenistinen liike katolisen kirkon sisällä. Sitä edusti Cornelius Jansen, joka vuonna 1640 julkaistussa teoksessaan esitteli osin katolisen opin vastaisia pelastuskäsityksiään. Jansenismi hyökkäsi varsinkin Ranskassa toimivien jesuiittojen ajatuksia vastaan. He näkivät, että jesuiittojen optimistinen tapa korostaa ihmisen kykyä hyvään saattoi johtaa "hengelliseen leväperäisyyteen". Taustalla oli jansenistien vahva fatalistinen, paljolti kirkkoisä Augustinuksen predestinaatio-oppia mukaileva ajatus siitä, että pelastus tulisi vain Jumalan ennalta valitsemien ihmisten osaksi. Samaten jansenistit vaativat ihmisiltä vahvaa katumusta, eivätkä he hyväksyneet jesuiittojen ihmiskuvaa. Ristiriidat jansenistien ja jesuiittojen välillä johtivat pitkään teologiseen riitaan, joka lopulta johti jansenistien pääluostarin tuhoamiseen. Jansenistit kukistettiin Ranskassa, mutta he perustivat Alankomaihin jansenistikirkon, joka ajautui skismaan katolisen kirkon kanssa. Jansenistikiistan pitkän aikavälin seurausta oli, että se loi pohjaa 1700-luvun valistusajan uskonnonvastaisille näkemyksille.

1700-luvulla noussut valistusajan liike horjutti kirkon ennen voimakasta valta-asemaa. Liikkeen syntyyn ja kehitykseen vaikuttaneet filosofit ja ajattelijat korostivat uskon sijasta järkeä, eikä Jumalaa nähty kuin enää korkeintaan maailmankaikkeuden ulkopuolisena alkusyynä.

"Valistus on ihmisen ulospääsy itse aiheuttamastaan holhottavuudesta, joka on kyvyttömyyttä käyttää järkeään ilman toisen ohjausta. Sapere aude! Ole rohkea ja käytä omaa järkeäsi! on siis valistuksen tunnuslause", määritteli saksalaisfilosofi Immanuel Kant.

Valistusajattelijat arvostelivat myös sokeaa uskoa valtion ja kirkon arvovaltaan. Luonnontieteet olivat edistyneet edellisillä vuosisadoilla, ja tämä vaikutti todellisuuskäsitykseen. Myös tiedot muista maanosista vaikuttivat käsityksiin yhteiskunnasta ja uskonnosta.

Kirkkovaltion tuho ja uusi nousu

Ranskan ajautuessa sotaan muuta Eurooppaa vastaan paavi asettui tukemaan Ranskan vastustajia. Silloinen kenraali Napoleon Bonaparte (15. elokuuta 1769 – 5. toukokuuta 1821) lähetettiin valloittamaan Italiaa, ja vähitellen Ranskan valta ulottui yhä lähemmäs Roomaa ja paavinistuinta. Helmikuussa 1797 paavin oli pakko solmia itselleen epäedullinen rauhansopimus Ranskan kanssa.

Sopimus maksoi Kirkkovaltiolle raskaiden sotakorvausten lisäksi sata taideteosta ja viisisataa käsikirjoitusta paavinistuimen kokoelmista. Roomassa puhjenneiden mellakoiden jälkeen Napoleonin joukot miehittivät kaupungin. Roomasta tehtiin tasavalta ja paavi vietiin vangittuna Rhônen varrella sijaitsevaan linnakkeeseen. Siellä hän myös menehtyi vuonna 1799. Hänelle ei lopulta myönnetty edes kristillistä hautausta.

1. joulukuuta 1799 kardinaalit eivät kokoontuneet normaaliin tapaan Sikstuksen kappelissa Roomassa vaan Itävalta-Unkarin hallitsemalla alueella sijaitsevassa benediktiiniluostarissa. Menehtynyt Pius VI oli ennen marttyyrikuolemaansa antanut vanhimmalle kardinaalille määräyksen järjestää seuraava konklaavi turvallisessa paikassa. Uudeksi paaviksi valittiin pitkän pattitilanteen jälkeen Pius VII. Uusi paavi palasi Roomaan, joka nyt kuului Napoleonin Ranskalle. Napoleonista oli tullut Ranskan tosiasiallinen hallitsija ja hän halusikin tehdä sovinnon paavin ja katolisen kirkon kanssa. Hän muun muassa järjesti Pius VII:n edeltäjälle Pius VI:lle hautajaiset, jotka häneltä oli aikanaan evätty.

Milanon papeille pitämässään puheessa Napoleon osoitti haluavansa saada aikaan sovun paavinistuimen kanssa, ja myös paavi oli valmis neuvottelemaan Napoleonin kanssa.

Kahdeksan kuukautta kestäneiden neuvottelujen jälkeen Napoleon allekirjoitti niiden tuloksena syntyneen konkordaatin heinäkuussa 1801.

Konkordaatissa katolilaisuuden status laski valtionuskonnosta "Ranskan kansalaisten enemmistön uskonnoksi", mutta sen harjoittaminen sallittiin. Katolinen kirkko ei kuitenkaan saanut takaisin Ranskan suuressa vallankumouksessa menettämäänsä omaisuutta, vaikkakin Ranskan valtio lupasi korvauksena maksaa papistolle palkkaa kirkon puolesta. Myös Kirkkovaltio palautettiin paaville.

Kiistan molemmat osapuolet hyötyivät sovun solmimisesta ja konkordaatista. Tosin molemmat osapuolet joutuivat myös tinkimään vaatimuksistaan ja tekemään kompromisseja. Paavi olisi toivonut kirkon takavarikoitua omaisuutta takaisin, eikä kirkko myöskään saanut menettämäänsä Avignonia takaisin. Lisäksi paavin oli hyväksyttävä Ranskassa vallitseva uskonnonvapaus. Vaikka paavi joutuikin antamaan periksi joissakin vaatimuksissaan, voidaan konkordaattia silti pitää todisteena kirkon voitosta, sillä Ranskan vallanpitäjien oli myönnettävä, etteivät he olleet pystyneet kitkemään kristinuskoa Ranskasta. Konkordaatti ei tarkoittanut voittoa pelkästään paaville ja kirkolle vaan myös Napoleonille, sillä enää hänen arvostelijansa eivät voineet väittää Ranskan tasavaltaa pakanalliseksi ja jumalattomaksi valtakunnaksi.

Jonkin aikaa Napoleonin ja paavin välillä vallitsi sopu, mutta pian välit jälleen viilenivät. Kun Napoleon vaati paavia sulkemaan Kirkkovaltion satamat brittiläisiltä aluksilta, paavi kieltäytyi vedoten asemaansa puolueettomana rauhan puolustajana.

Ranskan joukot tunkeutuivat jälleen Roomaan, ja paavin lippu vaihdettiin trikoloriin. Vatikaani oli nyt liitetty osaksi Napoleonin imperiumia. Paavi taas julisti "Pietarin perinnön ryöstäjät" kirkonkiroukseen eli pannaan, muttei kuitenkaan maininnut Napoleonia nimeltä. Paavi vangittiin ja kuljetettiin Genovan länsipuolella sijaitsevaan Savonaan, missä häntä pidettiin kolme vuotta kotiarestissa.

Napoleonin kärsittyä tappion liittoutuneille paavi pääsi palaamaan Roomaan 24. toukokuuta 1814. Wienin kongressin kokoontuessa järjestämään sekasortoista Eurooppaa Napoleonin jäljiltä paavilla oli nyt puolellaan aikakauden mukanaan tuoma muuttunut ilmapiiri. Kirkkoa vastustaneiden valistusfilosofien valistusaatteita pidettiin syynä vallankumoukseen ja sekasortoiseen kaaokseen Euroopassa. 1800-luvun alun uudet aatesuuntaukset, kuten romantiikka, pitivät arvossa useita valistusaatteen halveksimia asioita kuten uskoa, historiaa, perinteitä ja arvovaltaa, mikä hyödytti juuri näitä ominaisuuksia edustavaa kirkkoa.

Paavin onnistui Wienin kongressissa palauttaa Kirkkovaltiolle sille ennen kuuluneet alueet Avignonia lukuun ottamatta. Kirkkovaltion palauttaminen paaville sopi hyvin sekä Britannian että kukistetun Ranskan suunnitelmiin, sillä vahva Kirkkovaltio Apenniinien niemimaalla tasapainotti Itävalta-Unkarin ja muiden alueen valtioiden keskinäistä voimatasapainoa.

Keuhkokuume

Suomen kielen sana keuhkokuume on osa lääkäri Elias Lönnrotin (9. huhtikuuta 1802 – 19. maaliskuuta 1884) kehittämää suomenkielistä lääketieteellistä sanastoa. Keuhkokuumeen nimitys monissa muissa kielissä on πνευμονία pneumonia, joka on johdettu muinaiskreikan keuhkoja tarkoittavasta sanasta πνεύμων tai πλεύμων pneumōn, pleumōn. Antiikin kreikkalainen lääkäri Hippokrates (noin 460 – 380 eaa.) kuvasi teoksessaan Äkillisten tautien hoidosta keuhkokuumeen oireet hyvin tarkasti. Hän myös selosti tuloksia empyeeman kirurgisesta puhdistuksesta. Keskiaikainen juutalainen lääkäri Maimonides (30. maaliskuuta 1135 tai 1138 – 13. joulukuuta 1204) kirjoitti: "Keuhkokuumeen perusoireet, jotka eivät koskaan puutu taudista, ovat seuraavat: akuutti kuume, pistävä kipu kyljessä, lyhyet ja nopeat hengitykset, sahaava pulssi ja yskä."

Saksalainen patologi Edwin Klebs totesi ensimmäisen kerran bakteereja keuhkokuumeeseen kuolleiden henkilöiden ilmateissä vuonna 1875. Saksalaiset Carl Friedländer ja Albert Fränkel löysivät keuhkokuumeen kaksi yleistä aiheuttajamikrobia, Streptococcus pneumoniae- ja Klebsiella pneumoniae-bakteerit, vuosina 1882 ja 1884 julkaistuissa tutkimuksissaan. Tanskalainen bakteriologi Hans Christian Gram kuvaili tutkimuksessaan vuodelta 1884 gramvärjäyksen, jonka avulla keuhkokuumeen aiheuttajabakteerit pystyttiin erottamaan toisistaan. Hän myös osoitti, että sairauden voi aiheuttaa useampi kuin yksi mikrobi.

1900-luvun alussa keuhkokuume oli tappava tauti. Kun sulfalääkkeet tulivat käyttöön 1930-luvulla ja penisilliini kymmenen vuotta myöhemmin, aikaisemmin synkkä keuhkokuumeen ennuste muuttui paremmaksi. Modernit kirurgiset tekniikat ja tehohoidon kehittyminen vähensivät osaltaan keuhkokuumekuolleisuutta.

Kuitenkin vielä 1950-luvulla pneumokokin aiheuttama keuhkokuume ja sen sivutaudit, erityisesti aivokalvontulehdus, olivat tavallinen kuolinsyy vanhuksilla ja muilla riskiryhmillä. Lapsia alettiin rokottaa Yhdysvalloissa Haemophilus influenzae tyyppi b (Hib)- bakteeria vastaan vuonna 1988, mikä johti pian sairaustapausten vähenemiseen.

Suomessa Hib-rokote lisättiin yleiseen rokotusohjelmaan 1980-luvun lopulla, minkä seurauksena varsinkin pikkulasten vakavat Hib-infektiot hävisivät. Samoin pneumokokkirokotusten aloittaminen Yhdysvalloissa aikuisille vuonna 1977 ja lapsille vuonna 2000 on muuttanut vakavat pneumokokki-infektiot harvinaisemmiksi.

Ἐμπεδοκλῆς Empedokleen neljän alkuaineen oppi muodostui myös perustaksi ihmisen rakenteen ja olemuksen selittämisessä. Ihmisruumista ei kuitenkaan pidetty suoraan mainituista alkuaineista koostuneena. Sen rakennusaineeksi ymmärrettiin alkuaineista muodostuneet neljä perusnestettä, jotka olivat Πάγκρεας Pancreas eli haima tai veri, Χολή Bilis eli sappi, μαύρη χολή nigra colera eli musta sappi sekä φλέγμα mucus eli lima. Käsitysten mukaan veri syntyi sydämessä, sappi maksassa, musta sappi pernassa ja lima aivoissa. Hippokrateen vävy Polybos (noin 400 eea.) kirjoitti tutkielman Ihmisen luonnosta ja vakiinnutti siinä humoraaliopin ihmisen olemuksen perustana.

Alkuaineet ja perusnesteet vastasivat pareittain toisiaan siten, että niillä oli samat laadulliset perusominaisuudet. Ilmalla ja verellä ne olivat kuuma ja kostea, tulella ja sapella kuuma ja kuiva, maalla ja mustalla sapella kylmä ja kuiva sekä vedellä ja limalla kylmä ja kostea. Näin kohtasivat toisensa myös Alkmaionin ja Empedokleen opit.

Havainnot sairauksien yhteydessä tukivat käsitystä veren, liman ja sapen merkityksestä elimistön toiminnassa. Atrabilis musta sappi oli siis neljäs ihmisruumiin neljästä perusnesteistä. Mutta miten aine, jota ei todellisuudessa ole olemassa, saattoi muodostaa tärkeän osan humoraaliopin järjestelmästä, johon lääketiede ja parannustaito nojasivat yli kahden vuosituhannen ajan?

Vaikka antiikin kreikkalaiset loivatkin länsimaiselle tieteelle perustan, olivat he ajattelussaan vielä voimakkaasti luonnon magiaan sitoutuneita. Sen lisäksi lukujen mystiikka oli heidän oppirakennelmilleen ominaista. Kreikan mytologian mukaan maalla oli tärkeä vaikutus ihmisen olemuksessa ja juuri sen osuutta symboloimaan tuli musta sappi, tumma ja tahmea neste, jota todettiin olevan pernassa ja jota siksi pidettiin sen erittämänä. Olihan vaikeissa oksennuksissa sapen jälkeen toisinaan noussut näkyviin aivan mustaa mahan sisältöä. Sitä paitsi pernaa pidettiin maksaa tasapainottavana elimenä ruumiin vasemmalla puolella.

Lavantauti

Lavantauti on vakava suolistoinfektio, jonka aiheuttaa Salmonella typhi -bakteeri. Taudin oireita ovat korkea, pitkään jatkuva kuume sekä ripuli tai ummetus. Hoitamattomana kuolleisuus on noin 10 – 30 %. Lavantauti on Suomessa harvinainen, sitä esiintyy noin viisi tapausta vuodessa. Tartunnat on saatu ulkomailla. Taudin suomalaisen nimen arvellaan tulleen siitä, että raskas tauti kaatoi potilaansa "lavalle", joka oli pirtin uunin ja seinän välissä sijaitseva talonväen makuupaikka.

Nykyään tautia esiintyy erityisesti trooppisilla alueilla, kuten Intiassa, Aasiassa, Afrikassa, Tyynenmeren saarilla ja Latinalaisessa Amerikassa, sekä myös Lähi-idässä. Viimeisen sadan vuoden aikana lavantautia on esiintynyt pääasiassa kriisien, sotien ja vastaavien poikkeusolosuhteiden aikana erityisesti vankileireillä ja sodan raunioittamissa yhteiskunnissa.

Tauti on Suomessa määritelty yleisvaaralliseksi tartuntataudiksi.

Itämisaika on 7 – 21 päivää. Tauti alkaa vähitellen. Oireita ovat alussa päänsärky, ruokahaluttomuus, väsymys ja alaselän kipu. Myöhemmin väsymys lisääntyy ja ihoon ilmestyy ihottumaa. Kuume on luonteenomainen oire.

Kolmannella sairausviikolla voi esiintyä suolistoverenvuotoa tai suolen puhkeaminen. Paraneminen alkaa yleensä neljännellä viikolla. Kolmannella viikolla voi esiintyä suolistoverenvuotoja, joiden tuloksena ulosteen väri muuttuu. Ulosteita onkin tarkkailtava. Myös kuumeen lasku voi olla merkkinä verenvuodosta. Suolessa oleva haava voi myös puhjeta, oireena on kipu. Myöhemmin voi kehittyä vatsakalvontulehdus.

Ludvig XIV

Ludvig XIV (Louis Dieudonné Ludvig Jumalan antama, Ludvig, useimmilla muilla kielillä Ludwig, lempinimeltään Le Roi Soleil Aurinkokuningas, (5. syyskuuta 1638 - 1. syyskuuta 1715) oli Ranskan ja Navarran kuningas 14. toukokuuta 1643 lähtien aina kuolemaansa asti. Hän oli kolmas Bourbon-sukuinen ja siten kapetingien dynastiaan kuulunut hallitsija. Nelivuotiaana valtaistuimelle noussut Ludvig XIV on pisimpään Ranskaa hallinnut valtionpäämies. Absolutismiin eli ehdottomaan itsevaltiuteen perustuva monarkia saavutti hänen aikanaan huippunsa, ja hallitsijasta muodostui kaiken toiminnan keskipiste.

Ludvig XIV vainosi Ranskan protestantteja eli hugenotteja ja aiheutti yli kahdensadan tuhannen kansalaisen paon Ranskasta muun muassa Sveitsiin, Alankomaihin ja Saksaan. Ludvig XIV on myös tunnetuimpia ja arvostetuimpia Ranskan kuninkaita.

Ludvig – Jumalan antama

Sunnuntaina 5. syyskuuta 1638 noin kello 11 syntyi kruununperijä, herttua, Château-Neuf de Saint-Germain-en-Layessa. Hänen syntymäänsä pidettiin melkoisena ihmeenä: olivathan hänen vanhempansa Ludvig XIII ja Anna Itävaltalainen olleet naimisissa jo 23 vuotta.

Lapselle annettiin nimeksi Louis Dieudonné, Ludvig Jumalan antama, sillä hänen syntymänsä nähtiin taivaallisen armon osoituksena. Jotkut aikalaiset ajattelivat, että Ludvig XIII ei olisi ollut lapsen biologinen isä, koska hänen huhuttiin yleisesti olevan homoseksuaali.

Pieni Ludvig sai jo syntyessään arvon premier fils de France "Ranskan ensimmäinen poika" ja perinteisemmän arvonimen Viennen Dauphin (Wienin herttua). Kahden vuoden kuluttua Ludvigin syntymästä hänelle syntyi pikkuveli Filip, josta tehtiin aluksi Anjoun ja myöhemmin Orléansin herttua.

Isänsä Ludvig XIII:n kuoltua Ludvig XIV peri valtaistuimen. Hän oli tällöin vasta 5-vuotias, joten hänen äitinsä Anna Itävaltalainen toimi sijaishallitsijana, mutta luovutti vallankäytön kardinaali Mazarinille. Ranskan ylhäisaatelisto oli vallansiirtoon tyytymätön, koska se ei voinut hyväksyä vallan siirtymistä kardinaali Richelieun uskolliselle apulaiselle.

Kuninkaan kasvatus

Maaliskuussa 1646 kardinaali Mazarin sai ministerin tehtävien ja velvollisuuksien lisäksi vastuulleen myös Ludvig XIV:n ja tämän nuoremman veljen Filipin kasvatuksen. Hänet nimitettiin kuninkaan ja Anjoun herttuan henkilökohtaisen kasvatuksen ylivalvojaksi.

Ludvig XIV ei ollut kovin työteliäs tai ahkera oppilas latinassa, historiassa, matematiikassa, italiassa tai piirustuksessa, mutta hän osoitti suurta kykyä maalaustaiteessa, arkkitehtuurissa ja musiikissa. Erityisen lähellä Ludvigin sydäntä oli tanssi, joka oli tuohon aikaan oleellinen osa herrasmiehen kasvatusta. On sanottu, että nuori Ludvig XIV harrasti tanssia joka päivä 7-vuotiaasta aina 27-vuotiaaksi. Hän oli myös innokas tenniksen esiasteen jeu de paumen harrastaja sekä metsästäjä.

Värikäs lapsuus

Lapsuudessaan Ludvig XIV oli usein hengenvaarassa, mutta välttyi täpärästi kuolemalta. Hänen äitinsä ja Mazarin antoivat hänet palvelijoiden valvottavaksi, mutta he eivät huolehtineet hänestä.

Kun Ludvig oli yhdeksänvuotias, Ranskan aateliset ja Pariisin porvarit kääntyivät Ludvigia ja etenkin Mazarinia vastaan, syttyi porvarisota, Fronde, joka kesti kuusi vuotta. Ludvig ei koskaan antanut sitä pelkoa, alistusta ja nolostumista anteeksi, joka aateliset hänelle tekivät. Tämä oli omiaan vahvistamaan uskomusta Jumalan antamasta lapsesta ja tämän erityisestä suojelusta. Viisivuotiaana hänet pelastettiin viime hetkellä hukkumasta Palais-Royalen puutarhan vesialtaaseen. Kymmenvuotiaana Ludvig sairastui isorokkoon. Vielä kymmenen päivän kuluttua sairastumisesta lääkärit eivät antaneet mitään toivoa lapsen pelastumisesta, mutta nuori kuningas selvisi kuitenkin sairaudesta. Kolmas läheltä piti -tilanne oli 30. kesäkuuta 1648, kun kuningas sairastui ruokamyrkytykseen Berguesin kaupungin valloituksen yhteydessä.

Ludvigille annettiin viimeinen voitelu 7. heinäkuuta, ja vallanperimystä alettiin jo valmistella. Anna Itävaltalaisen henkilääkärin antama oksetuslääke sai kuninkaan kuitenkin toipumaan.

Fronden koettelemukset

Päästyään ripille ja nautittuaan ensimmäisen ehtoollisensa 12-vuotiaana Saint-Eustachen kirkossa 25. joulukuuta 1649 nuori kuningas tuli jäseneksi kuninkaan neuvostoon. Juuri samaan aikaan ylin aristokratia asettui Fronde-kapinassa kuninkaan arvovaltaa ja auktoriteettia vastaan. Jo vuonna 1648 oli alkanut ylimmän aristokratian liikehdintä, jonka johdossa oli Contin ruhtinas Armand de Bourbon-Conti. Hänen veljensä Louis II Condé oli myötävaikuttamassa kapinointiin; molemmat ruhtinaat polveutuivat Bourbonin suvusta. Heidän tavoitteenaan oli syrjäyttää kardinaali Mazarin, jota syytettiin erityisesti liian kovaksi käyneestä verotuksesta. Vuonna 1650 korkea-arvoiset ruhtinaat pidätettiin, mutta laskettiin melko pian takaisin vapauteen. Fronde-kapina sai kuitenkin kardinaali Mazarinin pakenemaan kahdesti Ranskasta Espanjaan. Kuningataräiti Anna ja nuori Ludvig pyrkivät liittymään maanpaossa olijoihin 8. helmikuuta 1651, mutta kansa valtasi Louvren palatsin ja esti kuninkaallisen perheen matkaanlähdön.

Kapinointi jätti pysyvät jäljet Ludvig XIV:een. Hän reagoi tapahtumaan myöhemmin jatkamalla kardinaali Richelieun työtä, jonka tarkoituksena oli systemaattisesti vähentää niin sanotun miekka-aateliston valtaa, ja velvoitti heidät palvelemaan erilaisissa hovin tehtävissä. Näin hän todellisuudessa siirsi hallintoa keskitetyn vallankäytön suuntaan, virkamiesaateliston varassa toimivaksi.

Pariisin parlamenttiin kokoontunut lit de justice julisti kuninkaan täysi-ikäiseksi 7. syyskuuta 1651. Kaikki valtakunnan merkittävät aristokraatit ja ruhtinaat kävivät vannomassa uskollisuudenvalansa kuninkaalle, lukuun ottamatta Condén ruhtinaita, jotka olivat kokoamassa Guyennessä armeijaa hyökätäkseen Pariisiin.

Ludvig XIV voideltiin Reimsissä 7. kesäkuuta 1651, mutta hän jätti kaikki poliittiset toimet kardinaali Mazarinin tehtäviksi. Itse hän keskittyi jatkamaan sotilaallista koulutustaan Henri Turennen johdolla.

Itsevaltiuden puolustus

Ludvig XIV tunnettiin myös lisänimellä Suuri, koska hän vahvisti monarkian asemaa yhteiskunnassa. Hänestä itsestään tuli itsevaltias, jolla oli jumalallinen oikeus valtaansa. 13. huhtikuuta 1655 kuningas julkaisi 17 määräystä, joiden tarkoituksena oli täyttää kroonisesti tyhjiä valtion rahakirstuja. Väitetään, että tässä yhteydessä Ludvig olisi sanonut kuolemattoman lauseensa l'État, c'est moi "valtio olen minä". Aihe on kiistelty, mutta ilmeisesti hän todella sanoi niin. Kuolinvuoteellaan vuonna 1715 Ludvig totesi: "Minä poistuin, mutta valtio säilyy aina". Ludvig XIV koki itsensä valtion ensimmäiseksi palvelijaksi.

Fouquet'n eliminointi

Kardinaali Mazarinin kuoleman 9. maaliskuuta 1661 jälkeen Ludvig XIV:n ensimmäinen toimenpide oli poistaa rahaministerin tehtävä ja ottaa henkilökohtaiselle vastuulleen koko hallituksen johtaminen, mutta kuninkaan lähipiiri ei ollut vakuuttunut hänen kyvyistään valtiomiehenä. Ludvig XIV:n tuli näyttää kykynsä ja todistaa siten arvovaltansa.

Kuusi kuukautta myöhemmin, 5. syyskuuta 1661, saavutettuaan 23 vuoden iän, kuningas noudatti neuvonantajiensa mielipiteitä ja antoi pidätyttää vaikutusvaltaisen ministerinsä, Nicolas Fouquet'n (27. tammikuuta 1615 – 3. huhtikuuta 1680), joka oli ollut kaikkivoipa talousministeri ja Ranskan mahtavin henkilö itse hallitsijan jälkeen. Nuori kuningas syrjäytti väärinkäytöksistä syytetyn ministerinsä osoittaakseen valtansa suuruuden.

Vaikka Fouquet olisikin syyllistynyt joihinkin väärinkäytöksiin, ei hän missään tapauksessa ollut toiminut pahemmin kuin edeltäjänsä Mazarin tai seuraajansa Colbert.

Hän oli osoittanut kahdeksan vuoden ministerikautensa aikana jopa tiettyä tehokkuutta, sillä Ranskan valtiontalous oli kohentunut siitä tilasta, johon se oli joutunut kolmikymmenvuotisen sodan ja Fronden kapinan seurauksena vuoden 1648 seutuvilla. Kuninkaalla oli kuitenkin tarve näyttää, että hän hallitsi itse ja että hän saattoi eliminoida kenet tahansa, joka oli tullut liian kunnianhimoiseksi.

Kuninkaan ohjelman kolmevuotisen oikeusprosessin jälkeen Fouquet korvattiin Jean-Baptiste Colbertilla vuonna 1665. Tällöin voidaan sanoa aurinkokuninkaan todellisen vallankäytön alkaneen.

Ensimmäiset suuret uudistukset

Ludvig XIV Suuren hallituskauden alkupuoli oli suurten hallinnollisten uudistusten aikaa. Se oli eritoten verorasituksen kasvun aikaa. Hän loi vuonna 1667 Ludvigin oikeusjärjestelmän, eräänlaisen siviilioikeusnormiston. Vastaavanlaisen oikeusnormiston rikosoikeuden alalle hän loi vuonna 1670. Metsänkäytön ja merenkulun lainsäädäntöä hän loi vuonna 1669 sekä kauppalainsäädännön vuonna 1673.

Ajan myötä kuninkaan ympärille muodostui kaksi erillistä klaania, jotka kilpailivat toistensa kanssa lähes kaikessa. Colbertin klaani hallitsi lähes kaikkea mikä kosketti taloutta, ulkopolitiikkaa, merenkulkua ja kulttuuria, kun François Michel Louvoisin klaani piti hallussaan erityisesti Ranskan puolustuksen aluetta. Kuningas ottikin tämän vuoksi motokseen: "Hajota, jotta hallitset paremmin". Kuninkaalla oli kaksi kilpailevaa ryhmittymää käskettävänä, ja oli selvää että ne suorittivat tehokasta toistensa kontrollia. Tällä tavoin estettiin ministerien mahdolliset kuninkaaseen kohdistuvat vallankaappaussuunnitelmat.

Vuoteen 1671 Colbertin klaani oli johtavassa asemassa, mutta kun Hollannin vastaisen sodan valmistelut alkoivat ja Colbert suhtautui hyvin varauksellisesti sodan edellyttämään valtion menojen kasvuun, hän menetti suosiotaan kuninkaan silmissä.

Tämän lisäksi Colbertin (52 vuotta tuohon aikaan) ja kuninkaan (33 vuotta) ikäero aiheutti sen, että kuningas lähestyi ikätoveriaan Louvoisia, joka oli vain 30-vuotias ja jolla oli sama harrastus kuin kuninkaalla: sota. Vuoteen 1685 saakka Louvoisin klaani oli kuninkaan suhteen erittäin vaikutusvaltainen.

Ludvig XIV:n syntymän jälkeen Ranska oli ollut jatkuvasti sodassa Espanjaa vastaan erityisesti vastustaakseen Habsburgien valtaa Euroopassa. Ranska osallistui loppuvaiheessa kolmikymmenvuotiseen sotaan, joka päättyi Westfalenin rauhaan vuonna 1648.

Maan oli lisäksi selvitettävä sisäiset konfliktinsa, jotka liittyivät Condén johtamaan, pääasiallisesti Espanjan tukeman kapinaan.

Talous

Ludvig XIV:n talouspolitiikka oli hyvin yksinkertaista: kuningas kulutti sodassa kaiken sen rahan, jonka Colbert onnistui haalimaan valtion kirstuihin. Mazarinin aikana kiristyvä verotus oli alkuunpanijana lukuisille kansannousuille, vastaaville kuin oli ollut aateliston kapina Fronde ja kansan kapina Jacquerie: Solognen alueen maatyöläisten eli puukengänkäyttäjien kapina huhtikuusta elokuuhun 1658 ja Boulonnaisin kapina toukokuussa 1662 (tapahtumaa kutsutaan joskus Lustucrus-kapinaksi).

Mazarinin jälkeen Colbert jatkoi uusien taloudellisten keksintöjen tekoa. Hän kehitti merkantilismista oman version, jota kutsuttiin sittemmin colbertismiksi. Tämä talouspolitiikka voidaan selittää parilla sanalla: on lisättävä vientiä ja vähennettävä tuontia.

Hän perusti manufaktuureja, jotka saattoivat olla valtion omistuksessa, kuten Beuvais'n kutomo ja Cobelinsin manufaktuuri, tai yksityisessä omistuksessa kuten Saint-Cobainin manufaktuuri. Valuutan virtaamiseksi maahan Colbert suosi vientiä ja tuki sitä valtion kautta. Hänen politiikkaansa kuului myös tuonnin rajoittaminen ja voimakas protektionismi. Hän kehotti ja houkutteli Euroopan parhaita käsityöläisiä tulemaan töihin Ranskaan, jotta maa olisi voinut tarjota parhaan mahdollisen laatuluokan tuotteita, joita olisi laatunsa puolesta myös helppo myydä. Helpottaakseen kaupankäyntiä Colbert paransi Ranskan infrastruktuuria erityisesti uusia maanteitä rakentamalla. Poikansa Jan-Baptiste Colbertin eli Seignelayn markiisin avustuksella hän kehitti myös kauppalaivastoa viennin edistämiseksi ja kuninkaallista sotalaivastoa saattueiden matkanteon turvaamiseksi. Siirtomaiden lisääminen ja niin sanottujen kauppakomppanioiden kehittäminen kuuluivat myös Colbertin ohjelmaan. Vaikka innokkaan hallitsijan ja hänen ministerinsä kiinnostuksen kohteena olikin koko silloinen tunnettu maailma, perustettiin heidän aikanaan vain Ranskan Itä-Intian kauppakomppania, Ranskan Länsi-Intian (Amerikan) kauppakomppania, Välimeren ja Osmanien valtakunnan kauppakumppania sekä Senegalin (Afrikan) kauppakomppania, jonka osalle tuli orjien kolmikantakaupan organisointi.

Siirtomaaisännyyden kehitys

Vuonna 1654 Kanada kolonisoitiin sen runsaiden luonnonvarojen, erityisesti turkisten vuoksi. Alueita hallitsi Uuden-Ranskan kauppakomppania. Vuonna 1659 perustettiin kuningas Ludvig Pyhän mukaan nimetty kauppapaikka, joka sijaitsi Ndar-saarella Senegalin rannikolla. Vuonna 1673 Senegalin kauppakomppania sai oikeuden orjien välittämiseen Antillien saarille.

Vuonna 1665 Ludvig XIV perusti Itä-Intian kauppakomppanian, joka sijoitettiin Madagaskarin saarelle. Samana vuonna Colbert osti Guadeloupen Charfles Houel du Petit Préltä, Amerikan saarten kauppakomppanian johtajalta, sekä Martiniquen saaren Jecques Dryel Duparqueltä. Kaikki nämä alueet luovutettiin Intian kauppakomppanian hallintaan, joka koki konkurssin vuonna 1674. Tällöin alueet liitettiin uudelleen kuningaskuntaan. Vuonna 1677 amiraali Jean d'Estrées anasti kuninkaan määräyksestä Ranskan Guayanan hollantilaisilta. Lisäksi vuonna 1682 René La Salle perusti Mississippi-joen suulle ranskalaisen siirtokunnan, joka sai nimekseen Louisiane (Nouvelle-France) Ludvig XIV:n kunniaksi. Vuonna 1697 Ranskalle määrättiin Ryswickin rauhassa läntinen puoli Haitin saaresta, nykyinen Haitin tasavalta.

Kaikesta huolimatta Colbert oli kiinnostuneempi siirtomaista kuin Ludvig XIV. Kuninkaalla oli tarve saada tykinruokaa jatkaakseen sotia Euroopassa, ja vain hyvin pieni joukko asukkaista lähetettiin siirtomaihin: sitoutuneet ja nuoret orpotytöt – les filles du roi (kuninkaan tytöt) lähetettiin Kanadaan. Colbert näki siirtomaiden kehittämiseen laajat mahdollisuudet, mutta totesi Amerikan mantereen alueen intendentin kanssa käymässään kirjeenvaihdossa tiukasti, että siirtomaiden tehtävänä on palvella kuningaskuntaa eivätkä ne saa kehittyä kuningaskunnan teollisuuden kustannuksella. Kuitenkin hän perusti siirtomaiden luonnollisen kehityksen edistämiseksi sakkomaksun naimattomille 20 vuotta täyttäneille miehille ja 16 vuotta täyttäneille naimattomille naisille. Toisaalta hän aloitti lapsiperheiden tukemisen: yli kymmenlapsisille perheille jaettiin 300 livren erikoistuki.

Musta lainsäädäntö

Maaliskuussa 1685 Ludvig XIV sääti ns. "Mustan lainsäädännön", joka sallii orjien täydellisen hyväksikäytön siirtomaissa. Tämän lainsäädännön, joka vastustajien mielestä salli orjuuden institutionalisoinnin, oli tarkoitus rajoittaa kauppaa ja antaa orjille oma statuksensa, sillä tätä ennen he olivat vain omistajiensa irtaimistoa samalla tavoin kuin tuolit tai pöydät. Laissa taattiin orjille omistusoikeus, luonnollisesti hyvin rajoitettuna. He saivat oikeuden vanhuuseläkkeeseen, heitä oli kohdeltava hyvin ja heidän oli saatava kunnon ravintoa. Lainsäädännöllä siis säädeltiin mustien kohtelun kehykset.

Uskonsodat

Ranskassa käytiin 40 vuotta kestäneet veriset uskonsodat, nk. hugenottisodat (1562 – 1598) katolisten ja protestanttien (hugenottien) välillä. Sodat päättyivät hetkellisesti vuonna 1598 Henrik IV Navarralaisen julistamaan Nantesin ediktiin. Se takasi hugenoteille uskonvapauden ja he saivat oikeutensa jossain määrin turvatuksi.

Katolisen Ludvig XIII:n (27. syyskuuta 1601 – 14. toukokuuta 1643) aikana uskonsodat jatkuivat. Richelieu ja Ludvig XIV kumosivat ediktit ja aloittivat järjestelmälliset protestanttien vainot, jotka kärjistyivät vuonna 1685, jolloin noin 250 000 hugenottia joutui sorron ja vainojen takia muuttamaan pois Ranskasta muun muassa Alankomaihin, Sveitsiin, Saksaan ja Englantiin.

Uskonnolliset reformit

Ludvig XIV oli gallikanismin partisaani, tavoitteena oli paavin määräysvallasta itsenäinen ja yhdistynyt kristillinen Ranska. 13. joulukuuta 1660 kuningas teki parlamentille tiettäväksi, että hän oli päättänyt poistaa juurineen jansenismin, eräänlaisen jälkireformoidun katolisen uskonnon tulkinnan. Tämä ei kuitenkin estänyt häntä valitsemasta Simon Arnauld de Pompennea, tunnettua jansenistia, valtiosihteerikseen vuonna 1671 kun oli saatu aikaiseksi rauha kirkollisiin asioihin. Samasta syystä Ludvig XIV toimi myös protestantismia ja Pyhän Sakramentin veljeskuntaa vastaan.

Jos Ludvig XIV:llä oli hallituskautensa alkupuolella erimielisyyksiä paavin kanssa ja jopa sodan uhka vuonna 1662 paavi Aleksanteri VII:ttä vastaan, niin vuodesta 1684 lähtien aurinkokuningas oli huomattavasti enemmän uskonnollisesti suuntautunut.

Kuningatar Marie-Thérèse ja Colbert olivat molemmat kuolleet vuonna 1683, ja Madame de Maintenon oli tullut kuninkaan salaiseksi puolisoksi. Kerrotaan, että hän oli kiihkeä Nantesin julistuksen puolustaja, mutta nykyinen tutkimus ei voi vahvistaa moista näkemystä.

Ludvig rakentajana

Kuningas Ludvig XIV:n ajatuksissa kuningaskunnan suuruutta mitattiin sen rakentamisen mahtavuudella. Sen lisäksi, että hän laajennutti vähitellen koko hallituskautensa ajan mahtavaa Versaillesin palatsia, hän rakensi myös Marlyn palatsin, johon hän saattoi kutsua kaikkein intiimeimpiä vieraitaan. Kaikissa palatseissaan, kuten hallituskautensa alkuajan Saint Germainissa, hän toteutti André Le Nôtren suunnittelemat puutarhat.

Pariisissa hän rakennutti Seinen ylitse vievän Pont Royal Kuninkaallisen sillan. Se rahoitettiin kuninkaan henkilökohtaisista varoista, jotka oli tosin kansalta veroina kerätty.

Muita olennaisesti Pariisin kaupunkikuvaan liittyviä rakennuskohteita olivat Champs-Élysées-katu, Hôtel des Invalides eli sotainvalidien ja eläkeläisten kotikasarmi sekä Vendôme- ja Victoires-aukiot. Kiinnostuksensa tieteisiin hän ilmaisi rakennuttamalla Pariisin observatorion. Nämä kaikki ovat edelleenkin osa Pariisin kaupunkikuvaa.

Ludvig XIV uudisti perusteellisesti kaupunkirakenteita muun muassa Lillessä, Besançonissa, Belfortissa ja Briançonissa; hän näet antoi kaupunkien linnoitusten luomisen Vaubanin tehtäväksi. Eräitä kaupunkeja kuten Versailles ja Neuf-Brisach hän joko perusti tai kehitti suurimittaisesti. Parantaakseen kuninkaallista laivastoa Ludvig XIV kehitti sekä Brestin että Toulonin satamia ja arsenaaleja. Hän perusti Rochefortin sotasataman Atlantin rannalle, mutta kehitti myös Lorientin ja Sèten kauppasatamia sekä perusti vapaasataman ja kaleerilaivaston Marseilleen.

Ludvig XIV töitä eri puolilla Ranskaa ovat myös: vuonna 1680 aloittaneen Comédie-Françaisen luominen, sekä vuonna 1681 tapahtunut Midin kanavan avaaminen liikenteelle. Tämä kanava yhdistää Atlantin ja Välimeren ja kulkee Toulousen kautta.

Marraskuussa vuonna 1682 kuningas laski Lycée Louis-le-Grand -collègen peruskiven Pariisissa; oppilaitoksesta tuli nopeasti hyvin suosittu ja samalla myös arvostettu. Vuonna 1702 hän jakoi Pariisin 20 kortteliin eli arrondissementiin ja perusti kaupunkiin julkisen katuvalaistuksen sekä poliisivoimat, jonka tehtävänä oli päivystää pääkaupungin kaduilla.

Ludvig XIV ja naiset

Ludvig XIV:llä oli lukuisia rakastajattaria, joiden joukosta on mainittava muun muassa seuraavat:

Anne de Rohan-Chabot, Soubisen prinsessa (1648 – 4. helmikuuta 1709).

Catherine-Charlotte de Gramont, Monacon prinsessa (1639 – 4. kesäkuuta 1678).

Françoise - Louise de la Baume le Blanc, Demoiselle de La Vallière, Vaujoursin herttuatar

(6. elokuuta 1644 – 7. kesäkuuta 1710).

Françoise - Athénaïs de Rochechouart de Mortemart, Montespanin markiisitar

(5. lokakuuta 1640 – 27. toukokuuta 1707).

Marie-Élisabeth "Isabelle" de Ludres (1647 – 28. tammikuuta 1726).

Claude de Vin des Œillets (1637 – 18. toukokuuta 1687).

Françoise d'Aubigné, Maintenonin markiisitar (27. marraskuuta 1635 – 15. huhtikuuta 1719), jonka kanssa hän avioitui salaisesti vaimonsa kuoleman jälkeen, ilmeisesti syksyllä 1683.

Marie Angélique de Scoraille de Roussille, Fontangesin herttuatar (27. heinäkuuta 1661 – 28. kesäkuuta 1681).

Järkiavioliitto

Espanjalaiset hyväksyivät 7. marraskuuta 1659 Pyreneiden rauhansopimuksen allekirjoittamisen. Sopimuksella määrättiin tarkoin Ranskan ja Espanjan välinen raja Pyreneillä.

Ludvig XIV hyväksyi, ehkä vastentahtoisesti, sopimuksen pykälien noudattamisen, jopa sen, että hänen odotettiin avioituvan Marie-Thérèse d'Autrichen (10. syyskuuta 1638 – 30. heniäkuuta 1683) kanssa. Marie-Thérèse oli Espanjan kuninkaan Filip IV:n ja Ranskan prinsessan Elisabetin tytär.

Avioliitto solmittiin Baskimaalla, Saint-Jean-de-Luzin kaupungissa 9. kesäkuuta 1660. Ludvig XIV oli tutustunut tulevaan aviopuolisoonsa vain kolme päivää aiemmin. Tämä ei osannut lainkaan ranskaa, mutta juorut kertovat, että Ludvig täytti miehiset velvollisuutensa kiihkeästi, todistajien läsnä ollessa.

Kysymys perimyksestä

Vallanperimysongelmat ja samalla myös Ludvig XIV:n terveys tulivat ajankohtaisiksi hallituskauden lopulla. Vuonna 1711 hänen poikansa Ludvig suurherttua kuoli isorokkoon 49 vuoden ikäisenä. Seuraavana vuonna Ludvig XIV:n pojanpoika, Burgundin herttua Louis (6. elokuuta 1682 – 18. helmikuuta 1712), josta oli isänsä kuoleman jälkeen tullut herttua ja hänen toinen poikansa kuolivat tuhkarokkoon. Burgundin herttua oli jo aiemmin menettänyt vanhimman poikansa vuonna 1705. Hänelle ei jäänyt kuin yksi poika, tuleva Ludvig XV.

Viimeiset vaiheet

Ludvig XIV kuoli 1. syyskuuta 1715 76-vuotiaana jalassaan olevan kuolion aiheuttamaan verenmyrkytykseen hännystelijöidensä ympäröimänä sairastettuaan kahden tai kolmen päivän ajan. Hän olisi täyttänyt neljän päivän kuluttua 77. Hänen sanotaan julistaneen kuolinvuoteellaan: "Minä lähden, mutta valtio säilyy aina". Ludvig XIV:n hallituskausi oli kestänyt 72 vuotta ja sata päivää. Hänet haudattiin kaikin mahdollisin kirkollisin sakramentein, jotka ovat "kaikkein kristillisimmälle kuninkaalle" omistettuja, ja hänen hautansa sijaitsi Saint-Denisin luostarin basilikassa.

Ranskan vallankumouksen aikana kapinalliset ryöstivät Ludvig XIV:n haudan ja kuninkaan jäänteet hävisivät. Eräällä illallisella Britanniassa isäntä esitteli vierailleen harvinaisen arvoesineen: Ranskan aurinkokuninkaan Ludvig XIV:n balsamoidun sydämen, jonka hän kertoi ostaneensa vallankumouksellisilta. Vieraiden joukossa oli myös erikoisista ruokailutottumuksistaan tunnettu pappi ja pedagogi William Buckland. Hän saattoi tarjota omille vierailleen esimerkiksi peltohiirtä, krokotiilia, pingviiniä tai vaikka koiranpentua. Nähdessään Ludvigin sydämen hän totesi: "Olen syönyt elämäni aikana monia outoja asioita, mutta en koskaan kuninkaan sydäntä." Sitten hän nappasi elimen haarukkaansa ja söi sen.

Jälkeläiset

Ludvig XIV:llä oli lukuisia sekä aviollisia että avioliiton ulkopuolisia jälkeläisiä. Puolisonsa Itävallan Maria-Teresan kanssa kuninkaalla oli viisi lasta, kaksi poikaa ja kolme tytärtä, joista vain yksi eli lapsuutta pidemmälle:

Louis de France (1. marraskuuta 1661 - 14. huhtikuuta 1711) suurherttua

Marie-Thérèse de France (2. tammikuuta 1667 – 1. maaliskuuta 1672)

Anne-Élisabeth de France (18. marraskuuta 1662 – 30. joulukuuta 1662)

Louis de Bourbon (2. lokakuuta 1667 – 18. marraskuuta 1683)

Louis-François de France (14. kesäkuuta 1672 – 4. marraskuuta 1672)

Marie-Anne de France (16. marraskuuta 1664 – 26. joulukuuta 1664)

Heistä vain Louis eli suurherttua saavutti aikuisiän ja hänellä puolestaan oli lapsia:

Louis (6. elokuuta 1682 – 19. helmikuuta 1712), Burgundin herttua.

Philippe Charles de France (19. joulukuuta 1683 – 9. heinäkuuta 1746), Espanjan kuningas.

Charles de La Baume Le Blanc (31. heinäkuuta 1686 – 5. toukokuuta 1714), Berryn herttua.

Rakastajattariensa kanssa Ludvig XIV sai 16 tai 17 lasta, joista kahdeksan sai virallisen lapsen aseman:

Liitosta Mlle de La Vallièren kanssa syntyi kuusi lasta, joista kaksi saavutti aikuisiän ja heidät virallistettiin:

Marie Anne de Bourbon, jota kutsuttiin "Ensimmäiseksi Bloisin Mademoiselleksi" (2. lokakuuta 1666 – 3. toukokuuta 1739), laillistettu (13. huhtikuuta 1667), avioitui (16. tammikuuta 1680) Louis Armand I:nen Bourbon-Contin kanssa.

Louis de Bourbon, Vermandois'n kreivi (3. lokakuuta 1667 – 18. marraskuuta 1683), laillistettu (helmikuussa 1669).

Françoise Athénaïs de Rochechouart de Mortemartin, Montespanin markiisittaren kanssa kuninkaalla oli kahdeksan lasta, joista kuusi laillistettiin ja neljä eli aikuisikään saakka:

Louis Auguste de Bourbon, Mainen herttua (31. maaliskuuta 1670 – 14. toukokuuta 1736), laillistettu (20. joulukuuta 1673), ja hän avioitui 19. maaliskuuta 1692 Anne-Louise Bénédicte de Bourbon-Condén kanssa. Tästä avioliitosta syntyi seitsemän lasta, jotka kaikki kuolivat jättämättä jälkeläisiä.

Louise Françoise de Bourbon, jota kutsuttiin nimellä "Mademoiselle de Nantes" (1. kesäkuuta 1673 – 16. kesäkuuta 1743), laillistettu (20. joulukuuta 1673), hän avioitui 24. heinäkuuta 1685 Louis III de Bourbon-Condé, Bourbonin herttuan ja kuudennen Condén ruhtinaan kanssa. Tästä avioliitosta syntyi yhdeksän lasta.

Françoise-Marie de Bourbon, jota kutsuttiin nimellä "Toinen Blois'n Mademoiselle" (4. toukokuuta 1677 – 1. helmikuuta 1749), laillistettu (marraskuussa 1681), hän avioitui (18. helmikuuta 1692) Orléansin herttuan Philippen, tulevan sijaishallitsijan, kanssa.

Louis-Alexandre de Bourbon, Toulousen kreivi (6. kesäkuuta 1678 – 1. joulukuuta 1737), laillistettu (marraskuussa 1681), hän avioitui 22. helmikuuta 1723 Marie Victoire de Noaillesin kanssa ja tästä avioliitosta syntyi yksi poika.

Ludvig XVI

Ludvig XVI (23. elokuuta 1754 Versailles – 21. tammikuuta 1793 Pariisi) oli Ranskan ja Navarran kuningas (1774 – 1789) ja ranskalaisten kuningas (1789 – 1792). Ludvig Augustus oli Ranskan kruununperillisen, herttua Ludvigin (1729 – 1765) poika.

Lapsuus

Louis, Ranskan herttua (4. syyskuuta 1729 Palace of Versailles Versaillesin palatsi, Ranska - 20. joulukuuta 1765 Château de Fontainebleau Fontainebleaun linnassa). Hän oli ainoa hengissä selvinnyt ranskan kuninkaan Ludvig XVI: n ja hänen vaimonsa kuningatar Marie Leszczyńskin jälkeläinen.

Hänen äitinsä, herttuan toinen puoliso, oli Marie Josèphe Caroline Éléonore Françoise Xavière de Saxe (4. marraskuuta 1731 – 13. maaliskuuta 1767), jonka isä oli Saksin vaaliruhtinas Friedrich August II (17. lokakuuta 1733 – 5. lokakuuta 1763), Puolan kuninkaana nimellä Augustus III (1734 – 1763), sekä äiti Maria-Josepha von Habsburg (8. joulukuuta 1699 – 17. marraskuuta 1757).

Yksinkertainen?

Ludvig XVI on pitkään esitetty yksinkertaisena ja neuvonantajiensa manipuloimana hallitsijana. Käsitys pienestä ja onnettomasta lukkoseppämarionetista on kuitenkin paljolti seurausta Ludvig XVI:n asenteesta hovin toimintaan ja tekoihin.

Todellisuudessa Ludvig XVI oli ehkä edellä omaa aikaansa, sillä hän oli tiedonhaluinen ja opinhaluinen sekä intohimoisesti kiinnostunut merenkulusta, historiasta ja tieteistä. Toinen kulunut sanonta mainitsee hänet "pienenä kuninkaana", vaikka hän tosiasiassa oli yli 190-senttinen.

Ludvig XIV:n hallinnon aikana aatelisto oli kotiutettu osaksi hovin elämää. Periaatteet ja etiketit hallitsivat hovin elämänmenoa, ja kuningasparista tehtiin hovielämän tiukkojen seremonioiden keskipiste. Tämä Ludvig XIV:n rakennelma oli luotu aristokratian ollessa kriisissä, sillä Fronde-kapina oli järkyttänyt perusteellisesti nuorta kuningasta. Ludvig XVI peri järjestelmän, ja juuri hovielämän ansiosta aatelisto koki roolinsa ja osallistumisensa kansakunnan elämään hyväksytyksi. Aristokratia palveli kuningasta ja auttoi siten kruunua, vaikka enemmistöllä aristokratiasta ei ollut varallisuutta elää hovissa. Aikakauden kirjoittajat osoittavat kuitenkin maakuntien aateliston olleen hyvin läheisessä suhteessa hovin rooliin. Tämä hoviaatelisto, joka muodosti hovin kapean eliitin, edusti kuitenkin koko säätyä.

Ludvig XVI ei oppinut koskaan ymmärtämään tätä yhteiskunnallista logiikkaa. Kyse ei ollut kuninkaan kasvatuksen puutteista, sillä olihan hän ensimmäinen ranskalainen monarkki, joka puhui sujuvasti englantia ja oli saanut kasvatuksensa valistusfilosofien hengessä. Kuva yksinkertaisesta monarkista on kuitenkin periytynyt aina meidän aikoihimme saakka. Tämä liitettiin useinkin yhteen valistuksen filosofien, kuten Preussin Fredrik II:n kanssa ja kovin Ludvig XVI:n epäedullisessa valossa.

Kieltäytyminen osallistumasta hovietiketin monimutkaiseen leikkiin selittää kuninkaan erinomaisen huonon maineen aateliston piirissä. Kun kuningas poisti hovietiketin seremoniat, hän tavallaan poisti aateliston mielestä jopa ainoan yhteiskunnallisen olemassaolon oikeutuksensa. Näin toimien Ludvig XVI halusi myös suojella itseään.

Jos alun perin oli tarkoituksena ollut hovin mahdollisuus kontrolloida tiukan etiketin ja yhdessä asumisen avulla aristokratiaa, niin tilanne oli muuttunut. Nyt kuningas tunsi olevansa tämän kuninkaiden rakentaman järjestelmän vanki. Jotta kuninkaalla olisi ollut mahdollisuus kontrolloida tapahtumia, hänellä olisi pitänyt olla aktiivinen rooli oman itsensä ympärillä pyörivän hovin etikettiin, mutta Ludvig XVI:lla ei juuri ollut halua tämän tarpeellisen asian toteuttamiseen. Ludvig XIV ja Ludvig XV sallivat itselleen joinakin hetkinä tällaisia vapauksia.

Eritoten näin tapahtui metsästysretkien jälkeen, jolloin kuningas kutsui pöytäänsä haluamiaan henkilöitä ohi tiukan hoviprotokollan. Näin he loivat itselleen vapaan alueen, jonka herroina he saattoivat toimia.

Ludvig XVI toimi huonosti tämän hovinsa hallinnassa eikä ollut kiinnostunut jo Ludvig XIV:n ajoista lähtien hyvin toimineesta järjestelmästä. Tämä aiheutti lukemattomia pilakirjoituksia, joissa hänen henkilöään pilkattiin. Kirjoituksissa ja pamfleteissa ei ainoastaan tehty hänestä yksinkertaista kuningasta, jota hän eittämättä oli, vaan jopa heikkolahjainen ja vähä-älyinen.

Kuningas itse oli hyvin kiinnostunut merenkulusta, maantieteestä ja lukkosepän työstä. Hän valtuutti La Pérousen tekemään maailmanympärysmatkan ja kartoittamaan matkansa. Luonnollisesti häntä kiinnosti ennättää tekemään tuo suuri urakka ennen brittejä.

Politiikka

Hallituskauden alusta asti Ludvig XVI:n hallinto oli vakavissa taloudellisissa vaikeuksissa. Turgot'n ja Malesherdesn radikaalit uudistukset herättivät suurta tyytymättömyyttä aristokratiassa sekä sen johtamassa Pariisin parlamentissa.

Turgot

Anne Robert Jacques Turgot, baron de l'Aulne, tunnetaan myös pelkästään nimellä Turgot (10. toukokuuta 1727 - 18. maaliskuuta 1781), oli ranskalainen taloustieteilijä ja valtiomies. Nykyisin hänet muistetaan taloudellisen liberalismin varhaisena toteuttajana.

Turgotin kuuluisin teos on Réflexions sur la formation et la distribution des richesses (Ajatuksia koulutuksesta ja rikkauksien jakaminen). Turgot toimi Ranskan raha-asian ministerinä vuosina 1774 – 1776. Hänen ajatuksensa innoittivat seuraavan sukupolven liberalisteja, kuten Montesquieuta, Benjamin Franklinia ja Adam Smithia. Hänellä oli selkeä visio liberalismin vaikutuksista.

Niinpä hän ennusti Yhdysvaltojen itsenäistymisen jo neljännesvuosisataa ennen sen toteutumista. Itsenäistymisen toteuduttua Turgot varoitti, että Yhdysvaltoja uhkaa sisällissota, mikäli se ei pysty ratkaiseman orjuuskysymystä.

Turgot erotettiin ja Malesherbes tuli erotetuksi ja hänet korvattiin Jacques Neckerillä vuonna 1776. Ludvig XVI tuki Yhdysvaltojen vallankumousta vuonna 1778, mutta Pariisin rauhassa 1783 hän saavutti hyvin vähäisiä tuloksia, paitsi lisäämällä valtakunnan valtionvelkaa. Necker erotettiin vuonna 1781 ja korvattiin Charles Alexandre de Calonnella sekä Étienne Charles de Loménie de Briennellä, kunnes hän palasi vuonna 1788.

Vuonna 1789 Ludvig XVI määräsi pidettäväksi säätyvaltiopäivien vaalit, jotka olivat ensimmäiset sitten vuoden 1614 pidettyjen vaalien. Säätyjen tarkoituksena oli paneutua valtakunnan talousongelmiin. Nämä vaalit olivat yksi niistä tapahtumista, jotka muodostivat eräänlaisen askeleen kohden Ranskan suurta vallankumousta, jonka katsotaan alkaneen kesäkuussa 1789. Kolmas sääty eli porvaristo julistautui itse Kansalliskokoukseksi.

Ludvig XVI yritti kontrolloida vaalien tulosta ja seurauksena oli ns. pallohuoneen vala 20. kesäkuuta 1789 sekä hieman myöhemmin 9. heinäkuuta säädyn julistautuminen Kansalliseksi perustuslakia säätäväksi kokoukseksi. Seurauksena oli myös Bastilleen linnoitus-vankilan valloittaminen 14. heinäkuuta 1789. Lokakuussa kuningas ja hänen perheensä pakotettiin muuttamaan Versaillesin palatsista Pariisissa sijaitsevaan Tuileriesin palatsiin.

Ludvig XVI itse oli hyvin suosiollinen ja ei mitenkään välinpitämätön henkilö sosiaalisten, poliittisten ja taloudellisten reformien vallankumoukselle. Uusin tutkimus on todennut, että Ludvig kärsi masennuksesta, joka esti häntä usein osallistumasta tärkeiden päätösten tekemiseen, ja tällöin hänen vaimonsa, epäsuosittu kuningatar Marie-Antoinette kantoi vastuun päätöksistä ja toimi kruunun puolesta. Vallankumouksen periaatteet kansan suvereniteetista sekä ajatukset demokraattisista periaatteista merkitsivät selkeää katkosta itsevaltaisen hallinnon periaatteisiin.

Tämän seurauksena vallankumous oli vastakohtainen kaikelle aiemmalla hallinnolla, josta käytetään ranskankielistä nimitystä Ancien Régime. Se oli vastakohtainen aiemman eliitin hallitsemalle Ranskalle, ja samalla se on lähes kaikkia Euroopan valtioiden hallitsevia eliittejä vastaan.

Ludvig XVI ei ollut missään niin voimakkaasti vastentahtoinen tapahtumille kuin olivat hänen hyvin konservatiiviset veljensä Artoisen kreivi ja Provencen kreivi, ja hän lähetti useita yksityisiä ja julkisia viestejä, joissa hän pyysi näitä lopettamaan suunnitelmansa vastavallankumoukseksi. Hän ei kuitenkaan ollut jäsenenä uudessa hallituksessa.

Keskusteltuaan lainvalmistuksesta ja siinä tarvittavista toiminnoista Assemblée nationale (Kansalliskokous) sääti 10. lokakuuta 1789, että kuningas olisi vastedes: Louis, par la grâce de Dieu & la loi constitutionelle de l'État, Rois des Français à tous présents et à venir, salut "Ludvig, Jumalan armosta & valtakunnan perustuslain mukaan, Ranskalaisten kuningas, olevien ja tulevien, Tervehdys". Useille tutkijoille tämä päivämäärä merkitsee arvonimen Ranskalaisten kuningas käyttöönottoa. Mikään ei siis ollut epätavallista, että 6. marraskuuta 1789 lähtien Ludvig XVI käytti tätä pitkää titteliään esimerkiksi vahvistaessaan lakeja ja antaessaan lakiesityksiä. Samoin uusi, helmikuussa 1790 käyttöön otettu kuninkaallinen sinetti sisälsi tuon pitkän tekstin.

Perustuslaillinen monarkia

Joidenkin tutkijoiden näkemyksen mukaan Ludvig XVI ei ollut määritelty ranskalaisten kuninkaaksi kuin 3. syyskuuta 1791 säädetyn perustuslain mukaan. Tämän perustuslain kuningas "hyväksyi" allekirjoituksellaan 13. syyskuuta 1791. Lain mukaan kuninkaan valtaoikeudet olivat rajoitetut tarkoin määritellyt.

Ludvig XVI ei ollut enää kuningas Jumalan armosta, vaan juuri ranskalaisten kuningas. Hän ei ollut hallitsija Jumalaisen oikeuden perusteella, vaan hän oli eräänlainen johtaja, joka oli Ranskan kansan ensimmäinen edustaja, Toisaalta perustuslaki määritteli myös arvonimen herttuatar muutettavaksi muotoon kuninkaallinen prinssi. Tämä muutos tehtiin 14. elokuuta 1791. Ludvig XVI vannoi uskollisuutta hänen valtaansa vähentäneelle perustuslaille 14. syyskuuta 1791.

Kuninkaan pako

Kuninkaan pako ja pidätys Varennesin kaupungissa on kuuluisa tapahtuma. Kuningatar laati pakosuunnitelman jo vuonna 1790. Pakomatkan keskeisenä suunnittelijana väitetään toimineen ruotsalaisen kreivin Hans Axel von Fersenin. Pakosuunnitelman toteuttaminen tuli ajankohtaiseksi huhtikuussa 1791. Kuningasta kiellettiin asetuksella poistumasta pääkaupungista, ja se koski myös kuninkaan mahdollista matkaa Versaillesiin.

Lisäksi oli koko vallankumouksen jälkeisen ajan ollut puhetta kuninkaan mahdollisesta pakenemista hänelle uskollisten armeijan yksiköiden turvaan johonkin valtakunnan hyvin turvalliseen linnoitukseen.

Kesäkuussa mielenosoittajat estivät kuningasta osallistumasta erään vastavallankumouksellisen papin pitämään messuun Saint-Cloudessa. Näin syntyi lopullinen päätös paosta pois Pariisista. Pakomatkalle kuningas lähti vaimonsa Marie-Antoinetten, sisarensa ja kahden lapsensa, Marie-Thèrèsen ja Louis-Charlesin kanssa. Pakomatka päättyi onnettomasti, ja kuninkaallinen saattue pidätettiin Varennesin kylässä 21. kesäkuuta 1791, vaikka matkassa oli 60 husaarin saattue. Julistus, jonka Ludvig XVI oli jättänyt Pariisiin kaupungista poistuessaan, syytti jakobiineja. Tämä dokumentti ei herättänyt vallankumouksellisissa kovin lämpimiä tunteita. Pilapiirtäjät saivat kuitenkin nauttia tapahtumista sydämen kyllyydestä.

Varennesin jälkeen

Kuninkaan lähtö synnytti kansanliikkeen. Fransiskaanit kirjoittivat useita kuninkaan vastaisia valituskirjeitä, ja heidän toimintaansa, tukivat useat sanomalehdet, kuten Le Répulicain (Tasavaltalainen). Myös jakobiinit päättivät seurata fransiskaanien esimerkkiä, mutta tämä seikka aiheutti voimakasta rakoilua heidän riveissään. Nämä maltilliset perustuslailliset perustivat oman klubinsa, joka kokoontui vanhassa sisterssiläisluostarissa. Luostarin kuuluminen Feuillantien alaorganisaatiolle antoi klubille nimeksi Feuillantistit. Näissä olosuhteissa aiemmin mainittu perustuslaki julistettiin hyväksytyksi 13. syyskuuta 1791.

Hyvin monimutkainen poliittinen peli, jota Ranskassa pelattiin vuoden 1792 aikana, johti kuninkaan oikeuksien menettämiseen. Ranskaa koettelivat useat vahvat jännitystilanteet. Maaseudulla sato oli ollut hyvä, mutta kansalliskokouksen harjoittama liberaali talouspolitiikka aiheutti huolta elintarvikkeiden riittävyydestä ja aiheutti useita mellakoita. Näin tapahtui, vaikka Ranskan elintarvikevarastot olivat erittäin ylijäämäiset. Tämän lisäksi maassa oli sosiaalisia jännitteitä. Sota oli ollut keskeinen syy monarkian suuriin vaikeuksiin. Ranskan armeijan kokemat tappiot aiheuttivat yhä radikaalimpia asetuksia, joita kuningas säännöllisesti vastusti veto-oikeuttaan käyttämällä. Seurauksena oli kiistoja kansalliskokouksessa, ja lopulta ne johtivat kuninkaan tehtävän lakkauttamiseen.

Kansalliskokous lakkautti Ludvig XVI:n tehtävät 10. elokuuta 1792.

Monarkia lakkautettiin ja kuningas pantiin viralta. Tämä oli kansalliskonventin ensimmäisen istunnon aihe, josta se sääti lain 21. syyskuuta 1792. "Kuninkuus poistettiin Ranskasta", ja samasta päivästä lähtien alkoi "Ranskan Tasavallan vuosi I".

Kuningas julistettiin syylliseksi "salaliittoon yleistä vapautta ja valtion yleistä turvallisuutta vastaan". Julistajana oli konventti, joka oli itse itseään täydentävä tuomioistuin. Pienellä enemmistöllä konventti julisti kuolemantuomion kuninkaalle Tuileries-linnan maneesissa, yleisistunnossa, joka kesti keskiviikosta 16. tammikuuta torstaihin 17. tammikuuta 1793 välisen ajan. Äänestys toteutettiin 18. tammikuuta. On esitetty näkemyksiä, että äänestystulosta olisi manipuloitu ja että todellisuudessa ei-äänet olisivat voittaneet. Tästä ei kuitenkaan ole mitään todisteita. On myös esitetty väite, että kuningasta olisi kutsuttu prosessin aikana nimellä "Ludvig Viimeinen".

Teloitus

Kuningas Ludvig XVI:n teloitus tapahtui 21. tammikuuta 1793, kun Antoine Joseph Santerre, Dominique Joseph Garat ja Pierre Henri Lebrun saapuivat kuninkaan vankilana käytettyyn Tour du Templeen, jossa he ilmoittivat Ludvig XVI:lle tämän kuolemantuomion, jonka oli julistanut kansalliskonventti.

Ludvig XVI teloitettiin 21. tammikuuta 1793 Pariisissa Vallankumouksen aukiolle pystytetyllä giljotiinilla. Aukio nimettiin sittemmin Ludvig XIV-aukioksi, ja se on nykyisin nimeltään Concorde - aukio. Giljotiinin terä suhahti kello 10.22, ja todistajina oli viisi ministeriä väliaikaisesta toimeenpanevasta neuvostosta ja muutamia muita merkkihenkilöistä. Heidät oli kutsunut tilaisuuteen meriministeri, jonka toimistosta he katselivat toimitusta.

Kuningas haudattiin Madeleinen hautausmaalle Rue d'Anjou Sainte-Hinorén varrelle. Tammikuussa 1815 hänen ja kuningattaren maalliset jäännökset siirrettiin Ranskan kuninkaiden perinteiseen hautapaikkaan Saint-Denisen basilikaan, jossa suoritettiin uusi hautaus 21. tammikuuta 1815. Kuningas Kaarle X laski ensimmäisen peruskiven Ludvig XVI:n tulevalle monumentille, joka ei kuitenkaan koskaan valmistunut. Vuodesta 1836 lähtien perustus on ollut Luxorin obeliskin jalustana.

Marie-Antoinette

Marie-Antoinette Josèphe Johana de Habsbourg-Lorraine Maria Antonia Josepha Johanna von Habsburg-Lothringen, (2. marraskuuta 1755 - 16. lokakuuta 1793) oli Unkarin ja Böömin prinsessa, Itävallan arkkiherttuatar, Ranskan herttuatar ja lopulta kuningatar.

Hän oli Itävallan kuningattaren Maria Teresian tytär ja keisari Joosef II:n sisar. Hän oli myös Ranskan kuninkaan Ludvig XVI:n puoliso ja Ludvig XVII:n äiti.

Politiikkansa, käytöksensä ja syntyperänsä vuoksi Marie Antoinette oli vihan kohteena Ranskan vallankumouksen aikana, ja hänet mestattiin lokakuussa 1793.

Nuoruus

Marie-Antoinette oli viidestoista ja toiseksi nuorin keisari Frans I Stefanin ja keisarinna, arkkiherttuatar Maria Teresian lapsista ja tyttäristä nuorin.

Frans Stefan I Frans I, (8. joulukuuta 1708 - 18. elokuuta 1765) oli Pyhä Rooman keisari ja Toscanan suurherttua. Hänet tunnettiin myös ennen keisariuttaan nimellä Franz III Stefan, Lothringenin herttua.

12. helmikuuta 1736 Frans ja Habsburg-suvun Maria Teresia menivät naimisiin.

Kun Maria Teresian isä keisari Kaarle VI vuonna 1740 kuoli ilman miesjälkeläisiä, syttyi kahdeksan vuotta kestänyt Itävallan perimyssota. Vuonna 1745 Fransista tuli keisari vaimonsa asettamana – Maria Teresia pysyi kuitenkin miehensä rinnalla tosiasiallisena Itävallan hallitsijana. Yhdessä pariskunta sai 16 lasta, jotka jatkoivat Habsburgien sukua.

Maria Theresia Arkkiherttuatar Maria Teresia, (13. toukokuuta 1717 - 29. marraskuuta 1780) oli Pyhän saksalais-roomalaisen keisarikunnan keisarinna vuosina 1745 – 1780 sekä Itävallan, Unkarin ja Böömin hallitsija vuosina 1740 – 1780.

Maria Teresia oli keisari Kaarle VI:n ja Elisabeth Christina von Braunschweig-Wolfenbüttelin vanhin tytär. Keisarilla ei ollut miespuolisia perillisiä ja turvatakseen Habsburgien vallanperimyksen hän määräsi vuoden 1713 pragmaattisella sanktiolla Habsburgien perintömaiden jakamattomuudesta ja mahdollisuudesta naispuoliseen vallanperijään. Sanktiosta huolimatta kiista Maria Teresian vallanperimyksestä johti Itävallan perimyssotaan Kaarle VI:n kuoltua vuonna 1740. Keisari Kaarle VII:n kuoltua 1745 Maria Teresia sai miehensä Frans I:n kruunatuksi Pyhän saksalais-roomalaisen keisarikunnan keisariksi.

Maria Teresia alkoi nimittää itseään "Rooman keisarinnaksi" vaikkei häntä koskaan sellaiseksi kruunattu.

Maria Teresian aloitteesta tapahtuneet talous- ja koulutusuudistukset, kaupankäynnin ja maatalouden edistäminen sekä armeijan uudelleenorganisointi vahvistivat Itävallan asemaa. Wienin pörssi perustettiin hänen aikakaudellaan vuonna 1771. Jatkuva konflikti Preussin kanssa johti seitsenvuotiseen sotaan ja lopulta Baijerin perimyssotaan.

Kun Maria Teresian aviomies, keisari Frans I kuoli vuonna 1765, peri heidän poikansa Joosef II keisarin aseman, mutta Maria Teresia jatkoi poikansa kanssahallitsijana aina kuolemaansa saakka. Hän arvosteli monia poikansa toimia mutta suostui Puolan ensimmäiseen jakoon vuonna 1772. Maria Teresia oli 1700-luvun Euroopan voimapolitiikan avainhahmoja ja yksi Habsburgien monarkian etevimmistä hallitsijoista. Hän sai kaikkiaan 16 lasta, joihin lukeutuvat Marie Antoinette ja keisari Leopold II.

Hän syntyi 2. marraskuuta 1755 Hofburgin linnassa Wienissä ja sai kasteessa nimen Maria Antonia Josepha Johanna. Nimenmuutos tuli ajankohtaiseksi vasta avioliiton myötä. Nuori arkkiherttuatar sai puutteellisen kasvatuksen, ja osoitti kiinnostusta vain tanssia ja musiikkia kohtaan. Vielä kymmenvuotiaana hänen lukutaitonsa oli heikko, eikä hän siksi juuri harrastanut lukemista.

Hän oppi latinan alkeet, ei saanut minkäänlaista opetusta valtiollisissa asioissa ja puhui erittäin huonosti ranskaa, koska hän piti saksaa tärkeämpänä kielenä.

Aikakauden hallitsijoiden tavoin keisarinna Maria Teresia pani lastensa avioliitot palvelemaan poliittisia tarkoitusperiään. Niinpä Marie Antoinetten vanhemmat sisarukset olivat avioituneet poliittisin perustein: Maria Christine avioitui Alankomaiden sijaishallitsijan Albert von Sachsen-Teschenin kanssa, Maria Amalia Parman herttuan Ferdinandin kanssa ja Maria Karolina Napolin kuninkaan Ferdinand I:n kanssa.

Vuonna 1768 Marie Antoinette päätettiin naittaa Ranskan kuninkaan Ludvig XV:n lapsenlapselle ja kruununperilliselle Ludvig XVI:lle Ranskan ja Itävallan välisen liiton vahvistamiseksi. Hänelle palkattiin ranskankielen opettajia ja Itävallan hovin väljempi etiketti sai väistyä Versaillesiin sopivien käytöstapojen tieltä.

Ranskalainen tanssimestari Jean-Georges Noverre opetti Marie Antoinettelle Versaillesissa tanssittavia menuetteja sekä hovielämän edellyttämiä niiauksia.

Tuleva kuningatar lähetettiin Wienistä huhtikuussa 1770 neljäntoista ikäisenä. Toukokuun alussa hänet luovutettiin Ranskan rajalla. Hän astui sisään Reinin rannalle rakennettuun luovutustaloon "itävaltalaiselta" puolelta ja tuli ulos "ranskalaiselta" puolelta.

Avioliitto

Marie-Antoinette luopui 17. huhtikuuta 1770 virallisesti kaikista oikeuksistaan Itävallan keisarilliseen kruunuun. Kuukauden kuluttua, 16. toukokuuta, hänet vihittiin Versaillesissa Ranskan herttuattaren eli kruununperillisen kanssa. Tapahtuma herätti laajaa huomiota ympäri Eurooppaa loistokkaiden puitteidensa ja kuningasparin nuoruuden tähden.

Hääjuhlallisuuksien lopussa Pariisissa järjestetty ilotulitus aiheutti katastrofin. Ensimmäiset raketit lensivät väärään suuntaan ja räjäyttivät ilotulitusvaraston. Yli sata ihmistä menehtyi ja huhut Marie Antoinetten mukanaan tuomasta epäonnesta levisivät.

Jo saapuessaan Versaillesin hoviin Marie Antoinette herätti kateutta aristokraattisissa piireissä, joissa avioliittoihin suhtauduttiin epäluuloisesti. Hänen kauneutensa, nuoruutensa ja hieno sukupuunsa vaikeuttivat hänen sopeutumistaan uuteen elämään. Marie Antoinette ei helposti mukautunut "vanhan hovin" monimutkaisiin tapoihin ja juonitteluihin, eikä vanhan kuninkaan Ludvig XV:n moraalittomaan käytökseen rakastajattarensa du Barryn kreivittären kanssa. Herttuatar hankki monia vihamiehiä kuningasperheen keskuudessa ja hovissa. Hänen puolisonsa tädit ja prinsessat Adeleine ja Victorie olivat vihamielisiä "itävallatarta" kohtaan ensi tapaamisesta lähtien.

Itävallan suurlähettiläänä Ranskan hovissa toimiva kreivi Mercy-Argenteaun oli keisarinna Maria Teresialta saanut käskyn valvoa hänen tyttärensä toimia ja ilmoittaa Wieniin kaikesta mitä herttuatar teki. Avioliitto ei vaikuttanut onnelliselta ja Marie Antoinette haki huvitusta tanssiaisista ja konserteista. Lisäksi hän teki pitkiä huvimatkoja huonomaineisen lankonsa Artoisin kreivin kanssa. Pariisiin suuntautuvilla yöllisillä matkoilla Marie Antoinette näyttäytyi oopperan naamiohuveissa seuranaan nuoria aatelismiehiä, usein englantilaisia.

Ranskan kuningatar

Kuningas Ludvig XV kuoltua 10. toukokuuta 1774 Marie Antoinettesta tuli Ranskan ja Navarran kuningatar. Hänen käytöksensä ei kuitenkaan muuttunut merkittävästi. Kesällä 1775 lähtivät liikkeelle ensimmäiset kuningattaresta laaditut pilkkalaulut ja pamfletit.

Ilkeyksien alkuunpanijana toimi hänen toinen lankonsa provinssin kreivi, joka tavoitteli Ranskan kruunua, ja käytti kaikki keinot pitääkseen kuningasparin etäällä toisistaan.

Marie Antoinette vaati virkavaltaa puuttumaan hänestä levitettyihin perättömiin huhuihin julkisilla paikoilla.

Nopeasti Marie Antoinettesta tuli oman aikakautensa muodin keulakuva. Hänen pukeutumisensa oli ylellistä ja hänen hiuslaitteensa olivat korkeita ja mielikuvituksellisia. Hän järjesti kalliita juhlia ja peli-iltoja, jotka saattoivat kestää aamuun asti. Hovin suositut korttipelit kuten cavagnole ja lansquenet antoivat tilaa muodikkaalle farolle, jossa voi menettää yhden yön aikana suuria summia. Hovin sisältä Marie Antoinette keräsi ympärilleen pienen suosikkien joukon, johon kuului parikymmentä henkeä. Hänen "sisäpiirinsä" aiheutti pahennusta niin kuninkaassa kuin hoviväessäkin.

Yleinen tyytymättömyys lisääntyi entisestään kuningattaren jakaessa sisäpiirilleen virkoja, arvonimiä ja puhdasta rahaa. Ranska kärsi suurista talousvaikeuksista ja Marie Antoinetten anteliaisuus suosikeilleen koettiin loukkaavana kansaa kohtaan.

Perhe

Kuninkaallinen avioliitto toteutui fyysisellä tasolla vasta elokuussa 1777. Marie-Antoinetten ensimmäinen lapsi syntyi Versaillesin linnassa 19. joulukuuta 1778. Hänen oli synnytettävä kuningattaren makuuhuoneessa satojen hovilaisten läsnä ollessa. Lapsi oli tyttö, ja hänet kastettiin Marie Thérèse Charlotteksi. Hänestä tuli "Kuninkaallinen Prinsessa" koska kyseessä oli Ranskan kuninkaan vanhin tytär. Vaikka koko maa oli toivonut poikaa, Marie-Antoinette iloitsi tytöstä. "Poika olisi kuulunut valtiolle", hän sanoi, "mutta tämä lapsi on minun ja se saa kaiken hellyyteni; se saa iloita onnestani ja pehmentää surujani".

Ludvig XVI:n ja Marie Antoinetten avioliitosta syntyivät lapset:

Marie-Thérèse Charlotte

Marie-Thérèse Charlotte of France, Madame Royale Ranskan Marie- Thérèse Charlotte, kuninkaallinen rouva, (19. joulukuuta 1778 - 19. lokakuuta 1851). Hän oli Ludvig XVI: n j a Marie Antoinetten vanhin lapsi. Hän meni naimisiin serkkunsa Louis Atoinen Duke of Angoulême (Angoulêmen herttua), joka oli tulevan kuninkaan Kaarle X: n vanhin poika. Näin ollen Marie-Thérèse sai arvonimen Ranskan herttuatar, aina appiukkonsa kruunaamista Ranskan kuninkaaksi 1824. Teknisesti hän oli kuningatar vain kokonaiset 20 minuuttia, 2. elokuuta 1830, hetkestä jolloin hänen appensa allekirjoitti vallastaluopumissopimuksen ja siihen asti, kun hänen miehensä allekirjoitti saman sopimuksen.

Louis-Joseph-Xavier-François, herttua

Louis Joseph Xavier François Louis Joseph de France, (22. lokakuuta 1781 - 4. kesäkuuta 1789), oli Ludvig XVI: n ja Marie Antoinetten toinen lapsi ja ensimmäinen poika.

Ja koska hän oli Ranskan kuninkaan poika, hänestä luonnollisesti tulisi seuraava kuningas, olihan hän Ranskan herttua ja 26: s kruununperillinen Capetian ja Bourbonin monarkioissa. Louis Joseph kuoli seitsemän vuotiaana tuberkuloosiin ja hänen tilalleen olisi nouseva neljä vuotias pikkuveli Louis – Charles.

Louis-Charles Ludvig XVII, Normandian herttua

Ludvig XVII (27. maaliskuuta 1785 - 8. kesäkuuta 1795), oli Ranskan kuninkaan Ludvig XVI:n ja Marie-Antoinetten poika. Hän ei koskaan hallinnut Ranskaa kuninkaana.

Syntymästään vuoteen 1789 Ludvig tunnettiin nimellä Louis-Charles, Normandian herttua, sitten vuodet 1789 – 1791 Louis-Charles, Viennoisin herttua ja 1791 – 1793 Louis-Charles, Ranskan kruununprinssi.

Kun kuningatar teloitettiin lokakuussa 1793, Simon jatkoi Ludvigin huoltajana seuraavan vuoden alkuun. Tammikuussa 1794 vapautettiin hoitotehtävästä ja poika suljettiin Hebertin määräyksestä kuninkaallisen perheen entiseen ruokasaliin, joka oli hyvin pimeä huone.

Hänestä tuli vallankumouksen panttivanki. Ludvig eristettiin kuudeksi kuukaudeksi huoneeseen ilman ihmiskontakteja. Otettaessa poika oli virkeä ja hyvin puhelias, mutta vankeus muutti hänet nopeasti. Huoneessa käyneet henkilöt kuvailivat poikaa täysin mykäksi. Hänen nivelissään oli kyhmyjä ja hän ei jaksanut edes seisoa. Lisäksi poika vaikutti vähämieliseltä.

Lopulta kaksi ihmisoikeuksien puolestapuhujaa ilmoitti vangin tilasta yleisen turvallisuuden valiokunnalle, joka lähetti paikalle Pariisin parhaan lääkärin. Pojasta ei kuitenkaan löytynyt mitään sairautta ja lääkärin hoito-ohjeet olivat "hierontaa, ilmaa, puhtautta ja harjoituksia". Toinen lääkäri päätyi samoihin hoitokeinoihin, mutta pojan tila huononi nopeasti.

Sen rakennutti Temppeliherrain ritarikunta. Keskeinen osa tätä linnoitettua luostaria oli tornimainen päälinna. Päälinnan muurit olivat metrin paksuiset ja kaikki ikkunat kalterein vahvistettuja, koska linna rakennettiin ritariston harjoittaman pankkiiriliikkeen rahaston säilytyspaikaksi. Temppeliherrojen tuhon jälkeen linna oli Ranskan suureen vallankumoukseen asti Johanniittain ritarikunnan käytössä.

Vanha tornimainen linna, erittäin kolkko ja epämukava asunto, määrättiin Tuileriesin valtauksen jälkeen kuningasperheen sijoituspaikaksi. Ludvig XVI lähti sieltä viimeiselle matkalleen. Kuningatar Marie-Antoinette siirrettiin myöhemmin Oikeuspalatsin yhteydessä olevaan Conciergerien vankilaan. Templen linnoitus hävitettiin purkamalla vuonna 1811.

Yksikään niistä ihmisistä, joka olivat tunteneet hänet eläessään, eivät tunnistaneet häntä kuolleena. Ludvigin sisarelle ja perheen palvelijoille kruununperillisen ruumista ei näytetty koskaan.

Sophie-Beatrix

Princess Sophie Hélène Béatrice of France (9. heinäkuuta 1786 - 19. heinäkuuta 1787), hän oli Marie Antoinetten ja Ludvig XVI: n tytär. Hänet on haudattu Saint-Denisin basilikaan, joka on Ranskan pääkaupungin Pariisin esikaupungissa, Saint-Denisissä sijaitseva rakennus. Basilikaan on haudattu lähes kaikki Ranskan kuninkaat. Saint-Denis on yksi länsimaiden huomattavimmista katedraaleista.

Marie-Antoinette yritti vaikuttaa kuninkaan poliittisiin päätöksiin sekä ministerinimityksiin ja erottamisiin, mutta pääasiassa hän puuttui kuninkaan ystävien asioihin. Näin hän sekaantui myös skandaaliin, jonka yhteydessä Lontoon suurlähettilästä kreivi Guinesia syytettiin kavalluksesta.

Hän erotti myös kuninkaan tärkeimpiin ja keskeisimpiin avustajiin kuuluvan valtionvarain yleistarkastajan Anne Robert Jacques Turgotin.

Hovissa Marie Antoinette joutui toistuvasti hoviväen juonittelujen kohteeksi. Hänen oletetuista rakastajistaan mainittiin muun muassa ruotsalainen ylimys, Harvialan herra kreivi Hans Axel von Fersen. Lisäksi pamfletit mainitsevat hänellä olleen myös rakastajattaria. Häntä syytettiin julkisten varojen tuhlaamisesta turhuuksiin sekä veljensä Joosef II:n ja Itävallan eduksi pelaamisesta. Puheet Marie Antoinetten monista huonoista ominaisuuksista tyhjensivät Versaillesin linnan vähitellen ihmisistä, jotka eivät hyväksyneet hovin tuhlailevaa elämänmenoa.

Paimenidyllistä menojen supistamiseen

Vuonna 1783 Marie Antoinette rakennutti Versaillesin palatsin puistoon idyllisen maalaiskylän, joka täytti hänen monet toiveensa leipomoineen ja mökkeineen. Paluu luontoon ja paimenidyllit yhdistyivät maaseudun viattomuutta ja koskemattomuutta ihannoivassa aatemaailmassa. Puiston teatterissa kuningatar ystävineen esitti pastoraaleja, muun muassa Jean-Jacques Rousseaun näytelmää le Devin de Village.

Vaikka vastaava rakentaminen oli Ranskan aristokratian naisten keskuudessa tavallista, Marie Antoinette sai runsaasti kritiikkiä maalaiskylästään.

Monien mielestä hän oli tuhlari, joka halusi leikkiä paimentyttöä samaan aikaan kun oikeat maalaiset elivät vaikeissa oloissa. Lisäksi Marie Antoinettea moitittiin "sisäkkömäisestä" pukeutumisestaan, ja siitä, että hän mainosti Itävallan alankomaitten puuvillateollisuutta Lyonin silkinvalmistajien kustannuksella.

Tulevan ankaran talven aikana Ludvig XVI lahjoitti kolme miljoonaa frangia yksityisistä varoistaan köyhille. Marie Antoinette, joka oli supistanut menojaan, seurasi miehensä käytäntöä ja antoi henkilökohtaisista määrärahoistaan miljoona frangia Versaillesin köyhälistön käyttöön.

Kaulakoruskandaali ja suosion väheneminen

Vuosi 1785 oli Marie Antoinettelle huono vuosi, jonka aikana monet tapahtumat pudottivat hänen suosiotaan. Kuninkaan vaimolleen ostama Orléansin herttuan käytössä ollut Saint-Cloudin palatsi oli ajattelematon teko, joka sai kansalta perinpohjaisen tuomion.

Heinäkuussa 1785 paljastunut kaulakoruskandaali, toi Marie Antoinettelle lisää huonoa julkisuutta. Tuolloin eräs kultasepänliike vaati kuningattarelta 1,5 miljoonaa livreä timanttisesta kaulakorusta, jonka tilaajana oli toiminut kuningattaren nimissä esiintynyt kardinaali Louis de Rohan. Kuningatar ei myöntänyt tilanneensa korua, vaan antoi pidätyttää kardinaalin. Tämä osoittautui syyttömäksi, sillä korutilauksen oli tehnyt "kreivi ja kreivitär de la Mottena" tunnettu huijaripariskunta, joiden mukana kaulanauha kulkeutui Englantiin. Siellä jalokivet myytiin yksitellen pimeillä markkinoilla.

Vaikka tapaus selvisi, ranskalaiset uskoivat kuningattaren sekaantuneen asiaan, ja koko kuningasperheen suosio väheni kansan keskuudessa.

Kreivitär de La Motte pakeni vankilasta ja julkaisi häväistyskirjansa Mémoires justificatifs, jossa kuningatarta syytettiin kaulakorujutusta ja lemmensuhteesta kardinaaliin. Kun Marie Antoinette tämän jälkeen liikkui vaunuillaan Pariisissa, kansa huusi hänen jälkeensä Aux Madolonettes, mikä tarkoitti, että hänet pitäisi sulkea langenneitten naisten vankilaan.

Huomatessaan kansansuosionsa hupenemisen Marie Antoinette vähensi kulujaan uudistamalla oman henkilökohtaisen taloutensa.

Toimenpide aiheutti mielenilmauksia kuningattaren suosikkien joukossa, jotka jäivät ilman tulojaan. Myös kansan vihamielisyys lisääntyi entisestään Marie Antoinetten sekaantuessa maansa sisäpolitiikkaan. Kuningatar sai lisänimen "Madame Kassavaje", ja häntä syytettiin Ludvig XVI:n antiparlamentaarisen politiikan alkuperäksi. Hän erotti ja nimitti ministereitä hetken mielijohteesta. Vuonna 1788 hän sai kuninkaan erottamaan epäsuositun Loménie de Briennen ja kutsumaan Jacques Neckerin takaisin tehtäviinsä.

Vallankumous

Kuningatar Marie-Antoinette liittyy kiinteästi Ranskan suuren vallankumouksen historiaan. Häntä voidaan pitää osasyyllisenä tapahtuneeseen tai hänet voidaan nähdä viattomana uhrina.

Hänen persoonansa sai vallankumouksen aikana jopa yliluonnollisia piirteitä, ja hänen tekemisiään ja sanomisiaan on usein liioiteltu. Koska myytti Marie-Antoinettesta syntyi vallankumouksen aikana, joitakin vallankumouksen tapahtumia kannattaa tarkastella kuningattaren kautta.

Vuonna 1789 Marie Antoinetten tilanne vaikeutui, sillä kansan väittämän mukaan kuninkaan omat veljet esittivät valtakunnan aatelisten kokoukselle asiakirjat, jotka todistivat kuninkaallisten lasten syntyneen ei-aviollisesta suhteesta. Liikkeellä olleet perättömät huhut kertoivat kuningattaren vetäytymisestä Val-de-Grâceen luostariin. Säätyvaltiopäivien avajaisissa 4. toukokuuta 1789 kuninkaalle ja Orleansin herttualle hurrattiin, mutta Marie Antoinette jäi ilman suosionosoituksia. Vain kuukautta myöhemmin kuningasperheen vanhin poika ja kruununperillinen Louis-Joseph menehtyi pitkän sairastelun jälkeen.

Hänen hautajaisensa Saint-Denisin luostarissa pidettiin ilman juhlallisuuksia ylimääräisten kulujen välttämiseksi. Ajankohdan poliittiset tapahtumat eivät sallineet kuninkaalliselle perheelle kunnon suruaikaa. Järkyttyneenä prinssin kuolemasta ja hämmentyneenä valtiopäivien saamasta käänteestä kuningaspari antoi ajatuksissaan mahdollisuuden vastavallankumoukselle. Yritykset kukistaa kapina epäonnistuivat ja mellakoinnit laajenivat. Valtionvarainministeri Necker pyysi heinäkuussa vapautusta tehtävästään, ja kansa tulkitsi eron kuninkaalliseksi määräykseksi. Kansalliskokouksen päätöksellä etuoikeutensa menettäneet aateliset aloittivat maastamuuton ja majoittuivat rajan taa Brysseliin tai Koblenziin. Kuningatar poltti tärkeitä papereitaan, ja vakuutti kuninkaan siitä, että pakeneminen Versaillesista maaseudulle tai ulkomaille oli paras ratkaisu. Tuntemattomasta syystä kuningaspari ei toteuttanut aietta vaan jäi Versaillesiin. Lokakuun alussa Pariisiin majoitetun flanderilaisen rykmentin illanvietossa osoitettiin suosiota kuningattarelle. Kuningasvallan valkoiset kokardit olivat juhlavasti esillä, ja vallankumouksellisen lehdistön mukaan vallankumouksen trikolorikokardit tallattiin maahan. Pariisissa kuohahti, ja syynä olivat nämä vastavallankumoukselliset tapahtumat ja eritoten juhlien järjestäminen, vaikka kansa näki nälkää.

Lokakuun 5. päivänä nälänhätään kyllästyneet Pariisin naiset järjestivät mielenosoitusmarssin Versaillesiin ja vaativat leipää perheilleen. Mielenosoituskulkueeseen liittyi myös useita aseistautuneita ranskalaiskaartien miehiä, jotka halusivat kostaa trikolorin häpäisemisen. Huhujen mukaan kuningatar aiottiin murhata mielenosoituksen aikana.

Metsästysretkeltä palannut kuningas oli hämmentynyt nähdessään väkijoukot. Ministeriensä neuvosta hän suostui ottamaan vastaan neljän naisen lähetystön.

Elintarpeiden jakaminen ihmisjoukolle aloitettiin välittömästi. Kuningasperhe aikoi paeta palatsin pihaan lähetetyillä vaunuilla, mutta väkijoukko esti tämän. Marie Antoinettea vaadittiin parvekkeelle ja häntä osoiteltiin kivääreillä.

Apuun rientänyt La Fayetten yli 15 000 miestä käsittävä kansalliskaarti, rauhoitti mielenosoittajien liikehdintää ja toimitti kuningasperheen turvaan Tuileriesin vanhaan kaupunkipalatsiin Pariisissa.

Vuoden 1791 alussa kuningatar kutsuttiin Kommuunin kuultavaksi, koska hänen yrityksensä hankkia tukea Itävallan keisarilta olivat tulleet ilmi ja todistivat "itävaltalaisen komitean" olemassaolosta ja kuningattaren halun myydä isänmaa itävaltalaisille.

Yhteistyössä Marie Antoinetten suosikin Ruotsalaisen kreivi Von Ferselin kanssa diplomaatti Baron de Breteuil (Breteuillen baroni), organisoi kuningasperheen paon alkukesästä 1791. Fersel hankki entisten rakastajattariensa avulla suuret matkavaunut kuljettamaan kuningasperhe turvaan ulkomaille. Matkan oli tarkoitus suuntautua itään, jossa odotti kuningasmielisiä joukkoja. Valepuvuissa matkustaneen kuningasperheen matka pysäytettiin Varennesin kaupungissa.

Varennesin jälkeen

Varennesin jälkeen kuningaspari joutui perustuslakia säätävän kokouksen delegaation kuulusteluun. Ludvig XVI:n vastaukset vuosivat julkisuuteen ja hänet vaadittiin pantavaksi viralta. Marie-Antoinette tapasi salaa Antoine Barnaven, joka oli hallituksen ja parlamentin jäsen ja joka halusi kuninkaan suostuvan perustuslaillisen monarkin rooliin. Syyskuun 13. päivänä Ludvig XVI hyväksyi perustuslain. Sen jälkeen 30. syyskuuta perustuslain luonut kokous hajaantui, ja tilalle tuli lakia säätävä kokous. Samaan aikaan huhut monarkistien vastatoimista lähtivät liikkeelle, ja ensimmäiselle sijalle oli huhuissa päässyt Itävalta. Marie Antoinette ei nähnyt syytä pysyä uskollisena Ranskalle koska oli ollut pitkään parjattu itävaltalaisuudestaan. Hän paljasti Ranskan vihollisille Alankomaita vastaan suunnatun hyökkäyksen suunnitelmat.

Huhtikuussa 1792 Ranska julisti sodan Preussille. Sota alkoi Ranskan kannalta huonosti ja liittoutuneet Itävallan ja Preussin joukot ylittivät rajan kesän aikana.

Braunschweigin herttua antoi samana kesänä Itävalta-Preussin valtioliiton nimissä julistuksen, että hänen armeijansa laittaa kuriin koko Pariisin mikäli kuningasperhettä uhataan.

Julistus sai aikaan suuren mielenosoituksen monarkiaa vastaan ja vasemmistojohtaja Robespierre yllytti kansaa avoimeen kapinaan.

Tuileriessa valmistauduttiin levottomuuksiin ja kuningasperheen turvaksi järjestettiin kansalliskaarti ja lähes tuhat Sveitsin kaartin sotilasta. Aamulla 10. elokuuta 1792 tuhansia kapinallisia saapui Seinen rantoja ja Champs-Élyséesiä pitkin valmiina valtaamaan Tuileriesin. Hallituskautensa pahimmassa kriisissä kuningas oli kykenemätön toimimaan johdonmukaisesti. Marie Antoinette sen sijaan rohkaisi kaikkia ja jakoi ruokaa palatsin puolustajille. Kuningas sai neuvonantajiltaan kehotuksen poistua rakennuksesta. Marie Antoinette ei halunnut jättää taisteluitta kuninkaallista kotiaan, muttei voinut muuta kuin totella kuningasta. Lähtiessään hän kääntyi huutamaan Hovilaisilleen: "Me palaamme vielä", vaikka tiesi, että kuningas oli jo menettänyt lopunkin kannatuksensa. Ulkona kuningasperhe ohjattiin kaksinkertaisen vartijaketjun läpi lähellä pidettyyn kansalliskokoukseen. Kokouksen turvin perhe säilyi vahingoittumattomana, ja puolustajat pysäyttivät ensimmäisen hyökkäyksen. Kunnialliseen sotaan tottuneiden sveitsiläisten laskettua aseensa he joutuivat murhanhimoisten kansanjoukkojen saartamiksi. Marseillelaiset yhtyivät kapinallisiin ja kuninkaan hallituskausi päättyi joukkoteurastukseen.

Aamuyöllä kuningasperhe kuljetettiin Feuillantsin luostariin, jossa he viettivät kolme yötä. Parlamentin päättäessä monarkian lakkauttamisesta ja tasavallan julistamisesta kuningasperhe siirrettiin Koillis-Pariisissa sijaitsevaan Templeen, joka oli keskiaikaisen temppeliherrojen ritarikunnan vanha keskuspaikka. Siellä valtaistuimeltaan syösty Ludvig XVI asui perheensä kanssa tiukan vartioinnin alla. Marie Antoinette otti vallanpidon omiin käsiinsä ja piti salaisten lähettien kanssa yhteyksiä ulkomaailmaan.

Syyskuun murhien aikana Lamballen ruhtinatar, joka oli kuningattaren hyvä ystävätär ja siten myös vertauskuvallinen uhri, murhattiin raa'asti ja hänen päätään kannettiin seipään nenässä Marie-Antoinetten ikkunoiden ohi.

Samaan aikaan, kun Ranskan ulkoinen uhka kasvoi, lisääntyi radikalisoituminen valtion sisällä. Teloitettaviksi kuljetettiin tuhansia vallankumouksen vastustajia, myöhemmin myös vallankumouksellisia, jotka eivät toimineet riittävän radikaalisti. Myös Ludvig XVI pidätettiin selvänä turvallisuusuhkana; kuninkaan salainen kirjeenvaihto eri henkilöiden kanssa paljasti hänen kaikki juonittelunsa vuodesta 1789 eteenpäin.

26. joulukuuta Konventti äänesti Ludvig XVI:n kuolemasta.

21. tammikuuta 1793 kuningas teloitettiin.

27. maaliskuuta Robespierre kiinnitti ensimmäisen kerran konventin huomion kuningattareen.

13. heinäkuuta herttua erotettiin äidistään ja annettiin rajasuutari Antoine Simonin huostaan.

2. elokuuta Marie-Antoinette erotettiin prinsessoista ja vietiin Conciergerieen selliin.

3. elokuuta alkoivat kuningattaren kuulustelut.

Oikeudenkäynti

Lokakuun 3. päivänä 1793 yleinen syyttäjä Antoine Quentin Fouquier-Tinville haastoi Marie-Antoinetten vallankumoustribunaalin eteen.

Jos Ludvig XVI:n oikeudenkäynnissä oli noudatettu kohtuullisesti oikeudenkäynnin muodollisuuksia, ne kaikki unohdettiin kuningattaren oikeudenkäynnissä.

Häntä syytettiin liian hyvistä suhteista ulkovaltoihin. Koska kuningatar kielsi tapahtuneen, vallankumoustuomioistuimen puheenjohtaja Hermann syytti häntä Ludvig XVI:n maanpetoksen keskeiseksi yllyttäjäksi. Suutari Simonin huostassa ollut nuori kruununperillinen oli valmis todistamaan kaiken, mitä hänelle oli uskoteltu, muun muassa insestisen suhteen äitiinsä.

Marie Antoinette kieltäytyi ottamasta kantaa poikaansa koskeviin syytöksiin ja vetosi kaikkiin salissa oleviin äiteihin. Naispuolisen yhteisymmärryksen tukemana viimeisin syytös peruttiin.

Kuningatar Marie-Antoinette tuomittiin kuolemaan syytettynä maanpetoksesta 16. lokakuuta noin kello 4 aamulla.

Teloitus

Samana päivänä Marie Antoinette kuljetettiin teloituspaikalle kärryillä, kädet selän taakse sidottuina. Hän käyttäytyi arvokkaasti ja osoitti kansanjoukoille rohkeutensa viime hetkeen saakka. Hän myös kieltäytyi ripittäytymästä hänelle määrätylle perustuslailliselle papille. Viimeiset sanansa kuningatar lausui mestaajalleen astuttuaan tämän varpaille giljotiinilavalle noustessa: "Anteeksi, monsieur, se ei ollut tarkoitukseni."

Hieman yli puolenpäivän Marie-Antoinette teloitettiin giljotiinilla. Kuningatar haudattiin Anjou-Saint-Honoré-kadun Madeleinen hautausmaalle.

Hänen jäännöksensä kaivettiin haudasta 18. tammikuuta 1815 ja haudattiin uudelleen 21. tammikuuta Ranskan kuninkaiden hautakirkkoon Saint-Denisin luostarin basilikaan.

Marie-Antoinetten mestauksen jälkeen puhkesi Ranskan ja Itävallan välinen sota, joka päätti Bernisin ja Cahoiseulin solmiman pitkään jatkuneen liiton.

Nunnien asut

Nunnien pukeutuminen vaihtelee kirkkokunnasta, sääntökunnasta ja myös nunnan tehtävästä riippuen. Koska luostareita on paljon, on nunnien puvuissakin runsautta ja vaihtelevuutta sen mukaan. Nunnan päähineistä on erilaisia versioita. Se on usein pitkä päähuivi, joka solmitaan pään ympärille niin, että vain kasvot näkyvät. Päähinettä voidaan käyttää joko yksin tai huivin kanssa, kuten myös huivia eli huntuakin voidaan käyttää yksin. Erilaisiin tilanteisiin, kesä- ja talvikäyttöön voi olla erivärisiä asusteita.

Nunna puetaan nunnan pukuun nunnaksi vihittäessä. Nunnan pukuun kuuluu usein kaksi kerrosta: alusviitta, jonka voisi mieltää varsinaiseksi nunnan puvuksi, ja sen päällä päällysviitta, joka on kuin päällystakki, jos sitä niin haluaa kuvata.

Nunnien pukujen värikirjoa mustasta ja harmaasta valkoiseen - purppurasta ja pinkistä ruskeaan ja siniseen

Nunnien puvuissa ja niihin liittyvissä viitoissa, päähineissä ja asusteissa ovat vallalla lähes kaikki värit. Joku oli todennutkin kaikki muut värit, mutta ei ollut löytänyt vielä keltaista. Eri väreistä on myös runsas kirjo erilaisia sävyjä. Siten, esimerkiksi sinistäkin löytyy tummasta vaaleaan ja harmaata vaaleasta aina mustaan.

Mustia nunnien asut olivat alun alkaen ehkä siksi, että vaatimattomuutta korostavat nunnat pukeutuivat vaatimattomasti ja musta oli helppohoitoisempaa ja ehkä halvempaakin, kuin värikäs. Sinisyyttä ja valkoisuutta on nunnien värimaailmassa runsaasti, sillä nunnathan ikään kuin jäljittelevät Neitsyt Mariaa, jonka liturgisena värinä on sininen. Valkoinen on myös Neitsyt Marian ja pyhimysten väri ja samalla ilon, kiitoksen, puhtauden ja autuuden väri.

Miten kukin väri, punainenkin, on nunnan asuun tullut, sille on varmasti olemassa hyvät perustelunsa. Alla pääpiirteissään, mutta ei kattavasti eräitä värejä, joita on nunnien puvuissa, viitoissa ja päähineissä.

Fransiskaanit: ruskea, harmaa, ruskeanharmaa, musta.

Dominikaanit: musta ja valkoinen.

Karmeliitat: ruskea.

Benediktiinit: musta.

Anglikaanit: useita värejä, esimerkiksi sininen ja valkoinen.

Adoration Sisters: pinkki, mutta harmaa luostarin ulkopuolella.

Children of Mary: purppura, sininen.

Redemptorists: punainen puku, sininen viitta.

Sister Servants of the Lord and the Virgin Matara: punainen puku, sininen viitta ja päähine.

Sister Adorers of the Royal Heart of Jesus: musta, mutta erityistilaisuuksiin sininen vaippa.

Rakkauden lähettiläät - Missionaries of Charity (Mother Teresa's order): valkoinen sari ja siniset koristenauhat.

Sisters of Life: sininen, valkoisin osioin ja päähinein.

Passionists: musta.

Handmaids of the Precious Blood: viininpunainen.

Sister Adorers of the Precious Blood: valkoinen ja punainen.

Sisters of the Good Shepherd: valkoinen.

Sisters of Perpetual Adoration: valkoinen ja punainen.

Trinitarians of Mary: sininen puku ja pitkä, valkoinen päähuivi.

Sister Servants of the Eternal Word: valkoinen puku, valkoinen ja ruskea päähine ja viitta.

Franciscan Sister of the Immaculate: harmaansininen, vaaleansininen päähine.

Order of the Sacred and Immaculate Hearts of Jesus and Mary: valkoinen puku, sininen päähine.

Sisters of Saint John: harmaa.

Birgittalaisnunnat: harmaa, valkoinen.

Sisterssiläiset: valkoinen.

Fraternidad Arca de María: ruskea puku, harmaa viitta ja pitkä, valkoinen päähuivi.

Nuntius apostolicus

Nuntius apostolicus apostolinen nuntius, nuncio nuntius on diplomaattien arvonimi, joka merkitsee Pyhän istuimen suurlähettilästä. Pyhällä istuimella on nuntius tai delegaatti useimmissa maailman maissa. Hän johtaa apostolista nuntiatoria.

Kirkolliselta arvoltaan apostolinen nuntius on titulaariarkkipiispa. Episcopus titularis Titulaaripiispa on katolisessa ja ortodoksisessa kirkossa piispa, joka tosin on vihitty piispaksi ja jolla mahdollisesti on myös arkkipiispan arvo Archiepiscopus titularis titulaariarkkipiispa, mutta joka ei johda "aitoa" hiippakuntaa. Kyseessä on siis arvonimi.

Titulaaripiispat toimivat katolisessa kirkossa hiippakuntien vihkipiispoina, Rooman kirkon kuurian virkailijoina tai Pyhän istuimen palveluksessa lähettiläinä eli nuntiuksina. Myös eläkkeelle siirtyvälle piispalle voidaan antaa titulaarihiippakunta, jos hänellä ei vielä ole sellaista.

Titulaaripiispat vihitään muodollisesti entisten, käytännössä ei enää olemassa olevien "kadonneiden" hiippakuntien piispoiksi. Kyseessä ovat yleensä hiippakunnat, jotka sijaitsevat in partibus infidelium"uskottomien alueilla" eli alueilla, jotka myöhäisantiikin aikana olivat kristillisiä, mutta jotka nykyään ovat islamilaisia. Tällaisia alueita ovat ennen muuta Lähi-itä, Vähä-Aasia ja Pohjois-Afrikka. Toinen ryhmä titulaarihiippakuntia ovat vanhat Italiassa sijainneet hiippakunnat, jotka nykyään ovat käytännössä pieniä paikallisseurakuntia. Katolisessa kirkossa on noin 2000 titulaarihiippakuntaa, mutta niitä kaikkia ei ole jaettu.

Titulaaripiispuus voi olla katolisessa kirkossa myös tapa sijoittaa uudelleen epämieluisa piispa. Tunnetuin esimerkki tällaisesta on ranskalaisen Évreux'n entinen piispa Jacques Gaillot, joka vapautettiin tehtävistään hiippakuntapiispana liian vapaamielisten mielipiteidensä takia. Hänestä tehtiin nykyisessä Algeriassa sijainneen, mutta jo 400-luvulla hävitetyn ja autiomaan hiekkaan hautautuneen Partenian titulaaripiispa.

Myös ortodoksinen kirkko tuntee titulaaripiispuuden, mutta siellä sen käyttö on selvästi katolista kirkkoa harvinaisempaa. Ortodoksessa perinteessä titulaarihiippakunta voidaan antaa eläkkeelle siirtyvälle piispalle. Suomen ortodoksinen arkkipiispa Johannes sai eläkkeelle siirtyessään titulaarihiippakunnakseen kirkkohistoriallisesti äärimmäisen merkittävän Nikean. Hänen arvonimensä oli tällöin "Korkeasti Pyhitetty Nikean metropoliitta ja Bithynian eksarkki Johannes".

Carlo Antonio Giuseppe Bellisomi

Carlo Antonio Giuseppe Bellisomi Carlo Bellisomi (30. heinäkuuta 1736 - 9. elokuuta 1808), oli Italian Roomalaiskatolisen kirkon kardinaali ja apostolinen nuntius.

Elämä

Carlo valmistui papiksi 29. toukokuuta 1763 ja 11. syyskuuta 1775 hänestä tuli Tyanan (nykyisen Turkin alueella) titulaaripiispa. 20. syyskuuta 1775 hänestä tuli Kölnin nuntius. Ennen siirtymistään Paavi Pius VI (syntymänimeltään Giovanni Angelo Braschi, toimi paavina 15. helmikuuta 1775 – 29. elokuuta 1799).

nimitti hänet 24. syyskuuta 1775 piispaksi. 14. helmikuuta 1785 paavi nimitti hänet Cardinal in pectore (In pectore latinaa "rinnassa", merkityksessä "salaisesti"), on katolisessa kirkossa käytössä oleva kirkko-oikeudellinen termi, joka viittaa paaville kanonisessa laissa (can 351 § 3 CIC) annettuun oikeuteen nimittää kardinaali, jonka nimeä hän ei anna julkisuuteen. Ja 7. toukokuuta samana vuonna nuntiukseksi Portugaliin. Hänen seuraajakseen nimitettiin Bartolomeo Pacca.

Valuutta

Livre

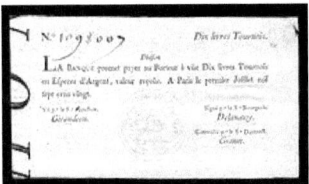

on vanha ranskalainen rahayksikkö, joka polveutui libra gallica karolingisen ajan rahapainosta. Yksi livre oli 20 souta. Livre tournois Toursin livre oli rahayksikkönä Ranskassa vuoteen 1796, jolloin se korvattiin frangilla. 81 livre tournoisia vastasi 80 frangia. Pariisissa vuoteen 1667 lyöty ja Pohjois-Ranskassa käytössä ollut livre parisis vastasi 1 1/4 livre tournoista. Livre tournois sisälsi 1300-luvun alussa hopeaa 60 grammaa ja 1700-luvun alussa noin 5 grammaa.

Ranskan kielessä sana livre merkitsee myös puntaa.

Lyhyesti 12,60 livre parisis = 10,00 Ranskan Frangia = 1,90€
10,10 livre tournoisia = 10,00 Ranskan Frangia = 1,90€

Mainittuja summia

12 livreä noin 218 euroa

20 livreä noin 363 euroa

30 livreä noin 544 euroa

Sou

vuoteen 1715 sol, johde latinan solidus, on vanha ranskalainen raha. Merovingiajalla ne lyötiin kullasta.

Vuonna 1266 rahoja alettiin valmistaa hopeasta ja niistä käytettiin nimitystä gros tournois. Tällöin oli 1 sou = 12 denier = 1/20 livre. Sou parisis oli 15 denieriä. 1700-luvulla sout valmistettiin kuparista ja Ranskan suuren vallankumouksen aikoihin kellometallista.

Vuonna 1795 Ranskassa otettiin käyttöön uusi rahayksikkö, Ranskan frangi, joka jakautui 100 centimeen. Viimeiset varsinaiset sout eli 1/20 livren rahat valmistettiin 1803. Nimitystä sou käytettiin kuitenkin tämän jälkeenkin yleisesti viiden vanhan centimen kolikosta siihen saakka, kunnes ne vuonna 1940 jäivät pois käytöstä. Vuonna 1960 Ranskassa tuli käyttöön uusi frangi, joka vastasi 100 vanhaa frangia, mutta tämän jälkeen ei uudesta viiden centimen kolikosta juuri käytetty sou-nimitystä.

Versaillesin palatsi

Le château de Versailles Versaillesin palatsi sijaitsee Versaillesissa Pariisin lounaispuolella. Se rakennettiin alun perin kuningas Ludvig XIII:n metsästyslinnaksi. Ensimmäiset rakennukset pystytettiin vuonna 1624. Nykyisen muotonsa palatsi on saanut lukuisten laajennusten ja muutosten jälkeen. Niistä merkittävimmät tehtiin vuosina 1661 – 1688, jolloin muovautui Ludvig XIV:n nimellä tunnettu barokkityyli. Uudistusta johtivat Louis Le Vau, François d'Orbay, Jules Hardouin-Mansart ja Robert de Cotte. Linnan sisustus on Charles Le Brunin käsialaa ja kuuluisat puutarhat perustuvat André Le Nôtren suunnitelmiin.

Versaillesin palatsi on yksi Euroopan suurimmista ja sitä voidaan pitää yhtenä Euroopan hienoimmista. Se toimi vuodesta 1682 alkaen aina vuoden 1789 vallankumoukseen asti runsaat sata vuotta Ranskan kuninkaiden ja hovin asuntona. Tuolloin palatsin alueella asui useita tuhansia ihmisiä ja siitä muodostui Ranskan kulttuurin ja politiikan keskus. Ensimmäisen maailmansodan jälkeen sen kuuluisassa peilisalissa allekirjoitettiin Versaillesin rauhansopimus, joka oli pettymys Saksalle ja jota Adolf Hitler käytti vaalikampanjoinnissaan.

Palatsi ja sitä ympäröivä puisto ovat kuuluneet Unescon maailmanperintöluetteloon vuodesta 1979.

Versaillesin palatsin rakentaminen tuli erittäin kalliiksi. Palatsin viereen rakennettiin näyttävä puisto, joka on edelleen olemassa.

Sen suihkukaivoihin ja keinotekoisiin putouksiin saatiin vesi vedennostolaitoksesta. Tiedetään, että vesilaitteisiin tarvittiin päivittäin yhteensä noin kuusi miljoonaa litraa vettä. Myös puiston muut laitteet ja taideteokset olivat kalliita.

Puistoon oli sijoitettu muun muassa useita antiikin jumaluuksia esittäviä patsaita, joille oli veistetty kuninkaallisten tai muiden korkea-arvoisten hovin jäsenten kasvonpiirteet. Ylellisistä yksityiskohdista huolimatta palatsissa ei ollut mainittavaa lämmitysjärjestelmää, joten se oli talviaikaan erittäin kylmä asua.

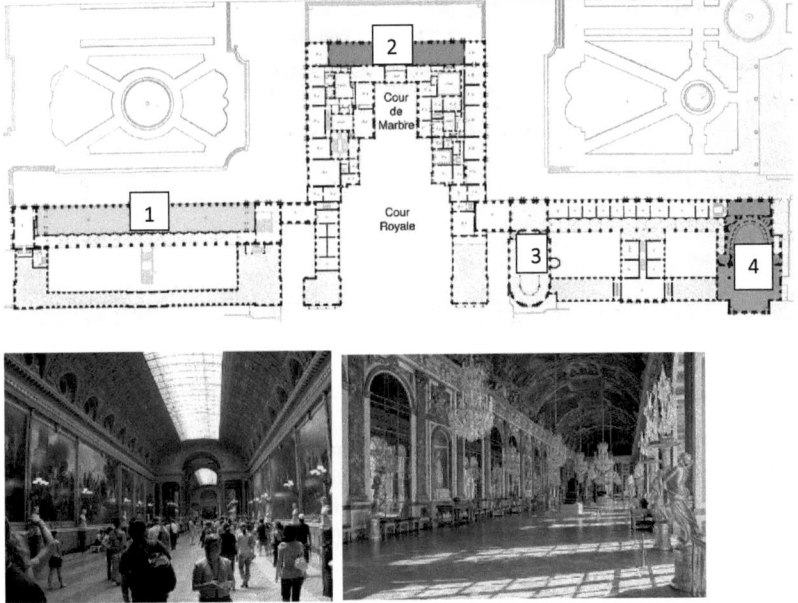

1. Taistelujen Galleria.   2. Peilisali.

3. Kappeli.   4. Ooppera.

Galerie des Batailles

Galerie des Batailles taistelujen galleria on 120 metriä pitkä ja 13 metriä leveä galleria, joka johtaa kuningattaren "isoon ja pieneen asuntoon". Se on vaatimaton kopio Louvren Grande galerie (suuresta galleriasta) ja sen tarkoituksena oli ylistää ranskalaista sotahistoriaa aina Tolbiacin taistelusta (perinteisesti päivätty vuoteen 495) Wagramin taisteluun (5. – 6. heinäkuuta 1809) saakka.

Teokset numero järjestyksessä:

1. Joseph-Antoine, Poniatowskin prinssi, imperiumin marsalkka (syntyi 1762 ja kuoli 1813). Taiteilija: François-Augustin Caunois (syntyi 1787 ja kuoli 1859).
2. Adolphe Édouard Casimir Joseph Mortier, Trévisen herttua, imperiumin marsalkka (syntyi 1768 ja kuoli 1835). Taiteilija: Théophile-François Marcel Bra (syntyi 1797 ja kuoli 1863).
3. Jean-Baptiste Bessières, Istriesin herttua, imperiumin marsalkka (syntyi 1768 ja kuoli 1813). Taiteilija: François Masson (syntyi 1745 ja kuoli 1807).
4. Henri LXI, Reuss-Schleizin prinssi, ranskan prikaatin kenraali (syntyi 1784 ja kuoli 1813). Taiteilija: Charles-François Lebœuf.
5. Tolbiacin taistelu, Clovis I voitti Alamannin vuonna 496. Taiteilija: Ary Scheffer (syntyi 1795 ja kuoli 1858). 4.15 m kertaa 4.65 m.

6. Simon de Montfort, viides Leicester jaarli, Narbonnen herttua (syntyi noin 1150 ja kuoli 1218). Taiteilija: Jean-Jacques Feuchère (syntyi 1807 ja kuoli 1852).
7. Robert d'Artois, Otto IV ja Mahaut d'Artoisin poika (kuoli 1317). Taiteilija: Jean-Jacques Flatters (syntyi 1786 ja kuoli 1845).
8. Hugues Quieret, ranskalainen amiraali, kuoli 1340. Taiteilija: Charles Émile Seurre (syntyi 1798 ja kuoli 1858).
9. Nicolas Béhuchet, ranskalainen amiraali, kuoli 1340. Taiteilija: Bernard Seurre (syntyi 1795 ja kuoli 1867).
10. -
11. -
12. Alexandre-Antoine Hureau, Sénarmontin ylhäisyys, divisioonan kenraali (syntyi 1732 ja kuoli 1810). Taiteilija: Antoine Laurent Dantan vanhempi (syntyi 1798 ja kuoli 1878).
13. César Charles Étienne, Gudinin ylhäisyys, divisioonan kenraali (syntyi 1768 ja kuoli 1812). Taiteilija: Louis-Denis Caillouette (syntyi 1790 ja kuoli 1868), kirjoitetaan myös Caillouet tai Cailhouët.
14. Walter VI of Brienne, Ateenan herttua (kuoli 1356). Taiteilija: Justin-Marie Lequien (syntyi 1796 ja kuoli 1882).
15. Peter I, Bourbonin herttua (syntyi noin 1311 ja kuoli 1356). Taiteilija: Louis-Eugène Bion (syntyi 1807 ja kuoli 1860).
16. Friedlandin taistelu, 14. kesäkuuta 1807, 5.43 m kertaa 4.65 m, esittää Napoleon I ja kreivi Nicolas Charles Oudinota.
17. Antoine Louis Charles, Lasallen ylhäisyys, divisioonan kenraali (syntyi 1775 ja kuoli 1809). Taiteilija: Auguste Taunay (syntyi 1768 ja kuoli 1824).
18. Wagramin taistelu, 6. heinäkuuta 1809, Taiteilija: Horace Vernet. 5.3 m kertaa 4.65 m, esittää Napoleon I ja Istrien herttuaa.
19. Jean-Baptiste Cervoni, divisioonan kenraali (syntyi 1765 ja kuoli 1809). Taiteilija: Pietro Cardelli (syntyi 1776 ja kuoli 1822).
20. Jenan taistelu, 14. lokakuuta 1806, 5.43 m kertaa 4.65 m, esittää Napoleon I, Joachim Muratia ja Louis Alexandre Berthieriä, singneerattu "Horace Vernet 1836".
21. Jean Lannes, Montebellon herttua, imperiumin marsalkka (syntyi 1769 ja kuoli 1809). Taiteilija: François Masson (syntyi 1745 ja kuoli 1807).
22. Austerlitzin taistelu, 2. joulukuuta 1805, öljyvärimaalaus, maalattu alkuperäisen Pailletin kokoelmaan kuuluneen 1846 alkuperäisteoksen mukaan. Napoleon I tilasi kyseisen kattomaalauksen Tuileriesin palatsin valtioneuvoston saliin. esittää Napoleonia seuranaan Jean Rapp, 9.58 m kertaa 5.10 m.
23. Nicolas-Bernard, Guiot de Lacourin kenraali paroni, divisioonan kenraali (syntyi 1771 ja kuoli 1809). Haavoittui kuolettavasti Wagramissa (yllään legioonan kunniaristi ja Saksien Pyhän- Henrikin kunniaristi). Taiteilija: Jean-Baptiste Joseph Debay, nuorempi (syntyi 1802 ja kuoli 1862).
24. Hohenlinden taistelu, 3. joulukuuta 1800, esittää Jean Victor Moreauta, Michel Neytä, Emmanuel de Grouchya, Jean de Habsburgia, signeerattu "H Schopin".
25. André Bruno de Frévol, La Costen ylhäisyys, prikaatin kenraali (syntyi 1775 ja kuoli 1809). Taiteilija: Claude Michel (alias Clodion) (syntyi 1738 ja kuoli 1814).

26. Zürichin toinen taistelu, 25. syyskuuta 1799, öljyvärimaalaus, esittää André Massénaa, Nicolasen ylhäisyyttä, Charles Oudinotia ja kunnia herttua Charles Reille. Taiteilija: François, signeerattu 1837. Tilannut Louis-Philippe vuonna 1835, 5.43 m kertaa 4.65 m.

27. Claude-Louis-Constant Corbineau, prikaatin kenraali (syntyi 1772 ja kuoli 1807). Taiteilija: Philippe Joseph Henri Lemaire (syntyi 1798 ja kuoli 1880).

28. Rivolin taistelu.

29. Jacques Desjardin, divisioonan kenraali (syntyi 1759 ja kuoli 1807) (kaatui Eylaun taistelussa). Taiteilija: Antoine Laurent Dantan, l'Aîné (syntyi 1798 ja kuoli 1878).

30. Joseph Sécret Pascal-Vallongue, prikaatin kenraali (syntyi 1763 ja kuoli 1806). Taiteilija: Jean-Baptiste-Joseph Debay, vanhempi (syntyi 1779 ja kuoli 1863).

31. Kaarle Rohkea, Burgundyn herttua (syntyi 1433 ja kuoli 1477). Taiteilija: Charles-François Lebœuf (syntyi 1792 ja kuoli 1865), Nanteuil, tunnettu myös nimellä Nanteuil-Lebœuf.

32. Prigent de Coëtivy, Coëtivyn herra, Ranskan amiraali. Kaatui Cherbourgin piirityksessä (1450).

33. Casselin taistelu. Voittaja Philippe de Valois. 23. elokuuta 1328. 5.43 m kertaa 4.65 m, esittää Philip ja Nicolas Zonnekineja, signeerattu "Scheffer Henry 1837".

34. John Stewart,Buchanin jaarli. Kaatui Verneuilin taistelussa (1424).

35. Mons-en-Pévèlen taistelu, 18. elokuuta 1304 voittaja Philip IV kaunis vastapuolenaan Flaamin armeija. Maalattu noin 1839. Taiteilija: Charles-Philippe Larivière (syntyi 1798 ja kuoli 1876). 4.65 m kertaa 5.43 m.

36. Anthony, Brabantin herttua, kaatui Agincourtin taistelussa vuonna 1415.

37. Taillebourgin taistelu, voittaja Ludvig IX Pyhä 21. heinäkuuta 1242. Taiteilija: Eugène Delacroix (syntyi 1798 ja kuoli 1863). Päiväys: 1837. 4.89 m kertaa 5.54 m.

38. Jacques Dampierre de Châtillon, ranskan herra amiraali. Kaatui Agincourtin taistelussa 1415.

39. Philippe-Auguste ennen Bouvinesin taistelua, 27. heinäkuuta 1214. Taiteilija: Horace Vernet (syntyi 1789 ja kuoli 1863). Päiväys: 1827. Öljyvärimaalaus, 5.1 m kertaa 9.58 m.

40. Jean de Vienne. ranskalainen amiraali. Kaatui Nicopolisin taistelussa 1396.

41. Kreivi Eudes puolustamassa Pariisia Normanneja vastaan vuonna 885, 5.42 m kertaa 4.65 m, tilannut Louis-Philippe vuonna 1834, signeerattu "V. Schnetz".

42. Charles de Blois, kaatui Aurayssa vuonna 1364.

43. Kaarle Suuri vastaanottamassa Saksien kuninkaan eronpyyntöä Paderbornissa vuonna 785. Taiteilija: Ary Scheffer (syntyi 1795 ja kuoli 1858) ; 4.65 m kertaa 5.42 m.

44. James I, La Marchen herttua, kaatui Brignaisessa vuonna 1361.

45. Poitiersin taistelu, lokakuussa 732, Charles de Steubenin komennossa. 5.42 m kertaa 4.65 m, esittää Charles Martelia, Odo Akvitanialaista ja Abd-el-Rahmania, signeerattu "STEUBEN 1837".

46. Louis d'Armagnac, Nemoursin herttua. Kaatui Gérignolessa vuonna 1503.

47. Gaston of Foix, Nemoursin herttua. Kaatui Ravennan taistelussa vuonna 1512.

48. Cocherelin taistelu, lähellä Évreuxia, voittajana Bertrand du Guesclin Kaarle II Navarrelaisen joukoista 16. toukokuuta 1364. Taiteilija: Charles-Philippe Larivière (syntyi 1798 ja kuoli 1876). Päivätty 1837. 4.25 m kertaa 2.6 m.

49. Pierre du Terrail Bayardin herra. Kaatui Rebecissa vuonna 1524.

50. Guillaume Gouffier de Bonnivet, ranskalainen amiraali, kaatui Pavialla vuonna 1525.

51. Jacques II de Chabannes de La Palice, tunnettu nimellä La Palice, ranskalainen marsalkka, kaatui Pavialla vuonna 1525.
52. Jean de Bourbon Soissonsin ylhäisyys. Kaatui Saint-Quentinissa vuonna 1557.
53. Orléansin piirityksen alku maalannut Joan of Arc.
54. André de Montalembert Essénin loordi. Kaatui Terouannen piirityksessä vuonna 1555. Taiteilija: Taley
55. Piero Strozzi. Kaatui Thionvillessa vuonna 1553. Taiteilija: Taley.
56. Anne, Montmorencyn herttua, (syntyi 1572 ja kuoli 1567).
57. Jacques d'Albon, Saint-Andrén ylhäisyys, ranskan marsalkka (syntyi noin 1505 ja kuoli 1562). Taiteilija: Jean-François-Théodore Gechter (syntyi 1796 ja kuoli 1844).
58. Castillon taistelu, voittajana Dunoisin ylhäisyys vastassaan Englannin armeija päällikkönään loordi Talbot, 17. heinäkuuta 1453.
59. Charles de La Rochefoucauld, Randanin ylhäisyys.
60. Antoine de Bourbon.Navarren kuningas.
61. Anne, Joyeusen herttua.
62. Claude de Loraine, Aumalen herttua.
63. Entry of Charles VIII Napolissa 12. toukokuuta 1495.
64. Fernand de Nogaret, Lavaletten ylhäisyys.
65. Marignanin taistelu, voittaja Francis I 14. syyskuuta 1515, kuva esittää Francisia määräämässä joukkojaan pysäyttämään Sveitsiläisten takaa – ajon. Taiteilija: Alexandre-Évariste Fragonard (syntyi 1780 ja kuoli 1850) 4.65 m kertaa 5.43 m.
66. Armand de Gontaut, Bironin paroni. Ranskalainen marsalkka. Kaatui Épernayssa vuonna 1592. Taiteilija: Jean-Baptiste-Joseph Debay, vanhempi (syntyi 1779 ja kuoli 1863).
67. Calaisin valloitus Francisin, Guisen herttuan toimesta 9. tammikuuta 1558. Taiteilija: François-Édouard Picot (syntyi 1786 ja kuoli 1868). 4.65 m kertaa 5.43 m.
68. Jean d'Aumont, ranskalainen marsalkka, kaatui Combourgissa Britanniassa vuonna 1595. Taiteilija: Auguste-Alexandre Dumont (syntyi 1801 ja kuoli 1884), tunnettu myös nimillä Auguste tai Augustin Dumont.
69. Henry IV saapuu Pariisiin 22. maaliskuuta 1594. Taiteilija: François Pascal Simon Gérard (paroni 1770–1837). 5.1 m kertaa 9.58 m.
70. André Baptiste de Brancas, Villarsin ylhäisyys, ranskalainen amiraali, kaatui Doullensin piirityksessä vuonna 1595. Taiteilija: Victor Thérasse.
71. Rocroin taistelu 19. toukokuuta 1643, Enghienin herttuan määrätessään joukkojaan lopettamaan taistelun espanjalaisia joukkoja vastaan, jotka ovat tulleet antautumaan. Taiteilija: François Joseph Heim (syntyi 1787 ja kuoli 1865.)Maalaus vuodelta 1834, 4.65 m kertaa 5.43 m.
72. Jean du Caylarde, Toirasin markiisi, Kaatui Fontanetossa Milanossa vuonna 1636. Taiteilija: Calnouet.
73. Lensin taistelun suurvoitto 20. elokuuta 1648, arkkiherttua Leopold kukisti Espanjalaisjoukot noin vuonna 1835, Taiteilija: Jean-Pierre Franque (syntyi 1774 ja kuoli 1860). 4.65 m kertaa 5.43 m.
74. Charles de Créquy, ranskalainen marsalkka, kaatui ennen Bremenin linnoitusta vuonna 1636. Taiteilija:Davitan nuorempi.
75. Dunesin taistelun aikana Dunkirkin piiritys, voitti marsalkka de Turenne Espanjalaisjoukot kesäkuussa 1658. Taiteilija: Charles-Philippe Larivière(syntyi 1798 ja kuoli 1876). Päiväys: 1837. 4.65 m kertaa 5.43 m.

76. Manassès de Pas, Feuquièresin markiisi. Kuninkaallisen armeijan kenraaliluutnantti. Kaatui Thionvillessä vuonna 1640. Taiteilija: Philippe Joseph Henri Lemaire.
77. Armand de Maillé, Brézén markiisi,Fronsacin herttua. Ranskalainen amiraali. Kaatui Orbetellon taistelussa vuonna 1646.
78. Jean Baptiste Budes Guébriantianin paroni. Marsalkka. Kaatui Rothweilessä vuonna 1643. Taiteilija: Jean-Pierre Cortot.
79. Castelnaun markiisi Jaques, Marsalkka. Kaatui Dunkirkissä vuonna 1653.
80. Jean de Gassion Marsalkka. Kaatui Lensissä vuonna 1547.
81. Jacques de Rougé, Plessis-Bellièren markiisi. Kuninkaallisen armeijan kenraaliluutnantti. Kaatui Castellamaressa vuonna 1654. Taiteilija: Jean Bernard Duseigneur.
82. Valenciennesin valloitus 17. maaliskuuta 1677. "Ludvig XIV", öljyvärimaalaus päivätty "1837", vuonna, jolloin teoksen tilasi Louis-Philippe. 4.65 m kertaa 4.15 m.
83. François, Beaufortin herttua. Amiraali. Kaatui Canian piirityksessä vuonna 1669. Taiteilija: Mercier.
84. Henri de La Tour Auvergnen, Turennen varaylhäisyys. Marsalkka. Kaatui lähellä Saltzbachia vuonna 1675. Taiteilija: Flatter.
85. Pierre Claude Berbier du Metz, kuninkaallisen armeijan kenraaliluutnantti. Kaatui Fleurusin taistelussa 1690. Taiteilija:François Jouffroy.
86. Nicolas de la Brousse Vertillacin ylhäisyys. Marsalkka. Kaatui lähellä Bossuauta 1693. Taiteilija: Lescorné.
87. Charles Paris d'Orléans, Longuevillen herttua. Kaatui Rhinen valtauksessa vuonna 1672. Taiteilija: François Jouffroy.
88. Jean-Baptiste Cassagnet, Tilladetin markiisi, kuninkaallisen armeijan kenraaliluutnantti. Kaatui Steenkerquessä vuonna 1692. Taiteilija: Debay.
89. Marsaglian taistelu, voittajana Nicolas Catinat, joka hakkasi Piedmontelaiset joukot 4. lokakuuta 1693. Taiteilija: Devéria Eugène (1805–1865). Päiväys: 1837; 4.65 m kertaa 5.43 m.
90. Béat Jacques de la Tour Chatillon, Zurlaubenin ylhäisyys. Kuninkaallisen armeijan kenraaliluutnantti. Kaatui Hochstettissa vuonna 1704. Taiteilija: François Jouffroy.
91. Villaviciosan taistelu, voittajana Louis Joseph, Vendômen herttua, joka joukkoineen kukisti Guido Starhembergin 10. joulukuuta 1710 Taiteilija: Jean Alaux, tunnettu myös Le Romain (1786–1864) Päiväys: 1836. 4.65 m kertaa 5.43 m.
92. Ferdinand, Marsinin ylhäisyys, ranskalainen marsalkka. Kaatui Torinossa 1706. Taiteilija: Jouffroy.
93. Denainin taistelu, voittajana Claude Louis Hector de Villars päihitti prinssi Eugene of Savoy 24. heinäkuuta 1712. Taiteilija: Jean Alaux, tunnettu myös Le Romain (1786–1864). Päiväys : 1839. 4.65 m kertaa 5.43 m.
94. James FitzJames, Berwickin ensimmäinen herttua, marsalkka (1671–1734). Taiteilija: Antoine-Laurent Dantan, vanhempi (1798–1878).
95. Fontenoyn taistelu 11. toukokuuta 1745, esittää Maurice de Saxea esittelemässä vangitsemiaan Brittejä ja Hollantilaisia. Taiteilija: Horace Vernet (1789–1863). Päiväys 1828. 5.1 m kertaa 9.58 m.

96. Louis Joseph de Saint Véran, Montcalmin markiisi. Kuninkaallisen armeijan kenraaliluutnantti. Kaatui Plains of Abrahamin taistelussa vuonna 1759. Taiteilija: Francisque Duret.

97. Yorktownin ylhäisyys. Kenraalit Rochambeau ja George Washington antoivat hänelle viimeisen käskynsä hyökätä lokakuussa 1781.

98. Pierre-François, Rougén markiisi. Kenraaliluutnatti. Kaatui Villinghausenissa vuonna 1761. Taiteilija: L. Debay.

99. Lawfeldin taistelu 2. heinäkuuta1747. Ludvig XV osoittamassa Lawfeldin kylää. Taiteilija:Pierre Lenfant (1704–1787). Maalattu Ludvig XV: sta hallintokaudella (1723–1774). 2.75 m kertaa 2.5 m.

100. Jacques Christophe Coquille Dugommier. Komentaja. Kaatui Black Mountainin taistelussa vuonna 1794. Taiteilija: Antoine-Denis Chaudet.

101. Kukkientaistelu, voittajana Jean-Baptiste Jourdan hakaten Itävaltalaisjoukot johtajanaan Coburgin ja Orange 26. kesäkuuta 1794. Päiväys: 1837. 4.65 m kertaa 5.43 m.

102. Amédée Emmanuel François Laharpe. Divisioonan kenraali. Kaatui Po joen taistelussa, sen risteyskohdassa 1796. Taiteilija: Félix Lecomte.

103. Jean Gilles André Robert, prikaatinkenraali. Kaatui Arcolen taistelussa vuonna 1796. Taiteilija: Gois nuorempi.

104. Martial Beyrand, prikaatinkenraali. Kaatui Castiglionessa vuonna 1796. Taiteilija: Corbet.

105. Charles Abattucci. Divisioonan kenraali. Kaatui Huninguenessa vuonna 1796. Taiteilija: Dubray.

106. Yorktownin ylhäisyys.

107. Jean-Jacques Causse. prikaatin kenraalibrigade. Kaatui Degossa vuonna 1796. Taiteilija: E. Dumont.

108. Pierre Banel. Prikaatin kenraali. Kaatui Cossariassa vuonna 1796. Taiteilija: Lorenzo Bartolini.

109. Louis Marie de Caffarelli du Falga. Divisioonan kenraali. Kaatui Acren piirityksessä vuonna 1799. Taiteilija: François Masson (1745–1807).

110. Barthélemy Catherine Joubert, Italian armeijan ylipäällikkö. Kaatui Novin taistelussa vuonna 1799. Taiteilija: Louis-Simon Boizot.

111. Muistolaattoja

112. Dominique Martin Dupuy. prikaatin päällikkö. Kaatui Kairossa vuonna 1798. Taiteilija: Philippe-Laurent Roland.

113. François Paul Brueys, Aigalliersien ylimys. Vara – amiraali. Kaatui Niilin taistelussa vuonna 1799. Taiteilija: Flatters.

114. Louis Marie, Noaillesin varakreivi. prikaatin kenraali. Menehtyi haavoihinsa Havannassa vuonna 1804. Taiteilija: Dantan.

115. Jean Louis Debilly. Prikaatin kenraali. Kaatui Jenan taistelussa 1806. Taiteilija: J. Debay.

116. -
117. Jean Baptiste Kléber, johtava kenraali (1753–1800).
118. François Louis de Morlan. Kaatui Austerlitzin taistelussa vuonna 1805.

Galerie des Glaces

Galerie des Glaces peilisali oli linnan ylpeys. Peilisalin mitat ovat 73.0 m × 10.5 m × 12.3 m. Peilisali oli alun perin suunniteltu Versaillesin vaikuttavimmaksi huoneeksi. Peilisalista oli näkymä puistoon ja se yhdisti kuninkaan ja kuningattaren huoneistot. Valtava Sali on koristeltu marmorilla, peileillä, patsailla, kristallikruunuilla, maljakoilla, kultaisilla kynttilänjaloilla ja kattomaalauksilla.

Korkeista ikkunoista tuleva valo heijastuu salin 578 peilistä. Salin rakentaminen aloitettiin 1678 ja sen suunnitteli arkkitehti Jules Hardouin-Mansart (syntyi 16. huhtikuuta 1646 ja kuoli 11. toukokuuta 1708). Gallerian ja sen kahden salin rakentaminen jatkui aina vuoteen 1684.

Tilaa käytettiin edustustilana mm. Genovan ruhtinaan vierailulla 15. toukokuuta 1685, Siiamin suurlähettiläs Kosa Pan esittelee kuningas Narain kirjeen kuninkaalle 1. syyskuuta 1686, Persian Shaahin suurlähettiläs Mehemet Raza- Bey vieraili palatsissa 19. helmikuuta 1715, Saksan toisen keisarikunnan julistaminen 1871 ja Versaillesin rauhan allekirjoittaminen 28. kesäkuuta 1919.

La chapelle palatiale du château de Versailles

La chapelle palatiale du château de Versailles linnan kappeli sijaitsi pohjoissiivessä. Sen 25 metriä korkea sali on palatsin korkein tila. Aurinkokuningas osallistui siellä messuun joka aamu ja seurasi toimitusta korkealta aitiostaan. Samalla hän saattoi pitää silmällä hoviväkeä ja varmistaa, että kaikki olivat läsnä. Marie Antoinette ja tuleva Ludvig XVI vihittiin kappelissa 16. toukokuuta 1770.

Opéra royal de Versailles

Opéra royal de Versailles Versaillesin kuninkaallinen ooppera rakennettiin vuosien 1763 ja 1770 välisenä aikana. Se otettiin käyttöön 16. toukokuuta 1770 eli Marie Antoinetten ja Ludvig XVI häiden kunniaksi.

Aluksi tila toimi teatterina jossa esitettiin mm. Jean-Baptiste Poquelin, tunnettu taiteilijanimellä Molière (syntyi 15. tammikuuta 1622 ja kuoli 17. helmikuuta 1673) näytelmiä. Molièren ensimmäinen tunnettu komedia, Sievistelevät hupsut, valmistui 1659. Teos pilkkaa kaikenlaista tärkeilyä ja hienostelua. Vuonna 1664 sai ensiesityksensä Molièren kuuluisimpiin kuuluva teos, Tartuffe.

Siinä kirjailija ruoskii armotta kaikenlaista tekopyhyyttä, ja sana Tartuffe on saanut teeskentelijää tarkoittavan sivumerkityksen. Oopperoita kuten Georges Bizetin Carmen, Wolfgang Amadeus Mozartin Don Giovanni ja monet muut nähtiin oopperassa.

Grand appartement du roi

1. Eteinen. 2. Vartijan huone. 3. Ensimmäinen välihuon. 4. Toinen välihuone. 5. Kuninkaan makuuhuone. 6. Neuvotteluhuone. A. Marmoripiha. B. Kuninkaallinen piha.

Grand appartement du roi kuninkaan iso huoneiston tuli olla tilava, sillä sinne piti mahtua satoja hovin jäseniä, jotka olivat mukana kuninkaan niin aamu- kuin iltatoimissakin.

Petit appartement du roi

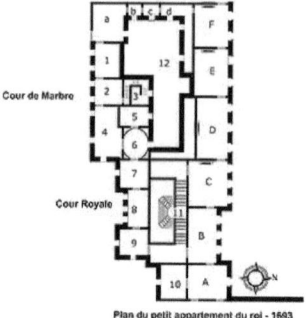

Plan du petit appartement du roi - 1693

Petit appartement du roi kuninkaan pieni huoneisto sisälsi seuraavaa

1. Biljardi huone, jossa biljardi pöydän lisäksi pidettiin kuninkaan metsästyskoiria. 2. Vanhan portaikon aula. 3. Vanha portaikko. 4. Taulu kabinetti. 5. ja 6. Pyöreä Sali muodostivat kirjaston 7. 8. ja 9. muodostivat pienen taidegallerian. 10. Mitalihuone. 11. Lähettiläiden portaat. 12. Kuninkaan piha. A. – F. Kuninkaan iso huoneisto. a. Peruukkihuone. b. Rättivarasto eli vaatehuone. c. Portaikko. d. Käytävä Apollo saliin, jossa kuningas otti vastaan tavallisia vieraitaan ja iltaisin siellä voitiin pitää tanssijaiset.

Lähettiläiden portaikko

Ludvig XIV vastaanotti vieraitaan niin sanotussa lähettiläiden portaikossa. Vieraat nousevat ylös upeat portaat niin, että kuningas saattoi katsella heitä alaspäin.

Grand appartement de la reine

Grand appartement de la reine Kuningattaren iso huoneisto koostui seuraavista huoneista

1. Kappeli. 2. Vartijan huone. 3. Etuhuone. 4. Kuningattaren huone. 5. Iso kabinetti.
6. Musiikkihuone. 7. Pieni kabinetti.

Plan du petit appartement de la reine - 1740

1.Portaat. 2. Pukeutumishuone. 3. Käynti kuninkaan luokse. 4. Käytävä 5. Valtaistuin kabinetti.   6. Musiikkihuone. 7. Pieni galleria - laboratorio. 8. Kylpyhuone. 9. Iso kabinetti. 10. Takahuone. 11. Terassi. 12. Kuningattaren portaat.

A. – F. Kuningattaren iso huoneisto a. Ancien appartement de la marquise de Maintenon markiisitar Maintenonin entinen asunto, Françoise d'Aubigné de Maintenon eli Madame de Maintenon (23. marraskuuta 1635 - 15. huhtikuuta 1719), oli ranskalainen markiisitar ja kuningas Ludvig XIV:n toinen vaimo. Avioliitosta huolimatta hän ei saanut kuningattaren asemaa, koska avioliittoa ei virallistettu. I. Monsignorin piha II. Herrojen piha.

Ranskan viimeinen kuningas Ludvig Filip teki vuonna 1833 aloitteen, joka lakkautti palatsin aseman kuninkaallisena asuntona ja teki siitä Ranskan historian museon. Muutostöiden jälkeen Versailles avattiin uudessa tehtävässään 10. kesäkuuta 1837. Nykyisin palatsi, sen puutarhat, museot ja puistot muodostavat yhden Ranskan suosituimmista matkailukohteista. Palatsin viimeisin laaja ja monivaiheinen restaurointityö "projet du Grand Versailles" aloitettiin loppuvuonna 2003 ja sen arvioidaan päättyvän vuonna 2020. Projektin ensimmäisessä vaiheessa restauroitiin arkkitehti Jules Hardouin-Mansartin luoma Peilisali, joka valmistui ensimmäistä kertaa kokonaan uudelleen alkuperäiseen asuunsa saatettuna vuonna 2007.

Le parc du château de Versailles

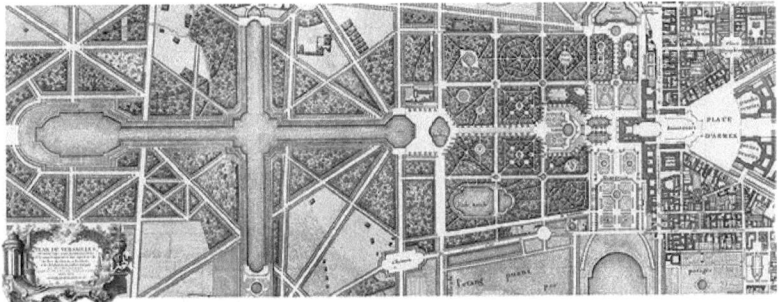

Versaillesin puiston pohjapiirustus sisältää geometrisiä, usein symmetrisiä kuvioita kuten kolmioita, soikioita, ympyröitä, viisikulmion ja neliöitä.

Le parc du château de Versailles Versaillesin palatsin puisto on kuuluisa ranskalainen puisto, joka sijaitsee Versaillesissa Yvelinesin departementissa, noin 15 kilometrin päässä Pariisista. Puisto ja sen laidalla sijaitseva Versaillesin palatsi ovat kuuluneet vuodesta 1979 Unescon maailmanperintöluetteloon. Suojeltu ydinalue oli aluksi 815 hehtaaria, mutta vuoden 2007 laajennuksen jälkeen se käsittää 1 070 hehtaaria.

Puisto tunnetaan arkipuheessa myös le jardin de Versailles (Versaillesin puutarhana), mutta nimitys on liian yksinkertaistava. Kaikilta sivuiltaan suljettuun puistoon kuuluu nimittäin lukuisia rakennuksia ja useita puutarhoja, joiden pinta-ala on yhteensä noin 90 hehtaaria. Puiston rakennuskantaa ovat Versaillesin palatsi, Petit Trianon, Grand Trianon sekä useita rakennuksia sisältävä Hameau de la Reine (kuningattaren kylä), Puutarhoja ovat André Le Nôtren suunnittelema muotopuutarha, molempien Trianonien puutarhat, Marie-Antoinetten kiinalais-englantilainen puutarha ja kuninkaan potager du roi (keittiöpuutarha). Puistoon kuuluu myös kaksi suurta vesialuetta: lähellä keskiakselin länsipäätä sijaitseva Grand Canal (Suuri kanava) ja pièce d'eau des Suisses (Sveitsiläiskaartin allas) melko lähellä palatsin eteläistä siipeä.

Loppuosan puiston alueesta muodostavat metsäiset alueet ja viljelykset, joita lävistävät leveät ja suorat puistokäytävät. Sieltä saa alkunsa Mauldrejoen haara Gally, jonka vesi kulkee Suuren kanavan kautta ja siitä länteen.

217

Puistoa rajaavat idässä Versaillesin ja Le Chesnay'n kaupunkirakenteet, pohjoisessa Chèvreloupin arboretum ja idässä Versaillesin tasanko, joka on luokiteltu maisemakohde. Etelässä rajana on erilaisia istutuksia, Satoryn ja Versaillesin metsä, Ranskan maatalouden tutkimuskeskus sekä merivoimille kuuluva sotilasalue.

Alussa autiota, mutta runsaasti riistaa

Versaillesin palatsin puisto rakennettiin maisemaan, jossa vielä Henrik IV:n aikana oli vain sadan savun asutus nimeltään Versailles, Trianon-kyläpahasen lähellä. Maisema ei ollut ruma, mutta tuolloin se oli melkoisen autio: lammikoita, nummea, suota ja aivan lähellä kauniita pieniä metsiköitä. Riistaa oli runsaasti ja myöhemmin juuri se houkutteli metsästystä rakastavan Ludvig XIII:n viettämään aikaansa siellä. Kun kuningas oli metsästysretkillään saanut tarpeekseen seudun huonoista majoitusvaihtoehdoista, hän rakennutti 1624 ensimmäiset rakennukset Versailleisiin.

Vaikka maanomistus kasvoi pian 40 hehtaariin, tilan luonnonkivestä ja tiilestä tehdyt rakennukset olivat vielä 1627 niin vaatimattomia, ettei sellaisten rakennuttamisella yksinkertaisinkaan aatelismies olisi ylpeillyt. Vähitellen Ludvig XIII laajensi omistuksiaan Trianonin kylään asti ja kaivautti ensimmäisen vesiaiheen, josta tuli myöhemmin Apollonin suihkulähde. Hänen puutarhurinsa piirsivät puistokäytäviä, koristeellisia istutusalueita ja loivat perustan puiston keskiakselille. Kun istutusalueelle oli 1631 pystytetty arkkitehti Le Royn suunnittelema kaunis julkisivu kaksine sivurakennuksineen, tilasta alettiin puhua miellyttävänä vierailukohteena. Kahden uuden rakennusmassan väliin, kaarikäytävien muodostaman alakerroksen alapuolelle, syntyi suorakaiteen muotoinen terassi. Puistoon rakennettiin eläintarha, jossa oli eurooppalaisten eläinten lisäksi jopa kameleita ja norsuja.

Myös kruununprinssi ihastui isänsä huvilaan, aluksi läheisten metsien rikkaan eläimistön vuoksi. Yhtenä syynä oli myös yksityisyys, joka siellä silloin vallitsi uteliaita ja hovin ristiriitoja tulvivaan Louvreen verrattuna. 22-vuotias Ludvig XIV alkoi oleskella Versaillesissa aikaisempaa selvästi enemmän avioiduttuaan Itävallan Maria-Teresian kanssa.

Uudistus loisteliaaseen tyyliin

Laajemmat rakennustyöt käynnistyivät, kun Ludvig XIV määräsi Versaillesin tilan hovin vakituiseksi asuinpaikaksi. Rakennuksia laajennettiin vuosina 1661 – 1688 arkkitehtien Le Vaun ja Mansartin johdolla rakennusryhmäksi, jonka loistelias, barokin lopulle sijoittuva tyyli tuli myöhemmin tunnetuksi tilaajansa nimellä, style Louis XIV.

Alkusysäyksenä laajoille muutostöille uskotaan olleen kuninkaan vierailu talousministerinsä Nicolas Fouquetin vieraana tämän omistamassa Vaux-le-Vicomten linnassa 17. elokuuta 1661. Tässä silloin Ranskan hienoimmaksi sanotussa linnassa järjestettiin illalliset, joiden vertaisia kuningas ei ollut omassa hovissaan saanut nauttia. Myös linnan puutarha oli tunnettu kauneudestaan. Sen oli suunnitellut André Le Nôtre.

Le Nôtre työskenteli Versaillesin puutarhojen hyväksi vuosina 1662–1693. Häntä kuvattiin rehelliseksi, tarkkuuteen pyrkiväksi ja suoraksi mieheksi, joka pyrki vain auttamaan luontoa ja tuomaan esille sen todellisen kauneuden pienimmin mahdollisin kuluin.

Vuonna 1664 Versaillesiin oli jo luotu 600 hehtaarin kokoinen, "pieneksi" sanottu puisto, jossa oli runsaasti istutusalueita, vesialtaita ja avoimia näkymiä. Hiukan myöhemmin puistoa oli runsaat 1 700 hehtaaria ja se ympäröitiin muurein. Kuninkaan lempiharrastusta, metsästystä, varten tarvittiin kuitenkin vielä 7 000 hehtaarin "iso puisto", jossa oli viivasuoria, suihkulähtein ja patsain koristettuja teitäkin kymmeniä kilometrejä. Puiston ympärysmuurin pituus oli 43 kilometriä.

Tuleva palatsi sijaitsi kukkulaisessa maastossa vetisen maaston ympäröimällä. Töiden jo alettua kriittiset arvostelijat sanoivat rakennuspaikkaa maailman ikävimmäksi ja epäkiitollisimmaksi. Rahainvartija Colbertin mukaan jälkimaailman arvioisi nuorta Ludvig XIV:tä elämän aikana rakennutettujen hienojen talojen mukaan. Siksi hän moitti kuningasta vakavasti Versaillesin hankkeesta koettaen saada hänet luopumaan siitä Louvren, "maailman varmasti hienoimman" palatsin, hyväksi: "Voi, mikä sääli, että kuninkaista suurinta ja hyveellisintä mitattaisiin Versaillesin mukaan."

Kuningas ei suinkaan luovuttanut, vaan antoi siirtää Vauxin linnasta tuhansia puita, jotka istutettiin Versaillesin toteuttamaan Le Nôtren suunnitelmia pitkistä perspektiivilinjoista.

Kun kesällä 1664 järjestettiin juuri puutarhajuhla, palatsin työt olivat kesken ja vierailemaan tullut hovin väki vihainen, mutta kokonaisuus valloitti. Puutarhan symmetria, sen kalusteet, kävelyreittien kauneus, lukemattomat kukat sekä appelsiinipuut loivat ainutlaatuisen kokonaisuuden. Kukkulat oli tasoitettu ja metsään oli sijoitettu bosketteja, patsaita ja suihkulähteitä.

Ensimmäisen laajennuksen jälkeen vanhasta metsästyshuvilasta ja sen lähialueista rakennettiin antiikin taiteiden ja kulttuurin hengessä uusi pääkaupunki kuninkaan hoville ja hallitukselle. Rakennus- ja muutostyöt kestivät vajaat kahdeksan vuotta, majoitettavia oli noin kymmenen tuhatta. Hovi muuttaessa linnaan 6. toukokuuta 1682 palatsi, kaupunki ja puisto olivat edelleen lähinnä jättimäinen työmaa. Sen laajuutta kuvaavat tiedot työntekijöiden määrästä: 27. elokuuta 1684 kuluneen viikon aikana työssä oli ollut 22 000 miestä ja 6 000 hevosta, toukokuussa 1685 miehiä oli ollut 36 000.

Ilmaa ja aurinkoa kansalle

Kuningas osallistui aktiivisesti palaisin ja sen puutarhan koristamiseen seuraten työmaiden etenemistä myös paikan päällä. Hänen tahdostaan muun muassa tuotettiin Tanskasta joutsenia Suureen kanavaan. Kuninkaalta tuli ehdotuksia erityisesti boskettien sijoitteluun ja koristelun suunnitteluun. Näiden suhteen puutarhaa suunniteltiin vielä myöhemminkin jatkuvasti uudelleen.

Ludvig XIV oli auringonvalon ja raittiin ilman ystävä, joka ei pelännyt kylmää tai sadetta, vaan lähti ulos joka säällä, ei vain terveyttä hoitaakseen, vaan levätäkseen ja rentoutuakseen. Hän metsästi aktiivisesti ja kävi säännöllisesti kävelyillä puistossa ja puutarhoissa. Olisi kuitenkin virhe luulla, että Versailles olisi ollut vain kuninkaan ja hänen lähimpiensä, tai hovin jäsenten käytössä. Päinvastoin, Ludvig XIV näki omaa makuaan ja valtaansa yksityiskohtaisesti heijastelevassa kokonaisuudessa vallankäytön välineen, joka jokaisen piti päästä näkemään omin silmin. Kävijöiltä vaadittiin vain säädyllistä pukeutumista ja heitä varten oli järjestetty kuljetus Pariisista kaksi kertaa päivässä.

Le Grand Canal

Le Grand Canal Suuri kanava on ristin muotoinen vesiaihe, alueeltaan 23 hehtaaria, ympärysmitta 5,5 km. Le Nôtre suunnitteli maaston muodon ja puiston rakenteet niin, että vaikka kanavalta linnaan on kolmisen kilometriä, se näyttää linnasta katsottuna olevan lähellä. Sieltä altaat näyttävät myös samankokoisilta, vaikka ovat todellisuudessa erikokoisia.

Les bosquets

Les bosquets Versaillesin bosketteja kutsuttiin aikaisemmin nimellä "vihreät huoneet". Ne muodostuivat käytävien labyrinteista, jossa korkeat pensasaidat kätkivät esimerkiksi vesialtaita, puutarhoja tai köynnösten rajaamia näyttämöitä. Seinät loivat rauhallisen ja intiimin tilan, joka oli vastakohtana kuninkaalliselle käytävälle. Monet bosketit oli somistettu hyvinkin vaativasti ja sommitelmia muunneltiin kuninkaan mielitekojen mukaan.

Bosquet de la Salle de Bal,Bosquet des Rocailles Bosketti Tanssiaissali, tai Kivibosketti. Tämä on varmaankin bosketeista kaikkein tunnetuin. Korkeita rappusia muistuttavat viherpengerrykset reunustavat tanssilattiaa. Joihinkin vesiputouksen paasiin on kiinnitetty Île-de-Francen tahkokiviä, jotka antavat oman sävynsä veden solinaan. Bosketin koristamiseen on käytetty Madagaskarilta luotuja kotilonkuoria ja lasuurikiviä

Le Nôtren kuoleman jälkeen hänen seuraajansa, Jules Hardouin-Mansart, korvasi tanssilattian pienellä saarekkeella. Tuolloin kuningas oli jo lähes 70-vuotias, eikä enää tanssinut.

Kuninkaan puutarhassa sijaitseva Bosquet des Trois Fontaines (bosketti Kolme lähdettä) resturoitiin vuonna 2004 käyttäen vanhojen mestareiden työtekniikoita. Niinpä hitsaus on tehty lyijyllä, kuten Ludvig XIV:n aikana.

Bosquet de l'Arc de Triomphe (Bosketti Riemukaari)

Bosquet du Dauphin (Kruununprinssin bosketti)

Bosquet de la Girandole (Haarakynttilänjalan bosketti)

Bosquet de la Colonnade (Pylväikköbosketti)

Salle des Marronniers (Kastanjabosketti)

Bosquet du Rond Vert (ancien théâtre d'Eau)(Vihreän pyöröaukion bosketti (entinen vesinäyttämö))

Bosquet de l'Étoile (Tähtibosketti)

Vesialtaat ja suihkulähteet

Aurinkokuninkaan aikana puutarhoissa oli lähes 2 000 suihkulähdettä; nykyään vain 1 700 niistä toimii, ja osa niistäkin ainoastaan Vesimusiikkipäivien aikana. Veden saaminen puiston altaisiin oli suuri haaste 1600-luvulla. Puiston alla kulki 30 kilometriä lyijystä ja valuraudasta tehtyjä vesiputkia. Palatsin tasakatoilla oli vesisäiliö. Sieltä vesi juoksi painovoimaisesti alemmalla tasolla sijaitseviin puutarhoihin. Terassien alla oli lisää vesisäiliöitä. Puiston lähellä sijaitseviin lampiin rakennettiin vedensiirtojärjestelmä, jota kutsuttiin "Aurinkokuninkaan joeksi". Lisää vettä saatiin Bièvre-joesta ja Marlyn pyöräkoneisto käänsi Seinen vettä kohti Versaillesin vesialtaita. Ludvig XIV suunnitteli jopa Euren kanavan suunnan muuttamista, mutta tätä luovuttiin.

L'orangerie

L'orangerie Versaillesin linnan kasvihuone sijaitsee Midi-parterrin alla. Se rakennettiin vuosina 1684 – 1686, eli jo ennen nykyistä linnaa. Sen kunnosti Jules Hardouin-Mansart. Sana orangerie tarkoittaa ruukuissa kasvaville kylmänaroille pensaille ja pienille puille tarkoitettua talvitaloa. Yksi sijoitettavista olivat appelsiinipuut, jotka ovat antaneet tälle rakennustyypille sen ranskankielisen nimen orangerie, sanasta oranger 'appelsiinipuu'.

Patsaat

Antiikin teemoja sisältävässä muotopuutarhassa on yli 300 aikansa kuuluisimpien kuvanveistäjien marmorista, pronssista ja lyijystä toteutettuja veistoksia, rintakuvia, vaaseja ja pilareita. Ne tekevät alueesta tärkeän ulkoilmamuseon. Puiston patsaat ja veistokset olivat osa kuningaskunnan propagandaa: antiikin hahmot, kuten Apollon, Leto ja titaanit, korostivat Ludvig XIV:n loistoa ja hänen aikaansaannoksiaan. Varsinkin Apollon esiintyy sekä palatsissa että puistossa usein, hänhän oli auringon kirkkauden, järjen ja useiden taiteiden jumala. Myös aurinkoa itse ja sen kulkua kuvattiin moniin vesialtaita ja puistokäytäviä koristaviin veistoksiin.